月白风清入我心

YUE BAI FENG QING RU WO XIN

雷蓓 著

天津出版传媒集团
百花文艺出版社

图书在版编目（CIP）数据

月白风清入我心/雷蓓著. --天津：百花文艺出版社，2023.9
ISBN 978-7-5306-8596-9

Ⅰ. ①月… Ⅱ. ①雷… Ⅲ. ①散文集—中国—当代
Ⅳ. ①I267

中国国家版本馆 CIP 数据核字（2023）第 163962 号

月白风清入我心

YUEBAIFENGQING RU WO XIN

雷蓓 著

出 版 人： 薛印胜
选题策划： 胡晓童
责任编辑： 宋春悦
出版发行： 百花文艺出版社
地址： 天津市和平区西康路 35 号 **邮编：** 300051
电话传真： +86-22-23332651（发行部）
+86-22-23332656（总编室）
+86-22-23332478（邮购部）
主页： http://www.baihuawenyi.com
印刷： 北京联合互通彩色印刷有限公司
开本： 880 毫米×1230 毫米 1/32
字数： 179 千字
印张： 7.8125
版次： 2023 年 9 月第 1 版
印次： 2023 年 9 月第 1 次印刷
定价： 68.00 元

如有印装质量问题，请与北京联合互通彩色印刷有限公司联系调换
地址：北京市朝阳区黑庄户乡双树南村西工业区甲 8 号
电话：010-85372910
邮编：100023

Contents | 目录

自　序 / 1

那条槐树林荫道 / 1

春天，最忆是那湘楚雨 / 7

南方，夏日悠长 / 12

风吹一片叶，万物已惊秋 / 18

雪花飘飞入梦来 / 23

月白风清入我心 / 29

杨柳依依 / 34

海棠依旧 / 39

木棉花中的乡思 / 44

井 / 47

窗 / 52

桥 / 57

满城尽是黄金果 / 64

草色遥看近却无 / 69

何不“散发弄扁舟” / 75

荆棘丛中下足易，月明帘下转身难 / 81

苔花与牡丹，清雅华贵各相宜 / 86

良药何须苦口，忠言未必逆耳 / 92

相　遇 / 97

错　过 / 102
发　现 / 106
脱掉华丽的长袍 / 112
那些过去的痕迹 / 120
那些孤独的前行者 / 124
消失，但愿不再消失 / 129
适当，成就美好境界 / 133
你的平常别人的梦 / 137
中秋月难圆 / 141
病房小记 / 146
用力地活着 / 150
点亮历史的英雄 / 157
从“茶颜悦色”说到精神消费 / 161
快乐，原来如此相通——也说“村 BA” / 166
站在地球边上 / 171
柳林江边的乔口古镇 / 176
地震中，尼泊尔在哭泣 / 181
高迪，巴萨，巴塞罗那 / 186
你好，突尼斯! / 194
灵魂在路上 / 200

自 序

20 世纪 80 年代，人们刚刚从保守封闭走向改革开放，大家朝气蓬勃、激情喷发。那个年代，不但有“特区”“打工”“下海”这些时代底色，更有“青春”“文艺”“理想”这样的流行韵律。那个年代的年轻人似乎都怀揣一个文学梦，手里拿着“莎士比亚”，口里诵着“黑夜给了我黑色的眼睛，我却用它寻找光明”的诗句，仿佛就一脚踏进了文学的殿堂。

作为那个年代的年轻人，我这个从小对读小说就有着特殊嗜好的人，自然被文学洪流裹挟着，也曾在泰戈尔的浪漫清新中徜徉，在杜甫的忧国忧民中感动，在托尔斯泰的深刻透辟中领悟……文学之梦的种子就在那个时代悄悄地播下了。

只是啊，播下的种子迟迟未发芽，梦想一直都只是一个遥不可及的“梦”，从二十来岁参加工作到五十五岁退休，三十多年，未曾提笔涉及过文学。现在回头想想，所谓的“被工作和生活的忙碌琐碎缚住了手脚”都只是一个借口，再忙碌的工作也有下班的时候，再琐碎的生活也都是可以挤出时间的。其实三十多年未曾动笔，原因只有一个，那就是不自信。文学创作在我眼中是一件高大上的雅事，不是一般人所能做的。文学梦想的种子播下了，但从种子到发芽生长，再到开花结果却是一个漫长而艰辛的过程，她需要才华，需要勤奋，也需要机会，可是对这些我都没有自信。文学创作所需的扎实的文字功底和深厚的文化积累，我觉得我好像没有；创作所需的天马行空的想象力和对社会对自然的深刻的洞察力，我好像也没有。文学创作需要孜孜不倦的勤奋，甚至呕心沥血的付出，我觉得我也没有这个毅力和恒心；文章的发表出版还需要机会和平台，我觉得我没有这个能力还嫌过程麻烦。于是，文学梦在我心中没停留多久，她就随风飞走了，这一走就是三十多年。

三十多年的工作时间似乎也只是弹指一挥间，一转眼就到了退休年龄了。退休了，闲下来了，心里不免觉得有点空落落的。一次，朋友写的一段美文一下吸引了我，对呀，是不是可以写点文字，打发打发时间，年轻时随风飞走的文学梦是否可以让她重新飞回来呢？而且比起 20 世纪 80 年代，现在写文章发表文章方便多了，只需开一个自己的微信公众号，就可以将自己的文字发表在上面自我欣赏了。不需要寻求发表的机会，也不需要有多高的才华、写出多么精妙的文章，何乐而不为呢？至于勤奋嘛，此乃纯自娱自乐之举，勤不勤奋就不那么重要了。于是就在闲暇中提笔，试着写下自己的一些见闻感悟。意料之外的是，文章写得比我预想的顺利，脑海里时常会有一些自以为还不错的构想出现，笔头虽偶感锈秃，但毕竟写下去了。而且文章写出来放在公众号上有时还能获得亲友们的肯定和鼓励。最重要的是，我确实从文字的表达中获得了乐趣。当头脑中的思想流淌成文字的时候，就有一种酣畅淋漓的快感；当连句成篇，画上最后一个句号的时候，就有一种心满意足的成就感。然后，这种快感和成就感会转化为一种源源不断的动力，让我坚持写下去。而亲友们的肯定和鼓励无疑给了我莫大的信心和力量。于是自 2020 年年初至 2022 年年底共成文四十余篇。

我知道，我的这些文字距离“文学”还有相当大的差距，我的文学梦到现在也还只是一个“梦”而已，但是，现在所写文字能得以付梓，那么，至少离我的文学梦又近了一步，这已是我的大幸。因此，我会一直怀有感恩之心，感谢在我写作过程中给我鼓励和帮助的每一位亲友，谢谢你们！我想，如果没有你们的鼓励和帮助，我的写作也许就不会开始，或者会半途而废，那也就根本不会有这本书的出版。

雷 蓓

2023 年 2 月 28 日

那条槐树林荫道

槐树主要生长于北方，作为一个南方人，以前我对槐树是不熟悉的。虽经常有到北方十天半月的旅游或出差机会，但总是走马观花地追逐着那些名胜古迹，或是来去匆匆忙着办公事。对于平平常常的槐树，真无暇顾及，从未仔细欣赏过。所以虽对槐树不陌生，但槐树到底长什么样，我心中并没有概念。

但是，槐树在我心中有两个虚拟的美好形象。一是和“烟柳”一样，“绿槐”也是一个美好的文学意象。曾读“绿槐烟柳长亭路”“绿槐阴最厚”等诗句时，脑海里就想象着“绿槐”的美。二是不但是我，可能很多中国人都知道，槐树是乡愁的一种载体。那段有名的发生于明代的山西洪洞县大槐树下百年大迁徙的历史，给槐树赋予了极浓的故乡情结。另外，槐树也是北方城乡普遍栽种的一种乔木，北方人一想到家乡，就会想起村口的那棵大槐树，就像湖湘人会想起香樟，岭南人会想起榕树一样。

今年二月，来到北京，想在北京女儿家小住一段时间，顺便利用北京优良的医疗资源，做一个手术，彻底治疗困扰我多年的鼻窦炎。

二月的北京，寒风凛凛，街上直指天空的行道树光秃秃的，还挂着积雪，让我这个南方人完全分不清这些树的品种。

三月，几阵风过，最早河边的“金柳”（这个“金柳”不是徐志摩笔下的“夕阳下的柳树”，而是冬天泛着金色的光秃秃的柳条。）吐出了米粒大的嫩芽。此后的日子里几乎天天有惊喜，今天桃花开，明天椿芽发……花呀芽呀商量好了似的，都来和春天相会。穿上了红衣绿装的大小树木不再是冬天的千树一面了，这个是榆树，那个是枣树，还有玉兰、丁香、海棠……很多树都是我以前没见过的，一下这么多陌生的树扑面而来，真让我有点应接不暇。只是还没有见到在我心中留有美好印象的槐树，心想：槐树是北方的主要树种，怎么北京就没见到呢？

三月中旬，第一次去医院。临近医院有一条几百米的笔直马路，路两旁的行道树苍劲高大，十分威武。只是此时树还没有发芽，高大的树干顶着繁密的树枝光秃秃地扠向天空。这形象在这草长莺飞的三月不免显得有些悲壮。一看树牌，槐树！（后来才知道，北京的槐树挺多，只是在它没发芽时，没有引起我的注意。）看着那直指天空的光秃秃的槐树枝，心中不免有一丝失望——没有槐叶，就没有“绿槐”的诗意。但是，那天，槐树的高大和苍劲给我留下了深刻的印象。

苏轼有诗曰：“高槐虽经秋，晚蝉犹抱叶。”用“高”来形容槐树，说明槐树外形的伟岸。槐树高可达25米左右。我眼前这条林荫道上的槐树棵棵高大，站在它们下面，“背靠大树好乘凉”的感觉特别强烈。光凭伟岸苍劲的树形，槐树就在一众要么太单瘦要么太矮小的树木中显现出一种睥睨天下的王者风范。它挺立于天地之间，大有“舍我其谁”的气势。而它那屈曲盘旋的苍劲虬枝又似勇者张开的强有力的臂膀，护佑着树下的芸芸众生。在我治病的这一特殊时期，这种外形的“刚”，正好给了我勇气和力量。

当然，槐树的“刚”更在于它顽强的生命力和不屈不挠的精神。槐树的寿命可达几百年甚至上千年，几百上千年的生命历程，要经历多少风雨雷电、虫咬病害！但虫咬病害蛀不倒它挺立的身躯，雷电火烧也烧不死它倔强的生命。曾经看过一则报道，称山西泽州县两谷坨村有一棵生长在贫瘠的石缝间的千年古槐，现在还枝繁叶茂。老槐树树干中间已经被时光和虫害掏空，空心的树干大到可钻进去 5 个成年人。贫瘠的石缝，被掏空的树干，树皮也所剩无几，这需要多强的生命力，才能在这毫无营养的石缝中生长存活上千年且枝繁叶茂啊？又需要多么不屈的精神，才能扛得住这千年岁月的风侵雨蚀，电击雷劈！这样的槐树，岂一个“刚”字能形容？在它面前，我们可能会为自己某一瞬间的懦弱而羞愧，或为自己的某一次放弃而懊恼。槐树精神的“刚”，真可以养我们的性，修我们的身呢。

眼前林荫道上的这些槐树，我不知道它们的年岁，但我相信，它们亦和两谷坨村的那棵千年古槐一样，有着顽强的生命力和不屈不挠的精神。

时间一下又到了四月份。一天，在超市欣然发现有槐花卖，一朵朵还未完全开放的淡黄色的小花被装在透明的塑料盒里，小小的花朵是那样的朴素无华，又是那样的高雅柔美。没想到槐树那么高大，开出的花朵却这么细小柔弱。

早就听说了槐花可以吃，虽然吃这么雅致的花朵，似有暴殄天物之嫌，但还是赶紧买了两盒。回到家，将散发着淡香的花和面粉和在一起，做成一个一个的槐花团，放到蒸锅里一蒸，香喷喷的槐花团就做好了。再拌上葱姜辣椒等调料，真是一种美味。原以为这么柔嫩的花，蒸熟了口感一定是软绵的，没想到竟然是更合我胃口的有点韧劲的Q弹口感。

吃着吃着，突然想起医院前的那条林荫道的槐树十几天前还没发芽呢，怎么现在就有槐花卖了？带着疑问查资料，才知道槐树分两种，分别叫洋槐和国槐。洋槐四五月份开花，花可吃；国槐七八月份开花，花微毒，平时不能吃，只能将未开的花苞晒干入药。入药的国槐花苞有一个雅致的名字，叫槐米。原来，我在超市买的槐花是洋槐花，而我看到的那条林荫道的槐树却是国槐。

五月初的一天，又一次去医院。一出地铁口，眼睛就被前面的一片绿色照亮了，啊，槐树已经枝繁叶茂了！棵棵槐树枝枝相连，形成了数百米长的漂亮的"绿槐"林荫道。在看到"绿槐"的那一刻，我这花甲之年的人，内心居然有一种少女的雀跃，忍不住驻足欣赏。

抬头仰望，绿色遮天蔽日，简直是绿意逼人，难怪古人要特意强调它的绿，称其为"绿槐"。但让我惊讶的还不只是它的"绿"，还有这么沧桑遒劲粗大的树干上面顶着的却是那么柔美妩媚的树叶！说它柔美妩媚，首先是树叶小。相对于这么高大粗壮的树来说，槐树的叶子确实算小。"小"就会给人柔弱的感觉。而那叶不但小，质感还较薄，更显其柔弱。其次是树叶的生长排列状况。仔细观察树叶的排列，发现槐树叶属生物书上所讲的"羽状复叶"，即"小叶在叶轴的两侧排列成羽毛状"。中间的叶轴将两边一片片椭圆形的小叶整齐地穿起来，一串串整齐漂亮的小小绿叶就在空中随风轻摇了。眼前这五月初的槐叶更是嫩绿秀薄，如果有阳光从中穿透，就感觉那一串串薄如蝉翼的树叶，好像真要像羽毛一样飞起来！

早在魏晋时期，曾任曹操主簿的繁钦就为槐树叶的柔美所陶醉，在他的《槐树诗》里就有“旖旎随风动，柔色纷陆离”的句子。不但直接说出槐叶的“柔色”，还用“旖旎”来形容，可见在繁钦眼中，槐叶柔美至极。时光飞逝近两千年，今天的我在这条林荫道上，也被槐树叶的柔美陶醉，站在树下，仰望着那些随风摆动的柔美叶子，心也跟着柔软了起来。

种种原因，我的手术一直到七月份才做。那天去住院，又走到了那条林荫道上。让我惊喜的是，槐花早已盛开！树上，一串串淡黄色的小花攒成一团一团的花簇，悬挂在绿色的羽状树叶之间，淡黄的碎碎花朵搭配嫩绿的细细树叶，细细碎碎，柔美素雅；空中，正下着一场槐花雨，一阵阵风过，淡黄色的花瓣就纷纷扬扬漫天飞舞，人处其中，如入仙境；地上，早已铺上了一层淡黄的薄薄的槐花地毯，脚踏在上面，柔软而有弹性。

踏着槐花，自然就想起了苏轼的“厌伴老儒烹瓠叶，强随举子踏槐花”的诗句。在古代，槐花落时，就是举子应试的时间了，因此称参加科举考试为“踏槐花”。今天，我要住院做手术了，这也是一场考试呀。踏着一条长长的淡黄槐花地毯，去赴这场考试，料我也能如孟郊登科后“春风得意马蹄疾，一日看尽长安花”一样，一日看尽“京城”花。

五天后果然踏着那条槐花地毯归来了，明天就可以看尽“京城”花了！手术非常成功，恢复得也很好，几乎所有的鼻炎症状都消失了，难受了多年的鼻子终于舒服了。我不禁暗想，冥冥中，也许这条槐树林荫道在护卫着我呢！

做成食物的洋槐花，抚慰了我的口舌；通往医院的那条林荫道上的国槐花，抚慰了我的心灵。槐叶柔美，槐花更柔美。

细细品味，觉得和其他树木相比，槐树的美在它的刚柔相济。河边的垂柳美则美矣，但那总是弯着腰、随风摆动的柔软枝条似乎有一种媚态，缺少点刚正之气；路边的白杨像箭一样直指云霄，“笔直的干，笔直的枝”，“绝不旁逸斜出”，刚则刚矣，但又缺少点柔美之态。而眼前的槐树呢？苍劲粗壮的枝干和它不屈不挠的精神诠释着它的“刚”；羽毛一样柔软的叶和小小雅致的花诉说着它的“柔”。刚则刚出了天地间浩然正气，柔则柔出了人世间脉脉温情。

觉得很幸运，在去往医院的路上，有这么一条槐树林荫道，见证我整个诊疗过程，并且让我有了亲近槐树、了解槐树的机会。更重要的是，槐树的“刚”，给了我力量，槐树的“柔”，给了我抚慰。刚柔相济的槐树形象从此在我心里扎下了根。

2022 年 8 月 27 日写于北京

春天，最忆是那湘楚雨

在北京住了两个多月了，未正式下过雨，昨夜突然开始下起了小雨，淅淅沥沥，滴滴答答，像是下在人的心上。早上走到阳台往下看，十几层楼下的马路旁的两排新绿在毛毛细雨中朦朦胧胧，人行道上花花绿绿的雨伞缓缓移动。街心花园的桃李海棠，虽花已渐谢，但新叶在一片朦胧中隐隐约约闪着光。远处河边的棵棵垂柳模模糊糊似一团团嫩绿的烟雾，仿佛下一秒就能随风袅袅升起。哦，在春雨的笼罩下，明媚亮丽的北国之春也如湘楚之春一样朦胧柔美，这让我这个久居岭南的湘楚人感受到了一种久违的亲切，这绵绵细雨把我的思绪拉回到了多年不见的湘楚之春。

生长于湘楚大地的我，印象中春就是和雨缠绵在一起的，似乎没有雨就不会有春。雨来了，春就来了；或者说春来了，雨就来了。年年春雨至，岁岁柳色新。那毛毛细雨一下就是十天半月，甚至“霪雨霏霏，连月不开”。雨与春缠绵着，久久不舍离去，儿时常常会为下雨不能出去玩而沮丧，却不懂春雨的珍贵，不懂春雨的美好。

湘楚的春雨总是那么聪慧，那么善解人意。她知道大自然积攒了一个冬季的生命能量，一进入春天，种子就要破土，草木就要发芽，花朵就要绽放。此时大地最急需的就是雨露的滋润。于是立春一过，春雨仿佛天使一般，乘着温暖的风，驾着柔软的云款款而至，她温柔地给杨柳点上妆，给小草描上绿，给桃李戴上花。睡了一个季节的大自然醒了，丑了一个寒冬的花草树木美了。大自然终于从那个颜色灰暗，冻得似乎空气都僵硬了的寒冬走了出来。同时走出来的还有脖子缩了一冬的人们，他们终于可以脱下厚重的棉衣，走出户外，在春雨的间隙，在草长莺飞的原野，赏花、踏青、放风筝。农人更是伸直了腰杆，挺起了胸膛，在春雨滋润的土地上播下了希望的种子。

“好雨知时节，当春乃发生。”一千多年前的杜甫就把春雨的善解人意写入了诗中，终成千古名句。

湘楚的春雨是一位审美高手。她深谙“花看半开，酒饮微醉”为最高审美境界，也懂得太艳则不免俗气，太明则不免肤浅的道理。她不会像夏雨那样将雨水紧锣密鼓地倾向大地，而是细雨霏霏，飘飘扬扬。那似雾非雾、似梦非梦的毛毛细雨仿佛一层薄纱笼罩在天地之间，这种似挡非挡、似露非露的效果，顿使花色迷蒙，山河柔美。眼前的景色，如果再点缀上在田里耕作的农人，就是一幅再美不过的“湘楚春雨”的水墨丹青了。

相较于夏雨和冬雨，湘楚的春雨是低调温柔的。春雨没有夏季暴雨的倾泻而下来去匆匆，更没有冬日冻雨的冰冷刺骨寒彻心扉。绵绵春雨滋润万物，普惠大地，却可以低调到“随风潜入夜”，可以温柔到“润物细无声”。南宋诗僧志南说春雨是“沾衣欲湿杏花雨”，唐代的刘长卿说春雨“细雨湿衣看不见”。温柔的春雨在杏花盛开时节飘然而至，下得优雅浪漫悄无声息，沾湿了人们的衣服却让人全然不察，还有比这更柔美的吗？

陆游的“小楼一夜听春雨，深巷明朝卖杏花”，真是“绘尽江南春的神魄”。在江南，在湘楚，夜听春雨确实是一种享受。窗外，雨雾中，四下漆黑一片，往常的喧闹都因雨而退去了，整个世界沉浸在一片柔和的淅淅沥沥的雨声中。窗内，黄晕的灯光更烘托出一片宁静。此时，雨声中，灯光下，能与爱人“剪灯深夜语”，该是一种怎样的平凡和美好呢？纵使是独居，也可以或安静地于案前“矮纸斜行闲作草”；或独倚窗栏，思接远方，慢慢释放那颗等待的心；抑或泡一壶香茗，什么也不做，什么也不想，在茗香的氤氲中单纯地独享那滴滴答答淅淅沥沥……

历代吟咏春雨的诗词佳作，更赋予了春雨或美好或愁怨的灵魂。杜甫的《春夜喜雨》用明白如话的语言描绘春雨温柔地滋润万物的美好形象，如今三岁孩童都能吟咏。宋代史达祖的《绮罗香·咏春雨》却写得宛转有趣。上片写道：“最妨它、佳约风流，钿车不到杜陵路。”似在埋怨钿车难至，雨妨佳约。下片却又回想起也是春雨缠绵之时，因怕风带春雨打落梨花，于是就有“门掩梨花”的美好。更美好的是，因春雨阻隔了归路，所以能与佳人“剪灯深夜语”——春雨简直是爱情的红娘啊！李商隐就没有史达祖“剪灯深夜语”的幸运，只能在春雨中“红楼隔雨相望冷，珠箔飘灯独自归”（李商隐《春雨》）。戴望舒诗《雨巷》中那位撑着油纸伞、结着丁香一样愁怨的姑娘，应该也是沐着春雨徘徊在那寂寥的雨巷中的吧？

久居岭南，最怀念的是湘楚大地那种春雨下过之后，“春来了”“春浓了”的浓郁的氛围。一场春雨过后，某天一出门，猛然发现干枯的树枝上冒出了米粒大小的嫩芽，心中不禁一阵雀跃——春来了！上班的路上，突然眼前一亮，昨天还是光秃秃的桃李，今天满树缀着点点胭脂——春来了！趁着雨的间隙，某一个风和日丽的日子，来到郊外野炊，哦，农民伯伯耕田了——春来了！眼中的一草一木，身边的一事一物，无不告诉我们春来了！“春来了”给人带来的那种喜悦，那种生机，会让你浑身也似涨满春潮，充满了活力。几场春雨过后，嫩芽又变成了一片新绿，花蕾盛开成艳丽的花朵，稻田飘出淡淡的稻花香，你就会真切地感受到“春浓了”。北方的秋天是“一层秋雨一层凉”，湘楚的春天是“一场春雨一层春”呀。湘楚的春就是在这一场场春雨中层层叠加愈变愈浓的。春浓到极致，雨也渐渐加大了它的力度。当绵绵细雨变成了暴风骤雨，春就退去了，夏就到来了。

很久没有感受湘楚春雨过后的那种“春来了”“春浓了”的妙处了。

岭南四季常绿，鲜花常开，这既是优势，也是遗憾。一年三百六十五天，天天绿树成荫，到处繁花似锦，于是你的审美疲劳了，天天面对这五彩缤纷的世界，就如同“久居兰室，不闻其香”一样，渐渐麻木了，熟视无睹了。更重要的是，尽管岭南的春雨也是绵长而温柔的，一如湘楚的春雨，但因为整个大自然的色彩长年五彩缤纷，没有从冬天的灰暗渐渐被春雨晕染为春天的五彩的神奇变化，也没有鲜花的突然盛开给人带来的美的惊喜，没有新绿的突然出现让人顿发关于生命的感悟，因此，就没有春雨过后“春来了”“春浓了”带给你的那种浑身似涨满春潮、充满活力的感觉。

而北方的春天呢，却是“春雨贵如油”。当南方细雨绵绵的时候，北方却常常是晴空万里。朗朗晴空下，花草树木明丽夺目。前一段时间北京各种花儿次第开放，看完桃李赏海棠，赏完海棠观郁金香，还有牡丹芍药等着我，让我这个初次在北方长住的南方人惊喜连连，真正领略了“樱杏桃梨次第开”的花开连绵。但内心又总觉得这样的春天似乎少了点什么。今天早上一看楼下的景色，明白了，少的就是那绵绵细雨。加上蒙蒙细雨的滤镜，眼前原本明亮的北方春色，也变得迷离柔美，有了湘楚之风，江南之韵。没想到在这北国的春天，还会让我再一次陶醉在这如南国的绵绵春雨之中。

俗话说“一方水土养一方人”，其实，一方水土也养一方物。湘楚多雨的春天，花朦胧，树也朦胧；北方少雨的春天，桃李海棠花开明丽；岭南少有变化的四季，却都是繁花似锦，绿荫如盖。但是，正因为“一方水土养一方人”，作为远离湘楚的游子，春天，我最忆的还是那朦朦胧胧如诗如画的湘楚雨。

2022 年 4 月 27 日写于北京

南方，夏日悠长

南方的夏日，总是在你不知不觉中骤然降临。

桃花还没来得及赏，落红却已随水东逝；柳色还没来得及看，柳絮就已随风飘去；风筝还没来得及放，风却不再和煦。

厚重的棉衣刚刚脱下，舒适柔软的毛衣还没穿几天，仿佛一夜过去，第二天早上太阳就涨红了脸，晒得人忙不迭换上了短袖。

春节倏地一下就到了元宵。元宵刚过没多久，就到了清明。而清明跨过谷雨，就到了立夏。

南方的春天就像一个害羞的姑娘，随着和煦的春风，在你不经意时就从你身边静悄悄地飘走了。而南方的夏日却像一个鲁莽的汉子，在你猝不及防之际就随着暴风骤雨降临到你的身边。真真春短夏来早啊！

作为一个炎热的季节，在南方，夏日不但来得早，还特别悠长，杜甫就有“长夏江村事事幽”的诗句。南方的夏季特别霸道，不但抢走了春天的日子，还霸占了秋日的时光。每年大概从四月份就跨入夏日门槛，然后一路向“暑”进发，翻过“小暑”

“大暑”，到达“立秋”。而秋后还有无数个“秋老虎”躲在那等着跟你算账呢。等你把一个个“秋老虎”打翻在地，踩在脚下，时间就已经到了十月份了。这哪只有一个季节呀？整整半年！

“绿树阴浓夏日长”，说的则是夏日白昼的悠长。随着太阳直射点的北移，北半球夏日的白昼越来越长。白昼一长，就觉得日子特别悠长，明明一日都是 24 小时，可总觉得夏天的日子却比其他季节长得太多。从凌晨窗外第一缕亮得刺眼的晨曦，到午后一声又一声悠长的蝉鸣，再到傍晚一阵胜过一阵的热风，在这悠长炎热的白昼里，困倦慵懒、落寞寂寥的感觉总是挥之不去。

在没有电扇更没有空调的年代，夏日更显悠长。那时，南方漫长的夏季，就是人们跟炎热斗智斗勇的季节。

太阳似乎要把地面烤焦，大地就像一个大蒸笼。没有空调，也没有电扇，怎么办？最好的消暑办法莫过于到水里去。于是江河湖海就成了那时人们的水上乐园。在农村，被晒得黝黑的孩子们赤身裸体，用他们无师自通的狗刨式泳姿在水里尽情地嬉戏；在城市，傍晚人们纷纷挎着废弃的汽车轮胎，骑着自行车往江边涌去。江滩人头涌动，江中似煮水饺，人们想将这一天的暑气在这江中一洗而净。当然，在每年夏日的新闻中，总少不了因到江河湖海中游泳消暑而溺亡的报道，所以，到水中消暑是需要注意安全的。

那时的夏日，还有一个极具情趣的场景，那就是乘凉。每天一到傍晚，吃完晚饭洗完澡，大人们纷纷从屋里搬出竹板床，小孩则搬出小竹凳，一天中最轻松最快活的乘凉时刻就在搭床占位中开始了。孩子们就是在乘凉的时候认识了天上的北斗七星，也是在这个时候第一次听说了牛郎织女的故事。大人们则坐在竹椅上，边摇着蒲扇，边聊着天，一天操劳的疲乏就在这休闲的时光中悄悄退去。

在最热的夜晚，这种乘凉就可能延续一通晚。“地当床，天当被”在今天是一种浪漫的想象，可是在那没有电扇空调的年代，这句话就是写实。如果那时有无人机拍摄，那么到夏日的晚上，在南方的几大火炉城市，一定能拍到一种奇观：大街小巷、天桥楼顶横七竖八像晒咸鱼一样躺满了男男女女，他们不但“地当床，天当被”，而且似乎人类又回到混沌初开的时候，已经没有男女之区别了。是的，在那个年代，三十八九度甚至四十度的晚上，在拥挤狭小的房子里是无法入睡的，“地当床，天当被”就是人们在无奈中想出的最聪明的办法。儿时暑假中，早上穿过小巷去菜市场买豆腐脑，有时需跨过躺着人的拦在巷子中间的竹板，这个记忆深深地刻在了我的脑海中。

为了熬过炎热的漫漫夏日，我们聪明的祖先早就利用竹子这种植物，制作出各种消暑用品：竹床、竹席，竹凳、竹椅。那被人睡得变成红铜色的竹席竹床，躺上去还真是会顿感凉意。宋代苏舜钦“别院深深夏席清”的诗句，正道出了夏天竹席清凉的感受。而那竹凳竹椅坐上去，也比木凳木椅不知凉快多少呢。那时，在南方，谁家没有几床竹席竹床？又有谁家没有几张竹凳竹椅呢？否则，怎么能过得了漫漫长夏？

没有电扇的夏日，扇子当然是消暑的必备用具。我想，那时，扇子和人的关系，可能就像现在手机和人的关系一样，一旦离开手边，人就会魂不守舍。现在还清清楚楚记得那时流行的一首打油诗：“扇子扇凉风，时时在手中，有人来借扇，请到今年冬。”

我们现在看到的古代仕女图，几乎人人手中都拿着一把宫扇，那些圆的方的各种各样的漂亮的宫扇成了仕女的标配，可见扇子之于人的重要性。汉代班婕妤的《怨歌行》以“秋扇见捐”喻嫔妃虽曾受帝王宠爱却终遭遗弃的不幸命运。秋天，凉风渐起，扇子遭遗弃不可避免，这也从反面说明扇子在夏日的被宠。

在那个物资短缺的年代，南方夏日给人留下的记忆可能更多的是漫长得使人心烦气躁的炎热。但是今天，我们进屋有空调，代步有汽车，夏日虽然还是悠长，但炎热已被挡在了门外。游泳的场所从江河湖海移到了舒适的游泳馆；游泳的目的已不仅是消暑，更重要的是健身。乘凉已被丰富的夜生活替代。“天当床，地当被”已经成了浪漫的想象。席梦思床垫替代了竹床，沙发替代了竹椅竹凳。扇子不光是在秋天“见捐”，夏日同样“见捐”。

现在的夏日，有太多的美好等着我们去享受，而丰衣足食的我们也有足够的情怀去享受这些美好。

南方的夏日，是百花绚烂的季节。且不说幽香的茉莉花，清雅的百合花，火红的石榴花，热烈的美人蕉，单是那出淤泥而不染的荷花，就能醉你整个夏季。自古至今，玉雕脂凝的荷花曾使多少文人墨客为之倾倒，从汉乐府民歌《江南》的“莲叶何田田”到宋代杨万里的“映日荷花别样红”，再到朱自清《荷塘月色》中的“像笼着轻纱的梦”，这些优美的文字更给荷花增添了一层高雅的韵味。

夏日里，约上三五朋友，驱车到郊外，循着十里荷塘的幽香，赏一塘荷花荷叶，拍一组荷花美照，再品一壶荷花香茗，岂不妙哉？

除了赏荷，品果也是夏日的一大妙事。

现居岭南的我，觉得岭南夏日的水果最具特色，它们不但味道甘甜爽口，外形也更奇特漂亮。荔枝、龙眼、杧果、菠萝、火龙果次第成熟。你可以到超市随意挑选，也可以带上全家老小，到附近农场，来一回现摘现吃，那种与大自然亲密接触的快乐能让人忘却世上的一切烦恼。

岭南的水果，我以为最佳不过荔枝。苏轼的“日啖荔枝三百颗，不辞长作岭南人”，道出了荔枝之诱人。身居北方的杨贵妃，不惜劳民伤财，命人千里迢迢策马飞奔运送，可见荔枝之美味。

荔枝不但味美，色形也很美。红艳的外壳，漂亮的心形，让人赏心悦目。剥掉外壳，白色的荔枝肉晶莹剔透，仿佛玉雕一般。就连剥下来的那层荔枝膜，也被明代诗人徐勃形容为“盈盈荷瓣风前落，片片桃花雨后娇”。

整个夏季，各种瓜果轮换着品尝，是不是会让你觉得日子就像在蜜里过呢?

自从台湾校园歌曲《外婆的澎湖湾》流行以后，阳光、沙滩、海浪、椰风，似乎就成了夏日南方海边的标配，而一个夏季如果不到海边去度一次假，似乎就对不起这些大自然的馈赠。于是，携亲朋好友，住海边酒店，朝踏浪，午拾贝，晚畅泳，尝遍各种海鲜，过几天神仙似的日子，悠哉，悠哉!

现在，南方丰富而持久的夜生活使得夏日更显悠长。在北方大部分城市已进入睡眠状态的午夜 12 点，你走在南方城市的街道上，会发现夜生活似乎才刚刚开始，夜市灯火通明，歌厅歌声嘹亮。

丰富的夜生活可以满足不同的需求。酒吧食街、歌厅影院任你挑选。喜欢热闹接地气的，可以和朋友随便找一大排档，点一大盘红彤彤麻辣辣的香辣小龙虾，再来一大杯扎啤，一边吃喝，一边高谈阔论，顿觉这夏夜有滋有味，酣畅淋漓。偏爱高雅安静的，可以与闺蜜坐在装修考究、音乐舒缓的咖啡厅或茶室，调一杯摩卡或冲一壶普洱，细细品，慢慢聊，夏夜就在这种浪漫温馨的氛围里悄悄滑过。

从过去到现在，岁月悠长，南方的夏日更悠长……

2020 年 7 月 6 日写于中山

风吹一片叶，万物已惊秋

一阵风过，金黄的树叶片片飘落，脑海里突然跳出杜牧的诗句："风吹一片叶，万物已惊秋。"是呀，树叶飘落，秋天来了。自然界的万物都是有灵性的，飘零的落叶，就是秋君送来的请柬，他邀请大自然共享秋天丰收的盛宴呢。于是，秋雨邀凉，荷残莲生，稻熟菽丰，葡萄挂架，瓜果遍地……大自然的万物收到请柬后，各自备好了礼品，共赴秋之盛宴。秋是凉爽的日子，是丰收的日子，更是喜庆的日子！

确实值得庆贺，今日的秋之盛宴，来之不易啊。冬天的风雪严寒，春日的破茧之痛，夏季的烈日暴雨，没有哪一个季节都是风和日丽，没有哪一个季节不是充满艰辛。从冬到秋，那是一个充满希望但又历尽煎熬的过程。

冬日，为了抵御严寒，大自然用近乎惨烈的方式保存自己仅有的能量，等待来春的蓬勃生发。

灰色的天空中，光秃秃的大树，枝丫如戟。为了让树干和树枝有足够的营养抵抗寒冬，每一片树叶都义无反顾地飘向大地，以牺牲自己的方式，换来整棵大树来年的重新发芽。

冰封的河流下，鱼儿屏住了呼吸，潜入了水底。它们不甚灵活的身体时而遇上冰的刀割，时而夹入冰的缝隙。舍弃鱼跃的自由，忍受冰割的痛楚，只为来春还能遨游在碧波之中。

漆黑的冻土底下，各种昆虫蛰伏在洞穴之中，为了保存仅有的能量，它们不吃不喝，一动不动。它们心知肚明，认命当下，在冬囚的洞穴里，等待开春的第一缕阳光。

春，终于来了！

春雷滚滚，春雨潇潇，大自然的万物在电闪雷鸣之间，在如晦的风雨之中，从冬眠中觉醒，生长的力量，使它们无所畏惧。

嫩嫩的新芽，拼尽全身的力气，撕开种子的外衣，顶破覆盖在头上的坚实泥土。它要在这春天里冲破一切阻挠，长成一株生机勃勃的小树。

躲藏在茧壳中的蝴蝶，听到第一声春雷后，破茧而出。茧壳是那样的坚固，刺得它浑身疼痛，但唯有这样，才能促进它翅膀的血液循环，使其舒展，使其坚硬。为了能羽化飞翔，蝴蝶必须忍受这刀割一样的痛苦。

夏日永远是那么霸道，还没享受几天春风的和煦，烈日就以它无比的威力，将大地炙烤成一个大火炉。“清风无力屠得热，落日着翅飞上山。”炎炎夏日，似乎要把大自然融化在一片热浪之中。

不仅是烈日，还有暴雨。黑云压城，急雨似箭，“风如拔山怒，雨如决河倾。”夏日这个脾气暴躁的汉子，用他极端的手段，肆意妄为，把天地搅得不得安宁。

但是，大自然经得住烈日的考验，也挺得过暴雨的袭击。你看，暴雨后，热烈的美人蕉将自己化为一团火焰，在烈日下熊熊燃烧；过雨的荷花，晶莹剔透，分外优雅；一阵风过，雨后的茉莉送来缕缕清香。高大的梧桐经过暴雨的洗礼，在阳光下，青翠欲滴，绿荫如盖；水边的垂柳在雨后的微风中，更显婀娜多姿。雨后的蛙鸣声如洪钟；林中的蝉儿歌声如磬。

经历了漫长的冬春夏，希望终于变成了现实，秋日馈赠给大自然绚丽的色彩，丰收的果实，高远的晴空，凉爽的清风。

“风吹一片叶，万物已惊秋。”当然，飘落的黄叶不但惊起了万物，也惊动了夏日。夏日不甘心啊，一向霸道的它岂能败于秋日之手呢？于是它使出了杀手锏，派来了 24 只“秋老虎”再次横行大地，又是烈日当空，又是暴风骤雨，“秋老虎”们要用烈日把秋雨邀来的丝丝凉意赶尽杀绝，它们还要用暴雨将秋日的丰收果实糟蹋殆尽。但是，自然规律不可违呀，秋风以不可阻挡之势，将一只只“秋老虎”打翻在地，秋日终以胜利者的姿态笑傲江湖！

突然发现，人生与大自然何其相似，人生的各阶段的某些特点都分别能在大自然秋冬春夏中找到与之相似的对应点。

某天，我们退休了。“退休”就是人生之秋飘飞的第一片黄叶，也是人生之秋送来的请柬。但这人生第一片黄叶的飘飞，惊动的不是万物，而是我们自己。我们似乎还不太想接受它的邀请——啊？我的人生就进入秋天了？我有这么老吗？老到国家都认为我再也没有能力工作的地步？于是我们感叹人生苦短，羡慕他人春秋鼎盛。

但是，最后我们还是不得不接受现实——我的人生之秋到来了。虽说随着年纪越来越大，可能高血压、糖尿病等各种老年病就像大自然的“秋老虎”一样，不时地袭击着我们，可是以病为友，与病共存，不就是人生之秋的常态吗？

更何况，我们的人生之秋即使不是功成名就，也应该是安常处顺。现在总算是可以轻松地坐下来冲一壶普洱，或者调一杯摩卡，再摆上香甜的点心，在享受着下午茶的悠闲中，在午后温暖的阳光下，翻翻旧照片，看看那些历年的荣誉证书。啊，大自然的秋天，硕果累累；而人生的秋天，也成绩斐然呢！于是我们可以安心地坐在摇椅上，慢慢地回顾自己的一生。

人生历程，开端于坐胎。十月坐胎，靠着脐带吸取营养，从胚胎发育成婴儿。蛰伏于妈妈的体内，在那幽闭狭窄的空间悄悄发育，像极了大自然万物的冬眠。

一声啼哭，婴儿呱呱坠地，从此，无论是身体还是智慧，我们的成长都突飞猛进，犹如大自然春天万物的勃发。但是，从出生到学业有成，这个人生的春天，与大自然的春天一样，既充满希望，更需经历各种磨炼。如果说牙牙学语，蹒跚学步，还是无意识的学习，不算磨练，那么，十几年的寒窗苦读，中考，高考，硕考，甚至博考，一路过关斩将，那就一定是人生的磨炼了。这些还不够，现在的孩子，在如山的课业之外，在学校学习的间隙，五花八门的培训班全在向他们招手，榨取着他们所剩无几的精力。

但是，“天将降大任于斯人也，必先苦其心志，劳其筋骨，饿其体肤……”我们的古人早就给我们指明了成功之路。人生之路没有捷径，人生的春天就是让人在磨难中破茧而出，羽化成蝶，然后在人生之夏才能战胜一切狂风暴雨，自由地飞翔！

于是，我们满腹诗书，走进了职场。我们要大干一场，一定要实现我们在校园构建的美好理想。我们沸腾的热血，犹如夏日炽热的烈日，要在理想的蓝图中燃烧；我们冲天的豪气，仿佛夏季的暴雨，要冲刷掉一切挡在我们前面的路障！

但是，丰满的理想常常被骨感的现实打得晕头转向。竞争、淘汰，职称、级别，人情、世故，也像夏天的烈日暴雨，炙烤着你，狂抽着你，让你失望，让你气馁，甚至让你怀疑人生。但是，这一切你都挺过来了，你就像一只在狂风暴雨中飞翔的海燕，越挫越勇，越飞越高，直至达到你人生的巅峰，直至迎来你的人生之秋……

夕阳悄悄地射进屋内，把你从回忆中拉回现实，于是你悠闲地端起了咖啡，起身走到窗前，窗外“为霞尚满天”呢。

“风吹一片叶，万物已惊秋。”历尽千辛万苦之后，色彩斑斓、硕果累累的秋天已经到来，那么我们就好好享受这大自然之秋，好好享受自己的人生之秋吧。

2020 年 8 月 16 日写于中山

雪花飘飞入梦来

时令马上就到“大雪”了，前一段时间，北方很多地方下今冬的第一场雪时，岭南的珠三角还在气温近30度的“夏日”里苦熬，“你在北方裹着貂，我在南方露着腰”真不是一句俏皮话，而是现实生活的真实写照。正因为如此，家乡湘楚大地冬天天空雪花飞舞、地面银装素裹的美景，就成了久居岭南的我心中美好的怀念和梦想。

儿时的寒假里，如果某一天早上醒来一睁眼，感觉窗外格外明亮，就会兴奋得一跃而起，赤脚跨到窗前，猛地掀开窗帘，因为连孩子都知道，窗外这么亮，一定是下雪了。掀开窗帘一看，果然，眼前白茫茫的一片，屋顶大地都覆盖了一层厚厚的雪！于是，起床也不用爸爸妈妈千呼万唤了，穿衣服也不磨磨蹭蹭了。脸也不洗，牙也不刷，饭也不吃了，急急忙忙地呼朋唤友，打雪仗，堆雪人，滑雪板，玩得不亦乐乎。调皮的男孩子把小雪团出其不意地塞进小伙伴的衣领里，对方被冰得哇哇乱叫，一时间，笑声一片，这个无伤大雅的恶作剧所带来的快乐似乎能把一冬阴冷带来的郁闷一扫而光。冬日里，对于不常下雪的湘楚大地的孩子们来说，还有什么事情比下雪更令人兴奋的呢？

而此时，平日在孩子面前不苟言笑的父母们似乎也变得温和宽容了，他们不但不会阻止孩子们玩雪，甚至还会跟孩子们一起滚雪球堆雪人——雪的魅力大人也挡不住啊！记得十来岁时，20世纪70年代的一个冬天，雪下得特别大，覆盖在地面足有两尺厚。那天，父亲带着我和弟弟堆了一个比真人还高大的雪人。这对于平时只能和小伙伴们堆堆小雪人的我来说，是一件特别兴奋特别自豪的事情。父亲将雪球滚得大大的，然后将雪球拍紧实做成雪人的身子、脑袋。我和弟弟则跑前跑后，给父亲递这递那，兴奋得不知如何是好。父亲还用相机拍下了我们和雪人的合影，把我们最珍贵的童年乐趣记录下来。也就是那一天，我知道了大雪球是滚出来的，也知道了大雪人的眼睛可以用木炭来做，而弯弯的红辣椒最适合做雪人的嘴巴。

打雪仗、堆雪人快乐了我们的童年，而雪给人带来的美的享受却能沁润我们的心田，荡涤我们的灵魂。

雪的美在于它的静。

相较于雨的淅淅沥沥甚至哗啦哗啦，雪花真是落地无声，像是生怕有一点响声就会惊扰了你的美梦。所以经常是一夜无声，但早上一拉窗帘，却是“窗含西岭千秋雪”，那白茫茫的一片给了你莫大的惊喜。而天空中还在飞舞的雪花又是那样如梦如幻，如痴如醉。似盐糖，盐糖没有它的轻柔；似柳絮，柳絮没有它的晶莹；似鹅毛，鹅毛没有它的剔透；它轻悠悠、亮闪闪、静悄悄地飘呀飘呀，最后悄无声息地落在了树上，落在了地上，也落在了人们的心田。

雪花飘落无声，雪景也静穆无言。柳宗元的“千山鸟飞绝，万径人踪灭。孤舟蓑笠翁，独钓寒江雪”正道出了这种寂静雪景的妙处：白雪覆盖下的天地之间，人和动物都了无踪迹，万籁无声。下着大雪的江面上，一叶小舟，一个独自在寒冷江心垂钓的老渔翁。整个画面邈远而寂静，给人一种空灵的感觉。这种妙处今天我们在乡间下雪时还能感受得到。

雪的美还在于它的净。

雪，纯白无瑕。真感谢大自然的安排，透明无色的水凝结成雪以后竟然就变成了白色。世上又有哪一种颜色比白色更纯洁更干净呢？干净的白色不单意味着纯洁，还意味着神圣，白色天生具有一种难以妥协、不容侵犯的凛然之气。不是吗？当你面对一片洁白干净的雪地时，你是不是不忍心甚至不敢把脚踏上去？你生怕玷污了它，破坏了它的美！

雪，纤尘无染。如果没有人为的玷污，雪看上去真是天底下最干净的东西，这不仅是因为它选择了白色这种最干净的颜色，还因为它的质地没有一丝杂质，没有一毫瑕疵，质地的纯洁，决定了它外形的干净。

雪的美更在于它品格的高洁。

大自然的安排总是那么有心，它让雪花存在于冬天。此时，大自然不让百花开放，因为它怕花的鲜艳破坏了雪的洁白；也不让蝴蝶飞舞，因为它怕蝶的纷扰凌乱了雪的纯净；更不让蜜蜂嗡嗡，因为它怕蜂的喧闹惊破了雪的安静。雪也无需百花的衬托，因为它本身就是花；雪还无需蝴蝶的飞舞，因为它本身就似蝶；雪更无需蜜蜂的嗡嗡，因为此时无声胜有声。漫漫天空中，唯有雪花寂静无声地飘飞，茫茫大地上，也唯有一片皑皑白雪。这，就是最美的安排，百草的枯萎，大地的泥泞，全都静悄悄地被覆盖在厚厚的白雪之下，白茫茫一片晶莹剔透，静悄悄一冬万籁俱寂。

大自然又让雪融化于初春。春天，花儿开了，蝶儿来了，蜜蜂也成天嘤嘤嗡嗡的，但这时的热闹只是它们的，雪已经悄悄退出，它不想与花们争热闹，也不适应这种热闹。

人说腊梅“俏也不争春”，美丽的雪又何尝不是这样呢？而且它不但不争春，更甘愿牺牲自己。它毅然化身为一江春水，流过春夏秋，淌过平原山沟，灌溉庄稼，滋养果蔬。等到来年的冬天，它又再化身为雪花，在下一个万物凋零的季节，为人们再造一个粉妆玉砌的世界。

从外表到内在，雪的美净化着我们的心灵。面对晶莹剔透纤尘不染的皑皑白雪，你可能会为自己对名利的患得患失而羞愧；想到美丽的雪甘愿牺牲自己滋养万物的高洁品格，你也可能会为自己心中偶尔冒出的私心杂念而汗颜。

会下雪的地方，冬天肯定是很寒冷的，但是没有屋外下雪的寒冷，又怎能体会屋内的温暖呢？什么样的年夜饭是最温暖的？在我的心目中，那就是屋外大雪纷飞，而室内却温暖如春，一大家子人围着热腾腾的火锅，把酒推盏，笑语欢声。而此时如果你是远道赶回家团圆的“风雪夜归人”，一路上披风戴雪，那么，当你一脚踏进温暖的家门时，立刻会有一股暖流弥漫全身，而心中的温暖真是无以言说。

就算是平常的日子，在大雪纷飞的夜晚，邀几位知己，共叙友情，那也是一件非常惬意的事情呢。不需太好的酒，也不需珍馐美味，只需像白居易一样“绿蚁新醅酒，红泥小火炉”，屋外雪花飘飘，屋内酒热火旺，三两知己，轻言细语，不亦乐乎？

雪是如此的美好，所以自古以来，雪就是文人骚客的钟情之物。从先秦《诗经》中的“今我来思，雨雪霏霏”到现代的毛泽东的“山舞银蛇，原驰蜡象”，“雪”的意象贯穿于中国的整个诗词历史。美丽的雪花在诗人笔下不但如花似玉——“六出飞花入户时，坐看青竹变琼枝”，而且活泼动人——“白雪却嫌春色晚，故穿庭树作飞花”。诗人笔下旷远的雪景又是那样令人浮想联翩：“忽如一夜春风来，千树万树梨花开。”邈远荒凉的塞外，因为白雪落枝头，让诗人一下子仿佛回到了梨花盛开的江南；“渺万里层云，千山暮雪，只影向谁去?”在千里江山暮雪皑皑的景象的衬托下，失去爱侣的大雁的孤寂凄凉无以复加；而“踏雪寻梅”四个字不仅写尽了文人雅士赏爱雪景苦心作诗的情致，就连我们这些凡夫俗子也会为这四个字描绘的优美意境所陶醉。

雪还是岭南人美好而朦胧的梦，到北方去看雪，是大多数岭南人的一个心愿。于是他们去哈尔滨，去漠河，去雪乡，看雪景，赏冰雕，再来一场跌跌撞撞的滑雪——人生的最大的乐趣也莫过如此。他们甚至还把这美好的体验带回南方，想永久保存。看过一则新闻，一南方小伙把一个小雪人从北方想方设法快递到南方，然后像供宝贝似的放在冰箱，还开玩笑说“很珍贵，只要冰箱不断电，大概可以一代代传下去吧……”

两三年前的冬天，我所居住的珠三角下过一次雪霰。记得那天几乎是全城沸腾啊，“下雪了！下雪了！”人们喜出望外，奔走相告。那天微信朋友圈几乎清一色的都是在晒自己拍的“雪景”。还有人用那可怜的一点点雪霰捏出了可爱的袖珍雪人。虽然严格地来说，雪霰并不算雪，但这足以让珠三角的人兴奋不已了。

不管是北方还是南方，只要是会下雪的地方，冬天的肃杀总是会给人带来郁闷的情绪。终日灰蒙蒙的天空，所有枝丫都光秃秃的大树，枯黄衰败的草坪，似乎都让人提不起精神，要不是迎面吹来的一股凛冽的寒风令人一振，人们可能会在这冬日里沉沦下去。但也就在这时，大自然派来了雪这个天使，让冬天不再阴郁，让人们不再沉沦。雪，就是大自然在冬日馈赠给我们的最美的礼物。是呀，一想到冬日里有雪给我们带来快乐与美的享受，我们还有什么“肃杀”不能忍受？还有什么理由不爱这样的冬天呢？

在没有雪的珠三角过冬，暖则暖矣，但正如“久居兰室不闻其香”一样，久居暖室也会不觉其暖；珠三角的春节也因为少了雪，年味也就打了折扣。今年又要在这温暖的地方过冬过年了，雪是肯定看不到了，因此，“雪花飘飞入梦来”也就成了我今冬的一个心愿。

2020 年 12 月 8 日写于中山

月白风清入我心

“月亮走，我也走，我给月亮提花篓……”这首儿歌中所描绘的美丽而奇特的场景是多少孩子的向往啊！儿时，每当唱起这首儿歌，我似乎就成了那个身穿纱裙，手提花篓的小姑娘，跟在像新娘一样的月亮姐姐后面，在飘着白云的湛蓝的天空缓步前行……夏夜，清风拂面，躺在竹床上乘凉，对着深蓝天空中悬着的那一轮美玉，一边听着外婆讲“嫦娥奔月”的故事，一边睁大眼睛在月亮中寻找那黑影中哪是嫦娥。啊，那个小黑影真有点像玉兔哎！还有吴刚呢？桂花树呢？遥远柔美的月亮，在孩子的心目中，就是一个美丽的神秘所在，它柔和的清辉，它变幻的身姿，它在云层中匆匆的脚步，都能引发孩子们神奇的想象。

当太阳完全没入西方的天边，夜就渐渐张大了它的黑幕，想把大地的一切吞入它的嘴中，它要将孤独、恐怖、崩溃散布在这夜幕之下。如果没有月亮，孩子们对夜晚的感觉大概就只剩下恐惧了吧。

幸亏，有月亮！每一个月份，月亮都在与巨大的黑幕抗争。月初，它将黑幕悄悄撕开一条小口，那拼尽全力露出的一弯蛾眉却是那么娇媚，似芽，如弓。你看，那芽真是破土而出，因为它身下的云就是它生长的土壤；那弓却永不上箭伤人，只是弯成一道美丽的弧形。纤细的月牙散发的光辉虽微弱，但足以给大地以希望。慢慢地，黑幕越撕越开，月儿也越露越多，一弯娥眉变成了一叶扁舟，这小舟载满了神秘、浪漫和希望，时而在银河中缓缓前行，时而划到云边靠岸。直至月中，一轮满月犹如玉盘一般悬挂天际，那是一种怎样的圆润，又是一种怎样的圣洁啊！月亮洒下的清辉驱散了大地的黑幕，也荡涤着人们的心灵，在这圣洁的月华之下，怕是容不了丁点猥琐和不堪。月色似纱，朦朦胧胧；又似梦，模模糊糊。但一切都刚刚好，太明，则失去了神秘，也失去了浪漫；再暗，则物体都失去了轮廓，大地就变成了恐怖的黑洞。

也许是怕大地贪心不足，抑或是力量渐渐耗尽，满月又慢慢退却，变为小舟，小舟再变为蛾眉，最后遁入黑幕。下一个月份再周而复始，如此循环往复，无穷无尽……

在清风拂面的月夜下散步应该是人生最美好的享受之一吧？像朱自清一样，在月色下的荷塘边独自慢慢行走，“什么都可以想，什么都可以不想，便觉是个自由的人”了，“颇不宁静”的心绪也慢慢平静了下来。当然也可邀三五知己，漫步于月光下清风吹拂的湖光山色之中，或谈天说地，阔论古今；或密语倾诉，戏谑调笑。累了，驻足于水边，俯身可以掬月在手，抬头可以赏月于心。人间赏心乐事莫过如此呀。

清风习习的月夜下的浪漫当然不只有散步，美好的月色堪配各种浪漫。“月上柳梢头，人约黄昏后”的爱情的浪漫，“举杯邀明月，对影成三人”的月下独酌的浪漫，都让人心生羡慕，但最浪漫的莫过于苏轼的“月夜泛舟”。苏子曾连续两次与友人月夜泛舟于江流，“白露横江，水光接天。纵一苇之所如，凌万顷之茫然。”“反而登舟，放乎中流，听其所止而休焉。”每每读到苏子在《赤壁赋》和《后赤壁赋》中描绘的这两个月夜泛舟的情景，就对苏子的浪漫感慨不已，觉得似乎只有月夜、江流和苇舟才能配得上那种闲适、超然和空灵。苏轼选择在“七月既望”和“十月之望”两个月白风清的夜晚泛舟长江，显然是有他的精心安排的——苏子不愧为玩浪漫的高手。

大概古代像苏轼这样的高手还不少，久而久之，“赏月”就变成了人们生活中的一个元素，而一些特殊的日子就被定为与月亮有关的节日。最典型的莫过于农历八月十五的中秋节。农历八月十五，正是“月白风清”的美好时光。不管是南方还是北方，农历八月都是最好的季节，清风送爽，冷暖适中；稻熟菽丰，瓜果遍地。而十五日夜晚则满月如璧，清辉如水。月光下，清风中，摆上月饼瓜果，斟满美酒佳酿，全家团团圆圆，欢声笑语，岂不美哉！

元宵节则定在春节之后的第一个望日，月满时分，观完灯，舞完狮，吃完元宵，才算把这个“年”过得完完美美。流行于浙江杭州和嘉兴地区的“观潮节”更是一个与月亮密切相关的节日。

仔细想想，宇宙确实很奇妙，白天有火热的太阳，给地球以温暖，供万物以阳光；夜晚有月亮，驱地球之黑暗，送人类以浪漫。试想如果没有太阳，则万物不生，世界毁灭；如果没有月亮，即使生命能在，地球能保，但也少了许多浪漫，缺了许多享受。太阳和月亮，一阳一阴，天地平衡，万物和谐，真是妙不可言。

圣洁而神秘的月亮总能引起人们的绮丽遐思。东西方对于月亮的解读却各有偏好。东方将月亮的美好、浪漫和神秘揉入文字之中，化为千古名句；西方则将月亮的柔美融进音符，谱出千古绝唱，或将月亮的绚丽绘上画布，成就千古名画。

张若虚的“春江潮水连海平，海上明月共潮生”，让我们目睹大气磅礴的“海上生明月”的壮丽图画；李煜的“无言独上西楼，月如钩”，让我们一窥诗人内心的幽寂孤独；辛弃疾的“明月别枝惊鹊，清风半夜鸣蝉”，让我们体会夏日清风月夜的情趣。“但愿人长久，千里共婵娟”的豁达胸怀安慰着我们；“月有阴晴圆缺，人有旦夕祸福”的人生感悟教导着我们；“江畔何人初见月，江月何年初照人”的哲学思考启示着我们。这些或瑰丽或优美或启人心智的诗句，正是月夜的美好与诗人的智慧的结晶。

《月光奏鸣曲》是贝多芬最著名的作品之一。德国诗人路德维希·雷尔施塔布赞美《月光奏鸣曲》的第一乐章美妙“如在瑞士琉森湖那月光闪耀的湖面上一只摇荡的小舟”。传说此曲正是贝多芬在莱茵河边一个小镇的一间洒满清幽月光的小屋里创作出来的。

19 世纪捷克作曲家德沃夏克的歌剧《水仙女》中，有一段著名的咏叹调《月亮颂》。第一次享受《月亮颂》的美妙绝伦，是三十多年前在剧院看演出，那次歌唱的演员也是一位像月亮一样美的姑娘。我现在还清晰地记得自己当时的感受。“啊，月亮留下吧，留一会儿吧！”当水仙女请求“尽情地漫游全世界”的月亮告诉她，她的爱人在哪里的时候，我的泪水禁不住奔涌而出。水仙女对王子绵远的深情似乎都化为那柔美的月光轻抚着我的心底。而此时我也仿佛沐浴在异国的月光之中，月光的轻柔、月亮的深情似乎触手可及。

月亮同样给 19 世纪荷兰最伟大的画家梵高带来了奇异的灵

感。1889 年 5 月，梵高再一次精神崩溃，住进了精神病院。在医院，他创作了他最具代表性的作品之一——《星月夜》。《星月夜》似乎不是我们平常人眼中的星月夜，而是作者精神恍惚之际的奇妙的幻想，那一团团旋转如流沙的星云，那如一川河流奔腾的星光，特别是星云漩涡中的那一弯橘黄色的绚丽的月亮，真是摄人心魂。这种异于常人的艺术表现，让人惊叹作者的奇思异想，也惊叹月夜能给创作者带来如此奇妙的灵感。

东西方对月亮的解读虽方式各有不同，但都离不开一个“美”字。月亮的美是普世的，也是永恒的。

时代发展到今天，月球的真实面貌早已呈现在人们的面前，月亮已不再神秘。2020 年 12 月 1 日，我国的嫦娥五号探测器也在月球成功着陆。但是我想，永恒的月亮之美是不会改变的，它带给我们的浪漫也是不会改变的。只是现在城市高楼林立，夜晚霓虹闪烁，身处灯火辉煌的水泥森林之中，再也看不到“星垂平野阔，月涌大江流”的壮阔景象，也很难感受到“月上柳梢头，人约黄昏后”的美妙了。

但是，月白风清入我心，享受月色之美是人人向往的。所以，到乡村去吧，那里也许还能欣赏到“烟笼寒水月笼沙”的柔美；到山林中去吧，那里抑或还能体会到“月出惊山鸟，时鸣春涧中”的乐趣；到大海边去吧，那里大概还能领略到“海上生明月，天涯共此时”的壮阔。希望在今年中秋节，我能有这样的机会，如果能像苏子一样在清风月夜中泛舟江流，那就是我这一辈子的幸事了！

2021 年 1 月 26 日写于中山

杨柳依依

前几天，在北京工作的女儿给我发来几张柳絮飘落在地的照片，那蓬蓬松松、柔柔软软的像棉花一样的柳絮，一下子触动了我的情思。

袅娜的杨柳本就充满诗情画意。它妩媚，微风吹来，摇曳的柳枝，活像少女扭动的腰肢。它柔美，那纤细的枝条，尖长的叶儿，能让人顿生怜惜之情。曹雪芹就用“行动似弱柳扶风”来形容林黛玉的柔美。但它却又是那么坚韧，看似柔弱的柳枝，却是百折不断，即使用蛮力，你也不一定能扯断它。因此，用柳条编织的篮子、柳筐，已经被人类使用了几千年。在战争年代，用柳条编织的头环伪装，不知保护了多少战士的性命呢。

那年到扬州，才知道天堂不在苏杭，而在扬州。而扬州的美又全在瘦西湖。而瘦西湖的美，又全在湖边的杨柳与湖面的水乳交融。那样大小的湖配上一圈那样高低的柳，不多一分，不少一毫，恰如其分，天造地设一般。如果说水是郎，那么柳就是妾，郎有情妾有意，他们时而拥抱，时而轻吻。和谐，浪漫，美得令人心醉，美得令人窒息。杭州西湖岸边同样植有垂柳，但是相对于偌大的西湖来说，那些垂柳显得太弱小，甚至小到可以忽略不计，眼前只剩下烟波浩渺的湖面。没有与之相匹配的垂柳，使西湖的美色减去了不少。

西湖的柳比起瘦西湖的柳确实稍逊一筹，但西湖十景之一的“柳浪闻莺”因为有“莺”的加入，却又别有一番情趣。你看，莺飞绕柳枝，莺鸣催柳绿。绿柳黄莺相映衬，树下游人成双对。这是多么动人的画面！

作为一个意象，杨柳在古诗词中的出镜率实在是太高了，以杨柳为意象来表达情思的诗句俯拾即是。

早在两千多年前的《诗经》里就有“昔我往矣，杨柳依依”的句子。杨柳依依，多么美好的描写！岂止杨柳“依依”，离人更“依依”啊！美好春色留人沉醉，却是“我”该黯然离去之际。这种以乐景写哀情的诗句，构成情与景之间的强烈反差，会倍增其哀。不得不佩服古人写作技巧之高超。

王昌龄笔下的未曾有过相思离别之愁的少妇，“春日凝妆上翠楼”，本是一片欢喜到楼上来欣赏春景的，可一见到“陌上杨柳色”，马上愁从中来，对远征边塞的丈夫的思念之情，潮水一般涌上心头。甚至悔不该让丈夫从军边塞。“柳”与“留”谐音，古代离别，常折柳相送，故少妇见到春风拂动下的杨柳，一定会浮想联翩：他们夫妻之间的恩爱，他们离别赠柳时的依依不舍，丈夫戍守的边关是黄沙漫漫，还是也有杨柳依依……“陌上”一片“杨柳色”，将“不知愁”的少妇拉入绵绵的情思之中。在此，杨柳不再只是一种植物，而是思念的化身。

每当读到欧阳修的“溪桥柳细”的诗句时，我脑海里就浮现出一幅典型的江南仲春的画面——潺潺流淌的清澈的小溪上，一座犹如弯月的石拱桥横跨两岸，小桥旁岸边细细的杨柳枝条正在水面轻柔地随风摇曳着，是在配合那撑着油纸伞正碎步走在桥上的少女的柔美吧。

欧阳修笔下的杨柳一定是江南的杨柳。江南才有“溪桥”，更重要的是江南才会“柳细”。

以前没太注意过北方的柳树。前几年到北京颐和园，被西堤的十几棵柳树惊到了，这哪是我心目中的柳树啊！几乎两倍于江南杨柳的高大的树形，没有了江南杨柳的柔媚；沧桑遒劲的树干也没有了江南杨柳的娇弱；粗粗的枝条更没有了江南杨柳的轻盈；就连那柳叶，也不似江南柳叶的纤细嫩绿。一方水土养一方人，又何尝不是一方水土养一方物呢？

欧阳修在《蝶恋花·庭院深深深几许》中还有一句描写杨柳的句子——“杨柳堆烟”。一直以来对欧阳修用“堆烟”来形容杨柳不甚理解。烟，雾雾蒙蒙，袅袅娜娜，几近无形，看得见却摸不着。杨柳呢，虽轻盈柔美，但它毕竟实实在在，看得见也摸得着。况且还用“堆”来形容“烟”。实在是令人费解。

但是，十年前在英伦剑桥，我终于理解了欧阳修的妙笔。剑桥大学的校园是我见过的所有大学中最美的校园。牛津大学也美，但是它没有康河，也就没有康桥，更没有康河岸边的杨柳。徐志摩把夕阳下康河畔的杨柳，形容为“金柳”“新娘”。而我，看到康河畔的杨柳后，却理解了欧阳修那句“杨柳堆烟”的妙处。

一叶小舟，载着我们在康河中缓缓前行，撑船的白人小哥（应该是打暑期工的剑桥大学的学生）时不时用夹杂着英文单词的生硬的中文热情地给我们讲解着。可我的心思全被岸边的杨柳吸引了。康河岸边的杨柳也非常高大，但跟我国北方的杨柳相比，它的枝条更繁盛，可以说密不透风，而且一直拖到地上或水面，让坐在小舟上的我们根本看不见它粗壮的树干。那密密麻麻的柳叶堆在一起，从地上到树顶，不见一点树干，可不就是"一堆"柳叶？微风吹来，那繁盛的枝叶一律随风摇摆。我们坐在行进的小舟上，远远望去，那模模糊糊、摇摇摆摆的杨柳，仿佛正像炊烟一样袅袅上升呢！可不就是"杨柳堆烟"吗？当时虽值盛夏，但柳叶儿的颜色并不似我国北方杨柳深沉，而是带点嫩绿。几十年前的徐志摩看到的康河岸边的杨柳是否就是我现在看到的呢？他有没有想起欧阳修的"杨柳堆烟"呢？

柳树实在是一个诗情画意的存在，大概只要条件允许，作为文化之地的学校，周边都会植有柳树吧，我的母校周边照样植有柳树。母校坐落在湘江边，20 世纪 80 年代初期，湘江边没有现在精致美丽的沿江风光带，但是却有着一排排婀娜多姿的杨柳。每当初春柳树发芽之后，一到傍晚，同学们就三三两两在柳树下散步、谈心。20 世纪 80 年代的年轻人意气风发，在柳树下谈诗歌，谈理想，谈爱情……从柳枝刚吐嫩芽，到枝叶繁盛，再到柳絮飘飞，这里曾留下了同学们多少豪言，多少壮语，多少情思。这些豪言壮语，这些绵绵情思，随着轻轻飞扬的柳絮飘呀飘呀，落到了祖国大地，也落在了每一个人的心田。湘江边的杨柳承载了同学们太多太多的记忆。四十年后的今天我们班的一位才子写了一首《五律·忆先逝同学》，开句就是"湘江飞柳絮"，可见湘江边柳树给他的印象之深。

说到柳絮，现在很多人因为过敏而不喜欢它，但是，自古以来在文人心中，柳絮和杨柳本身一样都是美的意象。宋代晏殊有

“梨花院落溶溶月，柳絮池塘淡淡风”的诗句，梨花在溶溶的月光下摇曳，柳絮在淡淡的清风中飘落，多么清幽、情致缠绵的意境呀！欧阳修却用“因吹柳絮惜残春”的诗句哀叹春天即将逝去。而“白雪纷纷何所似，未若柳絮因风起”则将纷纷飘飞的白雪比拟为因风而起的柳絮，可谓形似神也似，二者都美得不可方物。

女儿发来的柳絮照片特别美，大概北方柳树够大，柳絮相应也很多，飘落到地上，人迹罕至的地方足有半尺厚。我开玩笑说“可以收集起来做柳絮枕头了”，女儿立即回了一个“呵呵”，似在嘲笑我亵渎了柳絮的美好。

现居岭南的我，一般欣赏不到柔美的杨柳，不知是气候还是土壤的原因，岭南极少有柳树，偶尔见到一两棵，也是长得极其矮小，且枝疏叶稀，不具欣赏价值。对于我来说，这也是一件憾事吧。

2020 年 4 月 26 日写于中山

海棠依旧

“海棠”，在我的脑海里一直是一个美好雅致的词。

最初与之结缘是在儿时。那时，水果店有一种非常漂亮可爱的水果，酷似苹果但比苹果小，色泽也更娇嫩，我们叫它海棠果。因为小，觉得它比苹果玲珑可爱；因为色泽更娇嫩，又觉得它比苹果雅致漂亮。对于20世纪60、70年代的孩子来说，水果是奢侈品，更何况是这么稀有漂亮的海棠果。每每在水果店看到漂亮的海棠果，闻到它诱人的香味，真是腿都迈不动了。偶尔得到那么一两个，舍不得吃，小心地捧在手心把玩，觉得世界上有这么漂亮可爱香味扑鼻的小果子真是一件很神奇的事情。

后来才知道，其实我们南方人说的这种海棠果，北方叫沙果，它并不是海棠树结的果。沙果树是蔷薇科苹果属植物，难怪那么像苹果。但不管怎样，海棠的美好可爱印象早已在我儿时的心里根深蒂固。

随着年龄的增长，海棠的形象在我的脑海中越来越丰盈。读诗歌，诗中有海棠之色；赏国画，画中有海棠之形；听典故，故事中有海棠之韵。海棠的美已不再只是可爱美好了，她是一种高雅别致，是一种诗情画意。但这些也只是停留在脑海里，现实中却一直未有与海棠相见的美遇。

20世纪90年代，移居岭南，每年春节花市上都能看到一种先开花后长叶的盆景，也叫海棠。刚买来时，花骨朵如点点胭脂点缀在褐色干枯的枝干上。待到春节前后，花朵如期开放，形似梅花，又比梅花艳。满树的胭脂红正应除夕喜庆之景，合春节吉祥之意，摆一盆在窗台，浓浓年味就从这喜庆的氛围中氤氲开去。这种色泽浓艳、形象喜庆的盆景海棠作为年花很适合，但似乎离诗情画意还有点距离。

一直到去年春天，来到北京，才真正观赏到成片成片的开在树上的海棠花。川端康成说：“光凭头脑想象是困难的。美是邂逅所得，是亲近所得。”（《花未眠》）此话，我深以为然。亲眼看见一树一树的海棠花，我才真正理解了苏轼“只恐夜深花睡去，故烧高烛照红妆”（《海棠》）的担忧；更觉得他所说的海棠“嫣然一笑竹篱间，桃李漫山总粗俗”的比较是多么的有道理。又觉得自己过去在画中看到的海棠似乎都少了海棠的风韵和灵性，正如川端康成所说的“就算画中花很美，可真花的美仍然是很显眼的”。川端康成在看到凌晨四点还“未眠”的海棠后，感慨地说：“一朵花很美，那么我有时就会不由地自语道：‘要活下去！’”对于《花未眠》中的这段叙述，我这时也才有了更深刻的理解。

海棠花的颜色有多种，不过我最喜欢白色和浅粉两种。对于花来说，我以为这两种颜色才是上品。大红大紫固然夺目，但却因此缺了素净；姹紫嫣红固然绚烂，但也因此少了雅致。也正因为如此，即使同为海棠，岭南艳如胭脂的盆景年花表现的是世俗的喜庆，而北京淡雅的花朵散发的则是风雅的诗意。

海棠花的美还在于她的质感。“冰雕玉琢”似乎还不足以形容她质感的娇美，因为冰和玉的质地都太坚硬；她也不是“晶莹剔透”，因为晶莹剔透不符合她质感的柔韧。面对娇美而柔韧的海棠花，我词穷了。与质感犹如纸片的桃花相比，有一定厚度且有光泽的海棠花瓣的质感更接近蜡质，不光有娇美，更有韧性。苏轼觉得在海棠花面前，桃李就显得粗俗，原因之一当然是它们生长的环境不同，生长在山野的桃李，哪有竹篱之间的海棠高雅呢？但苏轼是否也如我一样，觉得娇美而柔韧的海棠不是光会用娇嫩来媚俗的桃李可比的呢？

海棠因品种或春天的气温不同，有的花叶同发，有的先开花后发叶，我觉得后者更胜一筹。虽然俗话说“好花还要绿叶衬”，但那毕竟是“俗话”，红花配绿叶，是脱不了一个“俗”字的，还是纯色显得雅。满树满树没有叶子的绿色掺杂的或白或粉的花朵，在春天的阳光下衬着蓝天，真是其美无比。不过，这种纯花没有叶子的很少，大多都是带有一点叶子的。

海棠花唯一的美中不足就是没有香味。海棠花有色无香，古人曾引以为憾事，西晋时期的大富豪石崇曾对着盛开的海棠感叹道：“汝若能香，当以金屋贮汝！”但我以为除非是若有若无的淡香，如若是浓郁之香，倒不如无香。

如果说海棠花是诗情画意的雅趣，那么，海棠果则是人间烟火的抚慰。但这说法也不是太准确，因为海棠果除食用价值之外，也极具观赏价值。与我上文写到的沙果一样，海棠果外表也酷似苹果，但比沙果更小。每年秋天，黄红色如蜡制的小若樱桃的海棠果一串串垂挂枝头，真是爱煞人也！摘一颗，轻咬一口，酸酸甜甜中带有一丝丝涩味，立刻让人口舌生津。如果将其加工成蜜饯，那是一道美味。

迎风峭立、楚楚有致的海棠当然会引来人们对它的青睐。在我国，自古以来海棠就是雅俗共赏的名花。据文献记载，早在先秦时期海棠在中国就有栽培。到了汉代，海棠就进入了皇宫林苑。经过唐代的发展，到宋代人们对海棠的喜爱达到鼎盛。“文艺皇帝”宋徽宗的名叫“艮岳”的皇家园林中栽种的全是海棠。宋太宗、宋真宗、宋光宗也都留下了许多题颂海棠的诗篇。而且这种对海棠的喜爱也由皇家流入寻常百姓家，陆游诗曰：“成都海棠十万株，繁华盛丽天下无。”可见当时成都海棠的栽种已极为普遍，应该是普通百姓家都有种植。如果穿越到宋代，那我一定要定居成都，春天在花海中赏海棠，秋天则在果山旁品佳果。春赏花朵秋赏果，人生不要太美好！

如此动人的海棠自然会引来无数文人墨客的吟咏，他们不但爱其娇美雅致，更恐其“花容失色”，随风雨而谢。苏轼恐夜深时分海棠花眠，故而烧高烛照之；陆游怕连日风雨摧毁海棠，于是乞求玉帝多安排些无风无日的阴天，让花儿娇颜常驻（绿章夜奏通明殿，乞借春阴护海棠）；一夜“雨疏风骤”，清晨起床，李清照首先关心的就是海棠花怎样了，面对“卷帘人”“海棠依旧”的无心回答，她痛惜道：“知否，知否？应是绿肥红瘦。”（李清照《如梦令·昨夜雨疏风骤》）

宋人不但种海棠，咏海棠，还画海棠，故宫博物院现在还珍藏着一幅题为《海棠蛱蝶图》的宋代名画。而宋代对海棠这种植物的研究也达到了很高的水平，《海棠记》和《海棠谱》两本典籍就是众多研究成果的代表。

宋代以后，明清两代海棠的种植一直长盛不衰。在古人心中，海棠不但是“花之神仙”“花之贵妃”，更是“百花之尊”。海棠，与梅兰竹菊一样作为中国传统文化的元素之一，已经刻进了华夏文明的基因。

岁序更迭，但海棠依旧。到现在，海棠娇美依旧，雅致依旧，柔韧依旧，只是过去“百花之尊”的地位有所下降。今天的国人，对樱花颇为喜爱。以前只有如武汉大学等少数地方拥有樱花园的中华大地，仿佛一夜之间，樱花就随春风飘洒到全国各地，各大城市樱花竞相绽放。赏樱花也成了现代生活的一种时尚。樱花亦我所爱，特别是那种白色或浅粉的单瓣樱花，不但花色雅致，花形还特别细小，一阵风来，细薄的花瓣纷纷扬扬，漫天飞舞。走在浪漫的如诗如画的樱花雨中，仿佛自己也飘飘欲仙。这种体验是在赏海棠时难以得到的。

不过，樱花看多了，我还是想再赏赏别的花。去年春天北京的海棠惊艳了我，今年春天我又来到了北京，刚刚赏了桃花，再过十来天，海棠依旧会进入盛开期，又可以去踏青赏海棠了！

2022 年 3 月 21 日写于北京

木棉花中的乡思

阳春三月，久宅在家的我今天想出去放放风。一出门，猛然发现街道两旁的木棉花开得正盛。看着那一树一树的硕大而艳丽的花朵似乎不解时艰、我行我素、肆意怒放的样子，我笑了，情不自禁地从地上捡起一朵花来把玩欣赏着。

四季如夏的岭南，水草丰茂，花木繁盛。没有北方的严寒，也没有江南的酷暑。在很多人的眼里，岭南确是宜居之地，而岭南以北的地方却都是夏天热得贼死，冬天冻得要命，且草木花卉寿命短暂的难耐之地。是的，我所居住的地方，一座岭南有名的伟人故里，早在1997年就已经获得联合国人居奖了。

可是，在出生成长于湘楚大地，后又久居岭南的我的心里，岭南美则美矣，但总觉得常年浸淫在这种没有四季的变化，只能看到花开，却看不到花谢的环境中，感知可能会麻木，审美可能会走偏，情感可能会单一，甚至思想可能会僵化。不但很难理解“明月照积雪，朔风劲且哀”的意境，也很难明白朱自清为什么用大自然“欣欣然张开了眼”来形容“春来了”的感觉，更体会不到“不知细叶谁裁出，二月春风似剪刀”比喻的美妙。成长于岭南的女儿，自从到了北京上大学后，每年春天都发很多花草树木的美照给我，她说以前在广东的时候，从来没有注意过花开花落，到了北京，才知道原来春天是这么美！

现在，看着手里鲜艳的木棉花，我的思绪却飘到了我的故乡湘楚大地。

湘楚大地绝对四季分明，和岭南相比，两地的夏天大致相同，但冬天却是迥然相异。冬天，岭南依旧暖风吹拂、鲜花盛开的时候，湘楚却是朔风正劲，一片肃杀。湘楚的冬天，街道两旁高大的法国梧桐早已掉光了叶子，枝枝丫丫突兀在灰色的天空中，像极了负枪荷戟正列队准备出征的战士，威武而悲壮。而那没有了叶子的柳条，却又像是素装的少女，害羞地垂在冰封的河面上，等待来年春天盛装出嫁。地上枯黄的小草，正把秋天结的籽撒在肥沃的土里，预备开春就破土而出，织成一片片绿色的地毯……一切都在准备着，一切都在积攒着，那种箭在弦上，那种蓄势待发，是在岭南的冬天所体会不到的。这时，就算是吹来一阵凛冽的朔风，它也是令人神清气爽。更不要说“忽如一夜春风来，千树万树梨花开”的下雪天，“山舞银蛇，原驰蜡象”的美丽景象，那是岭南不会出现的。

经历了冬天的肃杀，才能体会到春天的生机；体会了冬天的寒冷，才能感受到春天的温暖；看到了冬天的蓄势，才会明白春天的勃发。因此，语文课上学习朱自清的《春》，相比岭南的孩子们，湘楚的孩子们对“春来了”的美好就能感同身受。同样湘楚的孩子们对“春江水暖鸭先知”的理解恐怕也比岭南的孩子们来得更容易。

湘楚的春在哪里？在那吹面不寒的杨柳风里，在那树梢突然冒出的嫩绿的新芽里，更在盛开的百花里。而常年不寒的岭南也就无所谓杨柳风。四季常青一片深绿的岭南，也极少见到一片片的嫩绿。虽然同样鲜花盛开，两地的花却大不相同。岭南春季开放的花美则美矣，但总觉得少了那么点韵味。现在我手里的木棉花正是岭南春花的代表，那红艳硕大的花朵，正如舒婷诗中所写“像沉重的叹息，又像英勇的火炬”，所以木棉花还有一个名称叫“英雄花”。另一种岭南的代表花木——凤凰花，则颜色浓得化不开，远远看去，那一片片的红色，就像一团团燃烧的火焰。而湘楚的春花呢？大多色彩淡雅，花形小巧，与岭南的花相比，显得典雅而娇羞。你看，远处那一片片盛开的白色的梨花李花，仿佛山间缭绕的云雾，如梦如幻。那一朵朵粉色的桃花，又像是少女羞红了的脸，唐代崔护的“人面桃花相映红”，真是“妙手偶得”的佳句呀！就算同样是玉兰花，岭南的以红色为多，湘楚的则以白色为主。近年来湘楚大量引种的重瓣樱花，相较梨花李花桃花更显富贵一些，但也就少了点清纯，不太在我的欣赏之列。

“露从今夜白，月是故乡明”。故乡，作为人生的出处，她是每一个游子的梦，更是每一个游子的根，是一辈子的心结。

我把手中的木棉花小心地收藏好，瞬间做出了一个决定：国内的疫情已经基本控制住了，我得赶紧订票，赶在春花开得正盛的时候回到湘楚大地！

2020 年 3 月 20 日写于中山

井

今天，开车路过多年不到的龙井街，忽然想起龙井街口的龙井，这么多年过去了，不知那个甘泉清洌的井是否还在。于是立马找了个地方，把车停下，急急下车。远远地看见龙井所在的龙井街与孙文路的交叉处有几位大叔坐在石凳上聊天，还有一位大妈在洗衣服，心中一阵窃喜：井肯定还在。走到面前，果然，井还在！还是那块麻石井坪，还是那汪清澈见底的水。只是旁边多出了一块石碑，上书“中山市不可移动文物，细柏山龙井——中山市人民政府二〇一二年一月十日公布”。真要感谢有关部门，让城市中心的这口建于清代的老井完好地保存下来了。

水是生命的源泉，远古人类要定居下来，一定要傍水而居，江河、湖泊、溪流的岸边都是人类栖居的好地方。可是中国之大，有多少江河流淌不到的地方？又有多少湖泊干涸的地方？于是井就应运而生。

《周易》记载：“木上有水，井。”千百年来人们百思不得其解：井怎么会是木上有水呢？1973 年，河姆渡文化首次被发现，随着河姆渡遗址内的一口方形木构井的发现，这个千古之谜才被彻底揭开。

新石器时代的长江中下游的河姆渡村遇到缺乏可饮之水的困扰。约5700多年前的河姆渡村虽然周围河沼遍布，但河沼与大海相通，致使河沼的水含有很高的盐分，咸涩不堪饮用。怎么办呢？聪明的河姆渡人就想到了打井汲取地下水的办法。他们用石锤锤，用石凿凿，终于在地上挖出一个大深洞。水，果然汩汩而出。但土质的井壁可能会坍塌，于是他们想到了一个巧妙的办法——在井的四壁密密地竖立木桩。为了防止木桩内倾，又在其四面内侧各横一根粗圆木，榫卯连接构成一个“井”字形木框架，以支撑四边井壁。这样就形成了一个方形木构井。这不就是“木上有水”了吗？从此河姆渡人喝上了清洌甘甜的井水。而那个“井”字形木框架又启示了造字的后人，造出了象形字“井”。

河姆渡文化遗址内的水井，是目前我国发现的最早的水井，但据推测，水井应该早于河姆渡时期就已经存在。

几千年来，在自来水普及之前，整个大中国，不管是农村还是城市，井都是老百姓生活中不可或缺的一个存在。就算是居住的地方离江河不远，但只要有条件，也要在大家都方便的地方打上一口井。是呀，江河再近，哪有不出村子就有井方便呢？更重要的是，井水是那样的清澈甘甜，岂是那浑浊的江河之水能比的？比起冬天刺骨夏天发热的江河之水，井水更有它得天独厚的冬暖夏凉的优点。冬天，用井水洗菜浆衫，冻僵了的手，立刻温暖无比；夏天，外面干活回来，满头大汗，打一盆清凉的井水，洗一把脸，顿觉暑气全消。

而井作为一种公共设施，也就成了人们的一个聚集场所。清晨，男人们挑着水桶，从村里的四面八方聚集到井边，他们要一担一担把今天的饮用水挑回家中。同时，也许就在井边，男人们就商议好了村中某件大事。傍晚，女人们聚在井边，洗衣浆衫，她们一边麻利地从井里打上水来，一边叽叽喳喳聊家长里短，在欢声笑语中，解除一天劳碌的辛劳。夏日的晚上，干完活的大人带着孩子来到凉快的井边乘凉，大人聊天，孩子嬉戏，各得其所。

南方的井，清浅而方便。不用辘轳，甚至不用吊绳，井水，随手可掬，俯身可亲。丰富的地下水资源，使得南方人可以不太费力就能打出一口水量充沛的井。在农村，稻田的正中央，村里的榕树下，甚至家家户户的院子里，你都可能会遇到一眼清澈见底的水井；在城市，马路边，小巷里，你也有可能遇到井沿用麻石砌得整整齐齐的，像上文提到的龙井一样的水井。

北方的井，深邃而考究。因为地下水资源的缺乏，所以北方的井不达到一定的深度，是出不来水的。又因为土质较南方松散，所以打井的方法必须比南方考究。而井打好之后，一般还要配上辘轳和井绳，否则有水也打不上来。

最近几十年，出现了利用动力机械驱动水泵汲水的水井——机井。从科学的角度来说，这是井的一大进步。没有裸露在外的水面，避免了外界对水质的污染；同时利用水泵，可以汲取更深的地下水，也使取水更方便省力。但是，从美学的角度来看，地面上只剩下冰冷的机械，这样的井也就失去了审美的价值。

20 世纪 80 年代，曾被一部片名为《老井》的张艺谋主演的电影震撼了。

影片叙述的是一个悲壮的故事。严重缺水的黄土高原的老井村，几百年来祖祖辈辈牺牲了无数人的性命也打不出一眼井。到了20世纪80年代，老年人把打井的希望寄托在年轻人身上。

父亲被意外炸死在井下的孙旺泉，在爷爷的鼓励支持下，接过父亲为之献出生命的打井重任，带领村里的年轻人风餐露宿，夜以继日地投入到打井重任之中。没有技术，但孙旺泉和伙伴们在当地水利局的指导下，以科学方法测定了井位；没有资金，村民们捐出了嫁妆，捐出了缝纫机，甚至捐出了棺木。

打井的进程异常艰难，但在又有人付出生命的代价后，井，终于出水了！村民们集资在甘泉汩汩涌出的井旁立了一块石碑，上刻“流芳千古”，并刻上了老井村几百年来为打井而死去的一长串祖辈的名字，让这种坚忍不拔的精神千古流芳。

因为震撼，所以这部电影我在电影院连看了两遍。

井与老百姓的生活是这样的密不可分，渐渐地她成了人们心目中家乡的象征，离家在外，称“背井离乡”。而坐井观天、井底之蛙、落井下石、井井有条等成语的产生，也正说明井与人们生活关系的密切。

而以“井”命名的所谓市井文化，更是将“井”上升至象征一种文化的高度，大大丰富了井的内涵。虽然“市井文化”这个名词一产生，就是与高雅文化相对应的，但谁又能说高雅文化就是好的，市井文化就是不好的呢？更何况，我们现在最重要的一种高雅文学形式——小说，就是由宋元时期流行于“瓦肆”的“说话”的底本——话本小说演化而来的，宋元时期的“说话”可是典型的市井文化啊。

市井文化就是代表底层百姓的，具有生活气息和传统特色的经久不衰的文化现象。现在的每个城市的步行街，几乎都有这种市井文化的雕塑：挑着剃头担子的剃头匠、摆着修鞋摊子的修鞋匠，还有炸油饼的、卖凉粉的、吹糖人捏面人的……这些雕塑的建造正说明人们对逝去的或即将逝去的市井文化的怀念。

然而，“井”不一定就只是跟通俗文化联系在一起。井，作为一个意蕴深远的意象，它还常常出现在古代诗歌这种高雅文化的作品中。唐代诗人王昌龄《长信秋词》其一中有“金井梧桐秋叶黄，珠帘不卷夜来霜”之句，用宫中的井等意象来衬托宫女的孤寂。唐代冷门诗人苏味道也曾以《咏井》为题赋诗：“玲珑映玉槛，澄澈泻银床。”宋代陆游的《秋思》以“井桐摇落故园秋”之句表达对故园的怀念。

水井的发明，是人类迈向文明社会的标志之一。作为水资源，井在几千年的中国历史长河中，以她源源不断的甘泉，滋养了一代又一代炎黄子孙。而由此衍生的井文化，作为华夏文化的一股清泉，源源不断，流淌至今，同样滋养着一代又一代的华夏子孙。

2020 年 6 月 24 日写于中山

窗

清晨，我们推开窗，迎来缕缕清风；夜晚，我们关上窗，将一切嘈杂挡在窗外。我们天天看见窗，但似乎熟视无睹；我们时时利用窗，但似乎毫不经意。是的，窗，在我们的生活中实在是太平常太普通了。但是你有没有想过，房屋如果没有窗该会怎样？

鲁迅先生在他的《〈呐喊〉自序》中有一段关于铁屋子的描写：“假如一间铁屋子，是绝无窗户而万难破毁的，里面有许多熟睡的人们，不久都要闷死了……”是的，如果是大热天的夜晚，关上门睡觉，没有窗的屋子是可能会闷死人的！可见从居住的实用价值来说，没有窗户的房屋几乎是没有使用价值的。正因为如此，我们现在买房的时候，窗的大小，窗的朝向，卫生间是否为“明卫”（卫生间有对外的窗户），都是我们要考虑的重要因素。

如果单是考虑实用价值，在墙上或屋顶随便开个洞，做上一扇窗门，就能满足通风采光等需求了。上古时期开在屋顶的“囱”就已经满足了这种实用需求。现在非洲某些部落的房子在墙上开一个小小的洞，就算是窗了。

但是，窗除了通风采光的实用价值以外，还具有重要的审美价值。一堵毫无特色的大白墙，靠什么来装饰它？除了画，就是窗了，而画不属于建筑本身，所以就建筑本身而言，只有窗才是墙的装饰。既然窗对于墙来说是装饰，是美化，那么窗本身的美观与否就直接影响着装饰效果。

美学的发展有时与社会的发展不一定成正比，窗的审美就是如此。现代窗的设计，实用价值远大于美学价值。现在你走在城市的大街上，看到的写字楼一律是玻璃幕墙——看不到窗；住宅楼的窗也几乎是千篇一律——方形的框框，顶多分飘窗与非飘窗。现代的千篇一律毫无特色的窗跟古代的材质古朴、雕工精美、款式多样的窗比起来，其审美价值不知降低了多少。

从材质方面说，古代的木质或石质窗其审美价值就远胜现代的铝合金或塑钢窗。木材与石材，取自大自然，有着与生俱来的典雅与高贵。

至于窗的款式，现代窗与古代窗更是不在一个审美层面。古代窗的形状各种各样，各自展现不同特色：圆形的窗，温婉而富有禅意；菱形的窗，方正而不失灵动；扇形的窗，端庄而饶有情趣……而各式各样的窗棂更是窗的灵魂，除了比较简单的由不同棂条组成的各式各样的几何纹棂之外，那些雕有飞禽走兽、花草树木、山水风景等的窗棂更吸人眼目，而那些寓意吉祥的图案，比如福寿延年、仙桃葫芦等更是传统文化的体现。这些雕花窗棂，一般都造型惟妙惟肖且雕工精细，极富审美价值。

每当参观古宅大院，看到这样的古典雅致的窗棂，总忍不住要驻足良久，想象着穿着古装的男女移步于这些窗棂之侧的美好画面，于是仿佛有了穿越之感，看到贾宝玉们、杜丽娘们、崔莺莺们，在茜纱窗内、在牡丹亭中、在西厢房里嬉戏、游园、相思……

但是，想象毕竟是虚幻的，回到现实当中，满眼还是千篇一律的方框金属现代窗。

不过，虽然现代窗的审美价值远不及古代窗，但现代窗有各种典雅的窗帘来装饰，这多少弥补了一点现代人心中的遗憾，也算是个安慰吧。美丽的窗装饰着墙，雅致的窗帘再装饰着窗。屋子里再摆上桌椅沙发，这就是一个温馨美丽的家了。

但是，窗的审美价值绝不只是装饰墙。钱钟书先生说的“门是人的进出口，窗可以说是天的进出口”道出了窗的更高境界的审美价值。当然，窗不单能引进一角蓝天，还能引进缕缕阳光，引进阵阵清风。更重要的是，我们透过窗可以观赏外面的风景，也不单是观赏一般的风景，而是观赏油画风景——那窗，就是画框。所谓“窗含西岭千秋雪”正是窗的这种审美价值的具体写照。

窗可含西岭千秋雪，亦可揽东塘十里荷。一年四季，那油画随时光流转而变幻：春天的桃花盛开，夏日的绿荫如盖，秋天的天高云淡，冬日的白雪皑皑。油画也可随空间角度的转换而变化：往上看，蓝天白云，往下看，绿草如茵；往左看葡萄挂架，往右看，鲜花盛开。真真美不胜收。更何况，那窗的玻璃还给风景加了一层滤镜，透过玻璃看风景，滤掉了些许杂质，画面更唯美。

因此，有了窗，墙才有了眼睛，才能与外面的世界沟通交流。“临窗眺望”也就成了一种悠闲享受，一种诗情画意。这是窗的更高层次的审美价值。

在古代，“窗”是诗人们经常用来表情达意的一个重要意象。宋代万俟咏的《长相思·雨》中有“窗外芭蕉窗里灯”之句，以窗里的灯和窗外的雨打芭蕉声，写出了雨夜窗里相思人的无限哀愁。这雨夜之窗，就不再只是“窗”，更是承载了人的情感的一个审美意象。

与万俟咏写的雨夜之窗不同，陆游《临安春雨初霁》的“矮纸斜行闲作草，晴窗细乳戏分茶”一句里的窗是清晨小雨初霁后的“晴窗”，在明亮的“晴窗”下，诗人貌似闲适地写着草书，品着香茗。而这种闲适恬静的境界，正反衬了诗人心中无限的寂寥与牢骚。

唐代王昌龄的《同从弟南斋玩月忆山阴崔少府》一诗中的“清辉澹水木，演漾在窗户”之句，写月亮的清辉像涟漪一样荡漾在门窗上，诗人将月光洒落之下的窗的凄清之美写到了极致。

上千年之前的这些古人，通过诗歌的形式，将窗的审美价值提升到一个至上的高度。

窗，不仅给我们带来了如此美好的审美体验，更重要的是，它有时还能给我们带来温暖、希望。

漫漫黑夜，饥饿疲惫的夜行人迷失了方向，在他陷入无边的恐惧和绝望的时候，如果突然发现远处窗内透出的橘黄的灯光，那该是多大的安慰和温暖啊！有灯光闪烁的窗，就有人间的温暖；有人间的温暖，就有走出黑暗的希望。

窗，更是被禁锢在屋内的人的希望。不用说被囚禁的人通过窗就能看到一丝丝希望，单说在20世纪60、70年代度过儿时的我们这一代人，就多数都有过这样的经历和感受：感冒发烧的你，不能去上学了，被必须去上班的父母反锁在家里。这时，窗就成了你唯一的希望，发着烧的你趴在窗台上，看看天空飞过的鸟儿，听听树上蝉儿的鸣叫，才能勉强打发掉这难受又无聊的时光。到了父母快到家之时，趴在窗台上萎靡无力的你，就会全神贯注地盯着窗外的路口，急切地盼望着父母下班回家的身影出现。这时的窗，对于一个生病的被反锁的孩子来说，那就是希望，那就是温暖。

窗，是屋内人眺望外界的眼睛，但又何尝不是外界探视屋内的眼睛呢？窗的通透性，不但能让屋内人看到屋外的风景，也能让屋外人探视到屋内的情景。透过亮着橘黄色灯光的窗，屋外人可以探视到屋内家庭的温馨。这家窗内的厨房里，女主人正在为全家人准备丰盛的晚餐；那家窗内橘黄色吊灯下的餐桌周围，一家人正享用着可口的饭菜；而另一家那闪烁着荧屏光彩的窗内，祖孙三代正围坐在沙发上欣赏着精彩的电视节目。佛说一花一世界，那在尘世间，又何尝不是一窗一家庭呢？

面对林立的高楼，看着从无数窗户透出的万家灯火，有时我们竟会莫名地生出许多感动，因为这万家灯火就是人气呀。有人气，就有温暖，就有希望。万家灯火，是一个城市发达的标志之一，也是一个时代繁荣的象征之一。

从某种意义上说，窗就是温暖的象征，希望的象征。这，就是所谓窗的灵魂吧。

窗实在是太平常，平常到我们对它熟视无睹。但窗又实在是不平常，没有它，房屋就几乎没有了实用价值，也少了审美价值，更少了灵魂。

2020 年 9 月 2 日写于中山

桥

最近疫情有点紧张，只能居家待着。闲来无事，打开电脑翻看老照片，一张英国剑桥康河上叹息桥的照片吸引了我的目光。这是十几年前到英国探亲在剑桥康河的船上拍下的。康河上的叹息桥是一座哥特式拱形廊桥，因为它与威尼斯的那座通向监狱的有名的叹息桥造型相似，所以建成后人们也把它叫作叹息桥。据说剑桥大学的学生如果考场失利或情场失意往往会到这座桥上来流泪、后悔、叹息。

看着照片，思绪飞到了万里之外的英伦剑桥。那天我们坐着小船游剑桥的康河。蓝天白云，阳光明媚，我们的小船在两岸风景如画、水中荇草招摇的康河上缓缓前行。突然有人说：“看，叹息桥!”我一抬头，一座精致典雅的小石拱桥就出现在眼前。它惊人的美瞬间打动了我。康河上有许多座桥，没有哪一座桥赶得上叹息桥的美。康河流到这，河道正好较窄，河的两岸是剑桥大学古老的红楼，桥就横跨在两幢红楼之间的狭窄河面上。那道独拱弧线如弯月出水，又似彩虹卧波，美得让人惊讶。弧形桥拱上的桥面是一道走廊。走廊两边各有五个哥特式拱窗，拱窗上方的弧形正好与桥拱的弧形相呼应。桥拱两肩和拱窗上都雕有精致的花纹。桥顶还立有几座锯齿形刺状装饰的哥特式小尖塔。这样一座造型小巧做工精致的石拱桥，配上桥下荇草摇曳的康河，还有两岸古老典雅的建筑和绿草如茵的草坪，怎能不美？怎不叫人心动？更何况这座桥建在全世界最著名的学府里，似乎也受到了学院风的熏陶，而具有了动人的优雅知性气质。当时从船上仰望着这座典雅精致的桥，不禁心中暗想：那些剑桥学生有这么一座美好的石拱桥供他们叹息流泪，也不失为一种幸福呀。

现在欣赏着这张照片，再联想到我看过的许许多多的桥，突然觉得桥大概是这个世界上难得的一种实用价值和审美价值并重且在我们日常生活中有重要地位的建筑。一般建筑都既具实用价值又具审美价值。但是，绝大多数建筑都偏重于实用价值。从我们居住的普通房屋，到如火柴盒般矗立的高大写字楼；从古代防御外敌的万里长城，到现代穿山钻水的幽深隧道；从雄伟壮观的水库大坝到过去布满城市乡村的各式水井，这些建筑，无一不是以实用为主，美观为辅。桥，却成了例外。

我想，第一个修桥的人可能并没有意识到桥的美，他想的可能就是怎样才能把眼前这条河渡过去。毛主席“一桥飞架南北，天堑变通途”的诗句高度概括了桥的实用价值。桥，连接大江两岸，让我们能安渡狂澜；桥，跨越大山峡谷，让我们能飞越天险。我们不敢想象，在这个江河纵横、山川众多的地球上，如果没有桥，我们的生活该是怎样的一种状况？渡不过的河，跨不过的沟，都将成为阻挡我们脚步的障碍，“行万里路”对人类来说就是一件非常奢侈的事情，毕竟舟船不但速度缓慢，还运量有限，更何况，舟船渡得了河却跨不过沟。如果没有桥，社会又该是一种怎样的状况？是不是根本就无法从农业文明进入到工业文明？简直不敢细想。

我们要感谢第一个想到在河流上建桥的人，因为他的奇思妙想，从此天堑可以变坦途，桥成了我们的道路，成了我们的福祉，成了我们生活中不可或缺的一种建筑。

不管第一个建桥的人有没有意识到，但桥的美始终是存在的。但凡是一座桥，无论是何种材质所建，也无论是何种造型，它总是美的。网上经常有好事者评选全国十大最丑建筑，但桥从不会位列其中。我想，最起码，桥的造型之美，就决定了它不可能与“丑”有半点关系。桥的造型美有着得天独厚的先天优势，这个优势就是它的“凌空而飞”。正因为这个“凌空而飞”，即使是用石头、钢筋水泥建造的桥，远远望去，那道轻盈的线条也犹如芭蕾舞的格朗大跳，亦如长空飞舞的大鸟，是那样的灵动，那样的优美。

桥所处的环境也是得天独厚。桥下是碧波荡漾的水，水边有婀娜的垂柳，于是水上凌空而飞的那一道弧线就仿佛凌波仙子“水上轻盈步微月”。风平浪静的时候，空中的飞桥与水中的倒影相映成趣，一半现实，一半虚幻，让人顿生似梦非梦之感。而那些跨越峡谷的大桥，又是另一幅壮美图景：重峦叠嶂中，一桥飞越天险，如雄鹰展翅，翱翔在崇山峻岭之间。

江南之美之所以名闻天下，与江南是水乡有着直接关系。但光有水没有桥，不但交通不便，江南之美也会大打折扣，江南也就不成其为“江南”了。苏州园林如果没有桥，该少了多少灵动？江南的那些有名的水乡小镇，如果没有了桥，还会游人如织吗？桥在江南美景中实在是扮演着至关重要的角色。

桥的种类很多，从造型和建造方法来分，我国自古以来就有平平稳稳的梁桥、搭建简易的浮桥、摇摇晃晃的索桥、线条优美的拱桥等；从建造材料分，有木桥、石桥、竹桥、藤桥等，不一而足。但是，可能大多数人都和我一样，认为最美的要数石拱桥，这当然主要是因为石拱桥的那道迷人的弧线。在人们的潜意识里，总会认为弧线比直线要美。弧线不但比直线柔和，更给人以动感。西班牙著名的建筑师高迪说："直线属于人类，曲线属于上帝。"他的建筑作品都采用大量的弧线。柔美而灵动的拱桥弧线会让你瞬间怦然心动，联想到许多美好的事物——看到雄伟壮丽的大拱桥，你可能会慨叹"长虹卧波"这个词语是多么的美好；而面对精致玲珑的小拱桥，你脑海中可能立刻会跳出"一弯新月""一道弯眉"等美好形象。我想，如果康河上的叹息桥没有了桥拱的那道弧线，它的魅力不知要减去多少呢！

还有一座桥曾经让我无比神往，那就是长江上第一座由我国自行设计和建造的桥梁——南京长江大桥。上小学时，有一篇题为"南京长江大桥"的课文。现在还记得课文洋溢着的骄傲与自豪。学了这篇课文后，南京长江大桥就在我小小心灵扎下了根，成了我最神往的地方之一。但后来一直未有亲临目睹的机会。直到退休的前一年，到南京出差，于是和同事一起来到这座向往已久的大桥。两个都学过这篇课文的 20 世纪 60 年代出生的人硬是冒着小雨，在桥上走了个来回。一上桥，走在引桥上，远远地就看到了我在课本上和宣传画上曾看过无数遍，熟悉得不能再熟悉的雄伟的桥头堡。这带着明显时代印记的桥头堡在我儿时的心目中可是最壮丽的景色。走到桥头堡下，向上仰望，米黄色的塔楼依然雄伟；"三面红旗"的塔顶依然醒目；塔身周围的浮雕虽显年代的沧桑，但依然不失精美。从桥头堡回望引桥，曾让我觉得特别美的引桥与正桥衔接处的那一道大弯就呈现在眼前，此时心中涌现出的是“我终于亲眼见到了”的浓浓的满足感。尽管那天最后累得精疲力竭，但儿时的愿望实现了，心中却是美美的。

除了我们眼见的外形美，桥更承载了人们丰富的情感。桥是有温度，有灵魂的。

思乡之情，往往可以浓缩于故乡的一座桥。很多人心中都有一座“故乡的桥”，故乡那座老桥诉说着多少过往，多少故事，多少回忆和情怀，游子对这一方水土的眷恋和热爱都倾注在它身上。桥也是爱情的象征。西湖的断桥，许仙和白娘子在此邂逅，在此相爱，从而演绎出一段旷世奇恋。断桥见证了他们爱情的美好。桥还可以是温暖的象征，不然怎么会有那首“摇呀摇，摇到外婆桥……”的童谣呢？

历代诗人则将主观的感情寄托于“桥”这一客观之景上。欧阳修的“候馆梅残，溪桥柳细”将溪上的小桥与馆舍前的残梅、小溪边的细柳融合在一起，营造出一种浓浓的离愁氛围，这里的“桥”被诗人赋予了凄美的灵魂。马致远的“小桥流水人家”表面看是闲适的农家风景，但曲终末句的“断肠人在天涯”让我们知道了这里的“小桥”也饱含着离愁别绪。而现代诗人卞之琳“你站在桥上看风景，看风景人在楼上看你”的诗句却将哲学思辨融入石拱桥的美中。

国外许多作家艺术家似乎也格外钟情于桥。一些我们很熟悉的电影就是以桥为背景或者与桥有关的：魂，断于蓝桥（美国电影《魂断蓝桥》）；梦，遗于廊桥（美国电影《廊桥遗梦》）；惊险，止于大桥（意大利电影《卡桑德拉大桥》）……桥成了这些电影塑造人物、展开情节、表达思想的重要工具和载体。

西方各流派很多画家也被桥的美吸引，留下了不少有关桥的名画。18 世纪意大利风景画家卡纳莱托画过很多威尼斯的大桥，19 到 20 世纪法国印象派画家莫奈有桥的系列作品。在这些油画中，桥的美更得到了升华。

桥，让本来隔着天堑险阻，无法连接起来的两岸连接在一起，自然而然就由此衍生出了“纽带”“媒介”等意义，于是就有了诸如“友谊之桥”“爱情之桥”“心灵之桥”之类的虚拟之桥。如果说《高山流水》的琴声是俞伯牙和钟子期之间的友谊之桥，那么《西厢记》《牡丹亭》就是贾宝玉和林黛玉之间的爱情之桥。如果说体育赛事、文化交流是国与国之间的外交之桥，那么历史典籍、出土文物则是今人与古人沟通交流的心灵之桥。

人通过桥可以从此岸走向彼岸，因此，“过桥”就有了开始新生活，走向新世界的象征意义。欧洲通过文艺复兴这座桥梁，从黑暗的中世纪走向了进步的近代社会。五四运动是中国旧民主主义革命到新民主主义革命的转折点，也可以说中国革命经过五四运动这座桥梁，从旧民主主义革命走向了新民主主义革命。人们常将教师比喻为园丁、蜡烛，其实，教师又何尝不是桥梁呢？学生正是通过“老师”这座桥梁，从一个懵懂少年的此岸，走向成为有文化有思想的合格公民和国家建设者的彼岸。

桥，真是内涵丰富、意蕴深厚呢！

也许现实中桥的形象实在是太美好了，因此虚拟之桥也都是一些美好意义的象征，就算是奈何桥，它也是神话传说中转世投胎的地方，寄予着人们希望有一个美好来世的愿望。是的，谁又会将“桥”这样的美好概念用于不美好的事物呢？如果有的话，那简直是对“桥”的亵渎！

我国是桥梁大国，桥梁的建造在我国历史悠久。我国著名桥梁专家茅以升在《中国石拱桥》一文中写道：“《水经注》里提到的‘旅人桥’，大约建成于公元 282 年，可能是有记载的最早的石拱桥了。”而建成后一直使用到现在的最古老的石拱桥当数赵州桥。位于河北赵县的赵州桥修建于公元 605 年左右，1400 多年来，一直雄跨于洨河之上，不可谓不是奇迹！现在看来，1400 多年前建造的这座雄伟的石拱桥，正与我国刚建成的港珠澳大桥遥相辉映，两座桥，一座古雅雄伟，一座现代恢宏，一古一今，一北一南，似在诉说我国造桥历史的悠久和造桥技艺的精湛。想到这，我突然悟到，这两座桥连接了古与今、南与北，它们既是现实中的桥，也是虚拟之桥！

2022 年 5 月 18 日写于北京

满城尽是黄金果

正是端午时分，蜷居室内十来天未出楼的我走出大门，来到大街上，惊喜地发现行道杧果树上十几天前还显青涩的累累果实已经变得金黄了，远远望去，宽阔的道路两旁像是有两道黄绿相间的波涛蜿蜒起伏。我忍不住急忙走到树下抬头仔细端详。几乎每棵树上，都有几百只金灿灿的杧果在随风摇荡，这场面，带给人的就不仅是惊喜了，还有震撼！

看着眼前的景象，脑海里不禁跳出一句古诗——“磊磊落落秋果垂”。虽说杧果非“秋果”，但这句诗用在这里形容成熟的杧果是再恰当不过了。那密密麻麻而又各自分开、形状分明的果实可不就是“磊磊落落”吗？而一个朴实的“垂”字却不但写尽了果实的甸甸重量，更描绘出了悬挂在细细枝条下的成熟果实的那种欲掉非掉、晃晃悠悠的情状。

作为城市绿化的主角，行道树在美化城市、提升城市品位等方面起着举足轻重的作用。在岭南，高大挺拔的大王椰子整齐威武，虬枝苍劲的榕树绿荫如盖，碎叶婆娑的桫椤树妩媚多姿。作为行道树，它们尽情地展示着自己的魅力。但我总觉得这些行道树还缺点什么。变化？对，缺少“变化”带给人的惊喜。岭南四季常青的植物，一年 365 天，天天一个样，没有发芽的惊喜，没有嫩绿的希冀，更没有秋风扫落叶的萧瑟。即便是那些开花的乔木，短暂的花期也不足以弥补这种一成不变的死板。行道树中，唯有杧果树，从开花到果实成熟的漫长过程中，“变化”会带给你无数的惊喜。初春，杧果花开了，花形细小色泽朴素的杧果花虽不美艳，但一朵花就是一个希望。不久后的某一天，走在大街上，猛一抬头，你可能就惊喜地看见满树密密麻麻的星星点点，那是一个个小小的杧果，然后是蚕豆大，核桃大，鸡蛋大，直至“满城尽是黄金果”。

看着这满城的黄金果，不由得想起了几件往事。

上了一点年纪的人大概都记得 20 世纪 60 年代末发生的一件轰动全国的有关杧果的大事。1968 年，外国友人送给国家领导人一篮杧果。当时，大部分中国老百姓都只见过酸得倒牙的杧果干，没见过这种新鲜的外国热带水果，这篮杧果在大家眼里显得弥足珍贵。国家领导人决定将这篮杧果转赠给工人同志，于是全国各地都掀起了喜迎杧果的庆典热潮，人们敲锣打鼓，高呼口号，迎接国家领导人送来的杧果。几十年后的今天，年轻人听到这个故事可能会难以置信，但这却是实实在在曾经发生过的事情。这充分说明当时中国新鲜杧果有多么稀有珍贵，生活物资有多么匮乏，而“吃”对于中国人来说，又有多么重要！

别说杧果，就是一粒枣，一只桃，那也是难得的美味呀！那个年代，村头村尾少有的几棵桃树李树，哪能迎来硕果累累的成熟季节？青涩的果实刚长成的时候，孩子们就趁着夜色正浓，或暑气正酣，三五成群，避开主人，上树、摘果、接果，一气呵成，不一会儿，又酸又涩的果子就进了孩子们的辘辘饥肠了。就算国营农场种植的果树，果实好不容易成熟了，进了城里的水果店，但对于大多数孩子来说，也只能是“望果兴叹”，自咽口水了。

到了80年代，杧果还是稀罕物。记得1988年，久居台湾的堂姑和姑父第一次回大陆探亲，带回一箱金灿灿的杧果。那是我第一次吃杧果，我真无法用言语形容当时的感觉，那种沁人心脾，那种入口即化，是我从未有过的味觉体验。从此，杧果的味道就在我心中扎下了根，成了我的最爱。

直到90年代初，我居住的内陆城市长沙街头还少见杧果的身影。记得那年到广东旅游，见到广东满大街的杧果，急忙腾出一个大箱子，买回满满一箱杧果，那个沉哟！

可是，到了今天，密密麻麻的金黄的杧果在风中自在摇曳，满城的黄金果却无人采摘。为什么？一是无需摘。想吃，兜里有钱，市场有货，去买就行。二是不屑于摘。现在生活水平提高了，受汽车尾气污染，品种并不优良的道旁杧果根本吸引不了大家。更重要的是耻于摘。行道树上的杧果是公共财物，是供市民欣赏的风景，任何破坏或据为己有的行为都是可耻的，这已经成为绝大部分市民的共识。

古人说“民以食为天”，可今天面对挂在枝头的金灿灿的杧果，“民”却并未去“食”。丰衣足食的老百姓，是会把“礼义廉耻”放在“食”的前面的。只有在生活物资匮乏、食不果腹的年代，“食”才是“民”的天。

前两天一位同事在朋友圈里晒出了一首打油诗：“满城尽是黄金果，有个差点打中我。那群大象还在走，如遇迷‘杧’果断躲。”读完不禁哑然失笑。乐完之后仔细琢磨，觉得打油诗把杧果熟了无人乱采乱摘和云南大象北徙无人乱打乱杀这两件事联系在一起真是很巧妙。这两件看似不相关的事情，其实却有着本质上的共同点——人与自然的和谐共处，同时，这两件事也从不同侧面反映了我们国人的文明素养已经达到了一定的高度。

大象家族从云南西双版纳出发，北徙几百公里，一路“逛吃逛喝”，悠哉游哉，所到之处农田被损，庄稼被踏。面对这群破坏性极强、聪明彪悍的大象，沿途村民表现出了惊人的忍让和淡定。当地政府也积极作为，投食、引导、无人机跟踪，并且承诺象群造成的损失由政府承担。这些都引起了全世界的关注，甚至在一定程度上改变了西方世界对中国长期以来的偏见，他们看到了一个环保的中国，一个有大爱的中国。

其实近些年来，中国在环境保护方面一直在做着不懈的努力，从可可西里等藏羚羊保护区的设立，到长江十年禁渔的措施，再到《中国生物多样性保护战略与行动计划》（2011—2030年）的发布，无一不体现出人与自然的和谐共处。

文明素养的提高是要有物质文明做基础的。当食不果腹、生命受到威胁的时候，礼义廉耻、环境保护等就可能会暂时退居第二位。虽然历史上也不乏“义不食周粟”的伯夷叔齐式的气节高尚之士，但绝大多数人还是会抱着“民以食为天”的思想，先填饱肚子再说。我想，别说物资极度匮乏的千年前、百年前，即使在几十年之前，满城的黄金果就不会是靓丽的风景，而是被疯抢的对象了；面对大象的破坏，村民们也不可能如此忍让淡定。要知道，过去，有着根深蒂固的“民以食为天”思想的国人，往往会见到果子就想到果肉的香甜，见到野生动物就想到锅中的美味佳肴，更不会容忍野生动物糟蹋自己快要到口的粮食果蔬。

社会发展到今天，我们再也不会为一只杧果送来送去了，更不会为几个桃李而当“小偷”了。丰富的物质生活，促进了精神文明的发展，正所谓“仓廪实而知礼节，衣食足而知荣辱”。杧果也不再只是为满足人们的口腹之欲而存在，它还可以作为行道树，一种审美对象，满足人们的精神享受。

物质决定意识，物质文明是精神文明的保障。改革开放几十年的成果，不单纯是国人的生活由贫穷到温饱，再到全面小康的物质文明的高度发展，更重要的是与之相伴的精神文明的快速发展。今天我们欣慰地看到，讲文明、守规矩、重环保已经成为中国人，特别是中国年轻一代的共识。我们有理由相信，有这样高素质的老百姓，有这样人与自然的和谐共处，中国梦的实现就在不远的将来。

2021 年 6 月 14 日写于中山

草色遥看近却无

一夜无声。早上起床，推窗一看，讶然发现久未降雨的天空飘着毛毛细雨，地上已是湿漉漉一片。哦，春是早已经来了，只是在南方如果没有见到蒙蒙细雨，似乎就察觉不到春的来临。那似雾非雾、似雨非雨的一片朦胧轻纱般温柔地笼罩着大地，于是，南方的早春二月也就多了一层诗情画意。此时的南方景色最是宜人。远处的山水，不再是朗朗晴空下的轮廓清晰；近处的花草，也不再是艳阳高照下的浓妆艳抹。但若隐若现朦朦胧胧的美相较于线条分明一目了然的美，不但素净雅致，而且让人觉得似乎深有内涵。

突然发现，雨雾中远处昨天散步走过时还显枯黄的草地，眼下却是嫩绿一片了，脑海里不禁冒出韩愈“天街小雨润如酥，草色遥看近却无”的诗句。早春二月，雨脚走过的地方，小草已经露出嫩芽，远远看去，嫩绿一片，美不胜收。可是走近一看，原来小草稀疏，几近于无，于是美感顿减。依韩愈的经验，“草色”需“遥看”才能产生美，也就是我们现在常说的“距离产生美”。

“距离产生美”实在是近些年大家说滥了的句子，不要说文化大咖，也不要说文艺小清新，就是菜场里挎着菜篮讲价的买菜大妈大多也知道这个道理。可是，为什么距离能产生美，一般人就鲜有深究了。

我想，距离能产生美最直接的原因就是距离是一种修饰。有了距离，就有了我们眼力看不清或看不到的地方，于是模糊与空白正好修饰了不完美的地方。遥看草色，让人看不清残留衰草的枯败，也让人看不到没长草的裸露的地皮，再加上雨幕的模糊作用，于是在远离它的人的眼中，稀稀疏疏的嫩绿在雨雾中就朦朦胧胧连成了片，诗情画意，美不可言。

遥远的月亮，不知引发了多少文人雅士的诗兴。无论是月出山间（“明月出天山”），还是海生明月（“海上明月共潮生”），或是月悬天际（“皎皎空中孤月轮”），在诗人的眼中都是一种美的存在。不仅是诗人，在普通人的眼中月亮也都是神秘而美好的。可是，这种美在阿波罗号登上月球的那一刻，就似乎被打碎了。我们甚至不愿意接受那一片荒芜、坑坑洼洼的月球的真实面目。站在地球上看月亮，月球与地球之间的遥远距离，已不再仅仅是对月球起修饰作用了，而是使地球上的人类对月球产生了错觉：朦胧之中，月球的坑洼变成了圆润，月球的荒芜变成了祥和，月球的清冷变成了冰清玉洁！

距离产生美的另一个原因就是距离能产生神秘感。离得远，看不清，摸不着，太多的未知让神秘之感油然而生。有神秘感就会产生遐想，而遐想又总是与美好联系在一起。“没有人能够告诉我，山里面有没有住着神仙。多少的日子里总是一个人面对着天空发呆。就这么好奇，就这么幻想，这么孤单的童年。”罗大佑的一首《童年》道出了儿童对远方神秘事物的美丽幻想：远方神秘的大山里，是不是真的有衣袂飘飘的神仙？牛郎是不是真的挑着他和织女的一对儿女飞上了天空？他们真的在鹊桥上相会吗？……

早在上古时期，面对遥远而神秘的月亮，我们的先人早已给我们描绘出了月亮的美好：雕梁画栋的广寒宫、顾盼生姿的嫦娥、孔武有力的吴刚、玲珑跳脱的玉兔，还有高大的桂花树、香醇的桂花酒……真是令人陶醉的美妙意境！

与在地球上看月亮产生错觉从而产生美感恰恰相反的是，距离，有时能使我们认清事物真相，从而产生美感。“不识庐山真面目，只缘身在此山中。”苏轼真不愧是哲人。是呀，有了距离，庐山才能将她的雄伟身姿全部展现在人们眼前，我们才能领略“横看成岭侧成峰，远近高低各不同”的连绵起伏、错落有致的美感。

日常生活中，我们在墙上挂好一幅画后，总要退几步仔细端详，这样做，是为了看清画挂得正不正，位置适不适当，这说明只有拉开一定的距离，我们才能欣赏到画作与周边环境搭配的美感。而我们在欣赏一幅画，特别是大型画作的时候，也经常会不由自主地退后几步细细欣赏。为什么？这是因为只有拉开距离，我们才能从整体去把握和感受画作的美。这与苏轼说的“不识庐山真面目，只缘身在此山中”的道理是一致的。适当地拉开距离，使我们跳出了事物本身，把握事物的全局，认清事物的全貌或真相，从而感受事物的美好。

现在有了无人机拍摄，“大漠孤烟直，长河落日圆”的宏大景象就不只出现在诗句中了，“星垂平野阔，月涌大江流”的浩瀚场景也不只呈现在字面上了，它们还可以出现在一帧帧影像作品之中——无人机与风景之间的距离，让我们轻轻松松就能欣赏到或恢宏大气，或邈远旖旎的大片。

当然，能产生美的，不单是空间的距离，还有时间的距离。这或许能解释为什么老年人大多都很怀旧，青少年大多都愿意憧憬未来。对于老年人来说，岁月极美，但它已经流逝。人是一种奇怪的动物，对于“过去”的记忆，大都是选择性的，不愉快的就容易遗忘，美好的却分明记得。而“过去”是回不去的，这就使得美好的“过去”倍显珍贵。过去的每一张泛黄的照片，或许都有一个故事；每一件陈旧的物品，或许都有一片深情；甚至每一曲老歌，或许都有一段回忆。于是，怀旧也就成了老年人的常态。对于青少年来说，现在与未来之间的距离，使得未来的一切都是未知的，正是这个“未知”，使他们对未来充满了好奇，充满了幻想。这幻想中可能有美丽的彩虹，也可能有炫目的辉煌，但可能唯独没有艰难的风雨。时间的距离犹如一块滤镜，美化着过去或未来的岁月，让老人们怀念，让青少年憧憬。

有些伟大的作品，是经历了时间的距离，才渐渐显示出她的美的。这种美之所以需要一代又一代的欣赏者长时间的琢磨、体会，是因为她内涵的深远。100 多年前，梵高在给他弟弟提奥的信中写道：“我的画卖不出去，对此我真的毫无办法。但是总有一天，人们会认识到它们的价值。”时间兑现了梵高的预言，后来人们不但认识了他的画作的价值，而且他的绘画艺术的神奇魅力深深影响了二十世纪的艺术，使他成为表现主义的先驱。可惜梵高不能飞过这段时间距离，亲眼看到他的作品是怎样被大家崇拜的。

有谁相信，柴可夫斯基的《天鹅湖》，这部今天几乎成为芭蕾舞代名词的优美绝伦的芭蕾舞剧，100多年以前在莫斯科大剧院首演的时候，由于种种原因，惨遭失败？当时，来自评论界的负面评论，险些让柴可夫斯基放弃音乐创作。感谢时间的距离，最终让《天鹅湖》走向辉煌，流传至今，使我们今天还能陶醉在她的美妙乐音之中。只是柴可夫斯基与梵高一样，生前未能见证自己的作品的辉煌，实属憾事。

与梵高的画和柴可夫斯基的《天鹅湖》一样，因为时间的距离，那些古画名曲，那些唐诗宋词，那些秦砖汉瓦，更显美丽动人，无比珍贵。时间的距离给这些事物涂上了一层微微泛黄的色彩，使它们的美更典雅，更具历史厚重感。

距离产生美，同样可以体现在人与人的关系上。人与人的关系，太远则生疏，太近则生隙。

朋友之间因关系太近而生隙，甚至反目为仇的例子并不少见。现实中，我们是不是经常听说关系近得不分你我的好姐妹，或关系好得恨不能穿一条裤子的好兄弟反目成仇的狗血故事？历史上，这种例子也不少。当孙膑和庞涓这对好朋友耳鬓厮磨地在鬼谷子门下学习兵法、切磋武艺的时候，谁会料到，他们日后会反目成仇，一个被对方黥面挖膑，另一个被对方逼迫自刎！曹操与袁绍这对关系密切的发小，在他们共同恶作剧“偷新娘子”的时候，应该也是万万没想到日后他们会在官渡有一场大战的。这些朋友之间，如果当初不是那样的密切，或许最终也不会成为你死我活的敌人。

朋友之间如此，亲人之间又何尝不是如此呢？亲情再浓，也需要距离；儿女大了，就需要独立。最近一条“学霸一得自杀”的新闻震惊全国，单亲爸爸“一得爹”全力以赴无微不至地照顾一得的生活和学习。一得也如愿考上美国顶尖大学，这似乎是一个成功到完美的教育案例。可是令“一得爹”没想到的是，他的所有的无私的付出，对于一得来说，都可能是一个个沉重的枷锁。孩子也许在毫无距离的沉重的父爱之中挣扎了许久，最终实在撑不下去了，才选择了结束自己的生命。当然，这是一个非常极端的例子，但对人们的警示作用是非常大的，它告诉我们，每一个人都是一个独立的个体，任何关系，包括父母与子女之间的关系，都应该保持个体之间的距离，这样，才能保证每一个个体的自由与快乐。

恋人之间亦如此。一方面，适当的距离不但能催生彼此之间的思念，更能相互产生神秘感，从而增强吸引力。正所谓“小别胜新婚”“一日不见如隔三秋”。另一方面，战胜了跨越距离的艰难险阻，经受了距离带给感情的考验，这样的爱情，会更坚贞，更牢固，也更长久。距离，虽然可能是爱情的灭火器，但更可能是爱情的催化剂。牛郎织女长期“盈盈一水间，脉脉不得语”，但“金风玉露一相逢，便胜却人间无数”。“两情若是久长时，又岂在朝朝暮暮。”北宋时期的秦少游早就告诉我们，恋人之间的感情是否长久，跟两人是否朝夕相处没有必然联系。

深究“遥看”能产生美的原因，还真是方方面面，错综复杂。而且，真不只是“草色”需“遥看”，也不只是自然界的万物需“遥看”，处在各种关系之中的人，都是需互相“遥看”的。

2021 年 3 月 27 日写于中山

何不“散发弄扁舟”

每当读到李白的《宣州谢朓楼饯别校书叔云》，就羡慕作者的洒脱。被“昨日之日”抛弃，被“今日之日”乱心，这种深深的郁结、强烈的忧愤，似乎一触即发。但是，诗人笔锋一转，“发”的并不是牢骚，更不是忧愤，而是“逸兴壮思”的豪情，“青天揽月”的壮志，并且将豪情壮志落到实处——明早就随心所欲，披头散发，登上一叶扁舟，任其漂流远方……

李白的“郁结”“忧愤”不可谓不深。他25岁出蜀，“仗剑去国，辞亲远游”，谋求仕途。但是，在“谋仕”的道路上，李白屡遭挫折，直至42岁，才获得“供奉翰林”的职位。可从“仰天大笑出门去”到最终被迫离开朝廷，只不过一年半的时间。又因在安史之乱中参与“永王东巡”，最终获罪，58岁的李白被流放夜郎。但是，这些郁结与忧愤却丝毫也不能阻挡他在追求自由的道路上的豪放与洒脱。

李白的桀骜不驯决定了官场是容不下他的，他只能在山林、仙境、醉乡中去寻求理想和自由，因此他的一生绝大部分时间都游离于官场之外；他的放达不羁则决定了他面对郁结和忧愤能够做到“散发弄扁舟”的洒脱，因此，他的诗篇才会那么豪迈奔放，清新飘逸。

李白之后，宋代又出现了一位拥有“散发弄扁舟”洒脱人生的名人，那就是苏轼。如果说，李白的洒脱是跳出尘世，走向隐逸，那么，苏轼的洒脱则是“酌贪泉而觉爽，处涸辙以犹欢。”苏轼一辈子身处官场的泥淖之中，但他硬是将别人眼中的苟且人生过成了自己的潇洒人生。

苏轼是中国历史上少有的全才之人，林语堂在他的《苏东坡传》里说，苏轼是“一个大文豪、大书法家、创新的画家、造酒试验家、一个工程师……”但是，横溢的才华并没能阻止苏轼陷入人生的泥淖：遭乌台诗案的牢狱之灾；终其一生，被一贬再贬，越贬越远。对此，他在诗中有过高度的概括：“问汝平生功业，黄州惠州儋州。”其实，岂止“黄州惠州儋州”，乌台诗案之前他就曾被贬至杭州密州徐州湖州。“黄州惠州儋州”，诗人语带诙谐的自我调侃，说得似乎很轻巧，但实际上包含了多少凄凉辛酸，多少艰难苦痛。当时的黄州、惠州、儋州，都是人烟稀少的荒蛮之地，生活的艰辛可想而知。更何况，他满腹才华得不到施展，耿耿忠心不被人理解，这种精神上的痛苦，足以让人陷入泥淖而不能自拔。

但是，苏轼硬是化苟且为洒脱，在泥淖中活出了他的精彩。他甚至不只是一时的“散发弄扁舟”，而是把整个后半生都过成了快意人生。被贬黄州，进入人生低谷，但苏轼一反鸣冤叫屈的常人之态，咏出“长江绕郭知鱼美，好竹连山觉笋香”。与同是被贬之人白居易的“黄芦苦竹绕宅生”相比，苏轼的豁达跃然纸上。来到流放之地惠州，年近六旬的苏轼非但没有哀怨嗟叹，反而觉得“日啖荔枝三百颗，不辞长做岭南人”。最终贬至当时几乎荒无人烟的儋州（海南岛），他却自称“我本海南民，寄生西蜀州”。这种洒脱豁达真不是一般人能做到的。

如果苏轼的豁达只是表现在这些诗作之雅中，那么未免有文人自诩清高之嫌。苏轼的豁达，不仅雅能赋诗吟词，俗还能做菜酿酒。苏轼做“东坡肉”，煮“东坡羹”，酿“东坡酒”。他每到一地，都研究当地的美食，并亲手制作，研制出了许多具有“东坡”特色的美食。至今“东坡肉”还留香于我们的齿颊。苏轼的这种有血有肉、能俗能雅的洒脱，才是我们可亲可近可效仿的榜样。

但如果你认为苏轼的洒脱只是吃喝玩乐，那你就错了。我们来看看苏轼任上的部分政绩：在杭州，浚治运河，筑西湖堤；在密州，除蝗灾，平息强盗；在徐州，黄河抗洪，发现煤炭；在湖州，筑苏湾堤；在惠州，修建惠州东、西两座铁索桥；在儋州，打凿东坡井，解决当地百姓饮水问题。这些还只是治水抗灾，工程修筑方面的部分政绩。至于积极上书，为民呼吁，则贯穿于他的整个从政经历。在他人生的最低谷，黄州团练副使这个不可能在政绩上有所建树的任上，他则笔耕不辍，迎来了他文学创作的高峰期，用生花的妙笔写下了辉耀千古的《赤壁赋》《后赤壁赋》和《念奴娇·赤壁怀古》等名作。

最难能可贵的是，无论身处顺境还是逆境，苏轼始终保持一颗纯真正直的心。因为正直，不能容于新党，还是因为正直，又不能见谅于旧党。但他从未想过要为自己的“前途”而改变初心，他与王安石也只是政见不同，绝不是私敌。

苏轼集儒道佛于一身。儒家积极入世的思想，引领他一生为官，且政绩斐然。尽管经历了乌台诗案，又屡遭贬谪，但他从未想过离开官场。而道家和佛家的思想却又引导着他看透这个世界，从而在精神上超脱于世俗之外。与李白游离于官场之外的洒脱相比，苏轼的洒脱是在官场的泥淖中自我救赎，因而更不容易，也更加让人钦佩。

苏轼是历史长河中的一颗璀璨的明星，是天地宇宙间的一道闪亮的电光。

无论从哪个角度来讲，苏轼李白等都是大人物。而芸芸众生，绝大多数都是你我一样的小人物。但困境的降临是不分人物大小的，大人物有大人物的泥淖，小人物也有小人物的沼泽。可能有人说，遭遇人生的泥淖之后，只有像苏轼李白这样的大人物才可能有胸襟有条件有能力“散发弄扁舟”；而许许多多的小人物就无能为力，只能越陷越深了。

以《穿过大半个中国去睡你》而成名的女诗人余秀华，出生于穷困的农村，不仅是地地道道的小人物，而且患有脑瘫，行动不便、说话口齿不清，这些天生的缺陷让她陷入人生的沼泽。在一般人眼中，像她这样的人，能活下来就很不错了，还能结婚生子就是烧了高香了。确实，诗人、作家协会副主席等头衔实在难与脑瘫患者、农村妇女联系在一起。可是我们看看，余秀华却硬是把这些不可能聚集在一起的概念融于一身，她写出了惊世骇俗的诗篇，出版了多本诗集和自传体小说，成为湖北省钟祥市作家协会副主席。她甚至还在追求幸福生活的道路上大胆洒脱，毫不避讳。她从不掩饰自己对爱情的渴望，毅然与不相爱的丈夫离了婚。在她的心目中，她的脑瘫，她的残疾，都不是她追求幸福人生的障碍。她用难以置信的勇气，用卓尔不群的才华，活出了自信，活出了精彩。谁说小人物遇到沼泽就只能越陷越深？小人物余秀华，面对人生的沼泽，照样能“散发弄扁舟”。

同样是身残志坚的作家张海迪、史铁生，亦可称为“散发弄扁舟”者，但我觉得他们主要是以坚强毅力和执着追求而感动人心的，而余秀华却是以她的那份面对苦难的洒脱和不羁震撼人心的，这也是苏轼面对苦难的态度。苏轼和余秀华的人生，才是对“散发弄扁舟”的最好注解，也是面对苦难的最高境界。

当然，“散发弄扁舟”并不是毫无节制的享乐，更不是消极颓废的醉生梦死。苏轼尊崇儒家思想，是一个积极入世的人，他的豁达洒脱是用积极的思维看待人生的苦难，将苦难化为动力，因此，才成就了他大文豪、大书法家、画家、造酒师、工程师的地位，也才成就了他数不胜数的政绩。

大千世界，瞬息万变；人生旅途，风云诡谲。世上的每一个人，都有可能陷入人生的泥淖。学业的无成、事业的失败、身体的病痛、亲人的离去、情感的困扰，一个个都是深深的泥潭，足以让你难以自拔。特别是进入到现在这种高速发展、竞争异常激烈的现代社会，你稍不留神，就可能被时代落下，成为一个“落后者”，你稍一松懈，就可能会被社会淘汰，成为一个“失败者”。人生一世，大概苦难多于欢乐，悲伤多于幸福，苏轼式的苦难，千年以来应该一直在演绎。而且要走出人生的泥淖的确非易事，苏轼式的洒脱，亦非常态。否则，这世上就没有那么多的抑郁症患者，更没有那么多的自杀者。

但是，这世上既然有过苏轼们，现在还有余秀华们，那说明只要够洒脱，在人生的泥淖中照样可以活出自己的精彩。俗话说：“愁，是过一辈子，乐，也是过一辈子。”那么，面对苦难，何不苦中作乐，面对困扰，何不“散发弄扁舟”？

2020 年 10 月 29 日写于长沙

荆棘丛中下足易，月明帘下转身难

偶然读到明末四大高僧之一憨山大师的“荆棘丛中下足易，月明帘下转身难”的诗句，心中不禁一震。

按常人的理解，“月明帘下转身”显然比“荆棘丛中下足”容易，缘何憨山大师所言恰恰相反？作为高僧，憨山大师此言应是极富禅意的。深奥的禅意，不是吾辈俗人所能参悟的。但细一想，如果用世俗之理来理解，“荆棘丛中”比喻逆境，“月明帘下”比喻顺境，那么大师的话说的就是那个古老的话题——逆境往往促人成功，顺境往往使人失败。

这确实是一个古老的话题，早在两千多年前的《孟子·告子下》中，孟子就列举了“舜发于畎亩之中，傅说举于版筑之间”等一系列历经磨难取得成功的例子，然后得出“生于忧患，死于安乐”的结论。这可是一个比“荆棘丛中下足易，月明帘下转身难”更为绝对的说法。这个话题千百年来也一直对世人起着鼓励和警示作用。

“荆棘丛中下足易”，逆境之所以能促人成功，大家首先想到的可能就是因为逆境能使人发愤图强。历史上这样的励志故事不胜枚举，《孟子·告子下》中就连举了六个例子。还有我们更烂熟于心的越王勾践卧薪尝胆二十年，最后一朝复仇吞吴国的故事。

“月明帘下转身难”，顺境之所以可能使人失败，一般人都认为人在顺境中往往就会懈怠。这样的反面历史故事书中记载的似乎就少一些。其实越王的对手吴王夫差就是一个“月明帘下转身难”的典型例子。公元前 496 年，年轻的吴王夫差为报杀父之仇，在越都会稽大败越军，并掳越王勾践为奴。勾践在吴为奴的三年里，吴王看到勾践不但放下了“王”的尊严，而且放下了作为男人的一切尊严，他的心里得到了极大的满足。当看到勾践为他尝粪治病时，更是对勾践怜悯之心顿生，最后竟放勾践归国了。勾践回到越国后，吴王只看到越王年年给自己进贡金银财宝，却不知道越王在进贡的同时还在“卧薪尝胆”——勾践给他的“月明帘下”真是够舒服，够具有迷惑性的。于是，夫差对勾践再无丝毫的防备之心。到公元前 473 年，勾践秘密起兵，将吴国国都姑苏城团团围住的时候，对战争毫无准备的吴王夫差就只剩下自杀而亡一条路了。“月明帘下”要转身还真是难啊。

再仔细想，“荆棘丛中下足易”的原因绝不仅仅是逆境能使人发愤图强，因为光发愤是不一定就能获得成功的。那么，还有什么因素使得憨山大师认为“荆棘丛中下足易”呢？我们再来仔细品味憨山大师的诗句。既然是“荆棘丛中下足”，那么“荆棘”就应该是看得见摸得着的，也就是说影响成功的障碍阻挠是显性的。所以，“荆棘”要么可以用脚踏平，要么可以避其所害。然后再有的放矢。这种情况下，往往能开辟出一条成功的道路。我觉得憨山大师说“荆棘丛中下足易”的本意可能就在于此。而

“月明帘下难转身”，也不一定都是因为懈怠，即使从不懈怠，也有可能失败。比如在明月照耀下，根本看不见那光洁表面之下汹涌的暗流，于是一转身就掉入了深渊。憨山大师的本意应该也在于此。“荆棘丛”看得见，“月明帘下”看不见，两相比较，当然是看得见的“荆棘丛中”下足就容易，而看不见的“月明帘下”转身就难啰。

写到这，想起了一个品牌和一个人物，那就是曾经在20世纪80、90年代占尽市场风头的运动饮料“健力宝”和它的创始人李经纬。

20世纪70年代中期，在孤儿院长大，爱好体育的李经纬在36岁那年，从县体委调到国企三水县酒厂任厂长。但摆在他面前的是“一丛荆棘”——产品单一、销路闭塞、设备落后，工厂一片萧条，濒临倒闭。“下足”时所要踏平或避开的“荆棘”再明显不过了，主要就是产品单一、销路闭塞等阻碍酒厂发展的因素，而“有的放矢”的“的”也就显而易见了，就是开发新产品，打开新销路。

于是李经纬不只是发愤图强，更是在产品推陈出新、打开新销路这两条路上一路狂奔：从放弃生产米酒转而生产强力啤酒，赚到第一桶金，到放弃强力啤酒转而研发运动饮料，再到健力宝横空出世，直至1984年健力宝与奥运健儿一起飞往洛杉矶。在洛杉矶奥运会上中国女排最终以3∶0力克美国队勇夺奥运冠军之后，一名日本记者看到中国姑娘比赛休息时人手一听健力宝，于是在报纸上发了一篇题为《中国靠“魔水”快速出击?》的报道，随后《羊城晚报》转载了这篇报道。报道一出，人们争相传阅，健力宝从此有了另一个名称——“中国魔水”。此后，健力宝一路高歌：1992 年李经纬将健力宝递到了刚当选美国总统的克林顿的手上；1993 年又将其放到了联合国的会议桌上；1994 年再让健力宝印在了世界杯巴西足球队的球衣上，同年，国际小行星命名委员会把一颗小行星命名为“三水健力宝星”……一路上，李经纬一手披荆斩棘扫除障碍，有的放矢推出新品；一手开辟新销路，频出奇招打开国际市场。

开创新产品，将饮料与运动结合起来，我们不得不佩服李经纬思维的新奇；开辟新销路上，将健力宝推向奥运，甚至递到克林顿手中，摆到联合国会议的桌上，我们不得不佩服他目光的远大。而这些都是因为他看清了创业路上的“荆棘”，找到了心中追求的目标。

此时的健力宝光芒四射，照得李经纬面前再无“荆棘”，只有“月明帘下”的一片光明。但是，谁也没料到，在克林顿夫妇喝完健力宝仅仅十年后的 2002 年，“李经纬被举报涉嫌贪污，现被监视居住”的报道就铺天盖地传开来。又过了九年，2011 年 11 月 2 日，李经纬被依法判处有期徒刑十五年！

在满足地看着克林顿夫妇喝着健力宝的时候，在为健力宝能摆上联合国会议桌而自豪的时候，在夜晚的星空寻找着“三水健力宝星”的时候，李经纬何曾想到，自己会被举报涉嫌贪污？他可能更没想到的是，2011 年，他这个把一家名不见经传的酒厂发展成走向世界的中国名牌的功臣，最后会成为一名囚徒！一片光明的“月明帘下”还真有看不见的深渊！

不管最终被判刑的原因有多少是主观因素，又有多少是客观因素，一个不争的事实就是，这位能在“荆棘丛中”从容下足的李经纬，却在“月明帘下”掉进了无尽的深渊。

当然，不是每个人在“荆棘”面前都能成为李经纬，毕竟他的远见卓识和坚强毅力不是一般人所拥有的；也不是任何情况下李经纬都能成为李经纬，时代、机遇、团队都是促使他成功的不可或缺的因素；更不是所有成功者最后都必然掉进深渊，功成名就之后荣耀而退的企业家不在少数。但是，李经纬跌宕起伏的人生正应了憨山大师“荆棘丛中下足易，月明帘下转身难”的禅语。

当然，对于憨山大师的这两句诗，我们在品味它的丰富内涵之前，首先品到的是它的形式美——语言的美感。憨山大师用两个形象的比喻将一个古老的话题说得让人耳目一新，古板的教条生动活泼了，深奥的道理浅显易懂了。但更重要的是，憨山大师用典雅的诗句来表达深厚的意蕴，让读者在明白道理的过程中，还得到美的享受。初读这两句诗，我们就能感受到它的韵律之美。七言诗句，对仗工整，读起来朗朗上口。细读我们能体会到它的意境之美。大师用两个场景描写来隐喻道理，“荆棘丛中下足”我们仿佛看到了勇敢者坚定的目光；“月明帘下”让我们想到了月光如水、秋夜清朗的美好意境。这种美，细细品味真是余味无穷。

憨山大师的诗句可能有更深更玄的禅意，但光是从世俗意义和语言审美方面来品味，也是含英咀华，口齿留香。中华文化博大精深，古人的许多名言真是值得我们后人慢慢欣赏细细品味。

2022 年 5 月 30 日于北京

苔花与牡丹，清雅华贵各相宜

“白日不到处，青春恰自来。苔花如米小，也学牡丹开。”清代袁枚的这首题为《苔》的咏物诗可谓诗意清新，哲思深邃。“如米小”的雅致苔花，在“白日不到处”悄悄绽放，清新素雅的画面，让人心境顿然安静下来。而“也学牡丹开”一句，则将读者拉入苔花与牡丹的比较中。一个渺小，一个硕大；一个卑贱，一个富贵；一个处于劣势，一个处于优势。可它们同样具有旺盛的生命力！

前几年，一位叫梁俊的支教老师，将一群乌蒙山大花苗族的孩子带到中央电视台《经典咏流传》的舞台，孩子们用他们最纯净的声音演绎了《苔》，让全国亿万观众为之动容，也让无数观众记住了袁枚的这首诗歌。

诗真是好诗，“也学牡丹开”一句，一个“学”字，用拟人化的手法，写出了苔花绽放时如牡丹一般的自信与骄傲。但我仔细琢磨，觉得这个“学”字似乎还有进一步探讨的余地。随园老人显然先入为主地将牡丹放在了尊贵的位置，而苔花只有跟着牡丹“学”的份，卑贱与富贵，劣势与优势，似乎在人们脑子里早已是定局。是的，牡丹鲜艳华贵，苔花素净雅致，但鲜艳华贵与素净雅致之间应该没有美与丑，甚至高低贵贱之分吧？俗话说："萝卜白菜，各有所爱。"有人喜欢热闹绚丽的氛围，有人却喜欢清静雅致的意境；有人喜欢像牡丹一样的华丽富贵的生命，有人却喜欢如苔花一般的清雅淡泊的人生。说到底，自己觉得最舒服的才是最好的。牡丹可以在众人面前展示它的国色天香，苔花也可以在某个幽静的角落默默开放。只要不违反道德法律公序良俗，牡丹人生和苔花人生就应该不存在孰优孰劣、谁卑贱谁富贵的问题，更不存在谁学谁的问题。

当然，文学作品终究不是科技论文，我这样来解读这个"学"字，似乎有点迂，但牡丹人生和苔花人生没有高低贵贱之分，这个道理应该是正确的。

其实，从随园老人袁枚的一生经历来看，他既有苔花人生，又有牡丹人生。袁枚 12 岁就以童生身份考中秀才，23 岁中进士，并入选翰林院庶吉士（明、清两朝时翰林院内的短期职位），此时年轻的袁枚可谓春风得意，似要进入华丽富贵的牡丹人生。但三年之后，袁枚因讨厌学满文而未通过考试，失去了在京做官的机会，被外派到江南当知县。接下来的七年知县生涯使他越来越看清了官场的污浊与危险，他越来越向往远离官场清雅淡泊的苔花人生。最终在 33 岁那年就毅然辞官，在南京小苍山随园筑室，过起了远离官场的生活，而且这一过就是 50 来年，直至 82 岁去世。但他的随园隐居却不光是苔花人生，而是苔花人生和牡丹人生共存的快意生涯。

首先来说说他的苔花人生。在 50 多年的随园隐居中，除了初隐三年后因经济原因短暂出仕外，袁枚就再无仕途经历。远离官场，恬淡适我，富有生活情趣的苔花人生，成了他后面大半辈子的主要追求。

刚辞官，袁枚就购置并改造隋园（后改为随园）。袁枚曾说“我平地开池沼，起楼台”，“绿竹万竿，亲手栽植”，经过袁枚的亲自设计甚至亲手打造，随园成为名著一时的雅致清幽的私家园林，也成为袁枚追求苔花人生的世外桃源。

在这个世外桃源，袁枚著书立说，吟诗作文，刊刻出版自己的诗文集。《随园记》《随园杂兴》等诗文表现他在随园中生活的轻松闲适惬意；《随园诗话》以“性灵说”诗学主张为根本，倡导抒写真性情，抒写个性；《小仓山房诗集》《小仓山房文集》等诗文则依据“性灵说”的主张，观照自我，以真达情；《随园食单》则让我们看到了一个文艺范的可亲可爱的吃货形象。

为随园植草种花，在随园写作吟咏，大概是袁枚最典型也是他最喜爱的清雅淡泊的苔花人生。

然而，袁枚并非清心寡欲之人，清雅淡泊的苔花人生他喜欢，华丽富贵的牡丹人生他也需要。

我们来看看袁枚开挂的牡丹人生是怎样的。袁枚是一位投资高手。首先，他购置隋园，就是他第一笔成功的投资。后又投资几经改造，随园成了一座集山水人文景观于一体私家园林。一时间，文人墨客从四面八方聚集于此，游玩闲谈，作诗写文。随园也成了袁枚后来的生财之地。他对随园经营有方，将随园田地、山林、池塘租给农户，让他们种植粮食、蔬菜、瓜果、树木。这样，这位随园主人不但能坐收地租，自己还能日日吃到新鲜的瓜果菜蔬，甚至可以经营餐馆，招徕四方食客，可谓一举多得呀！

袁枚的生财之道当然少不了他的主业——吟诗作文、刊刻出版。因其“一代风骚主”的声望，于是请他写传记、墓志铭的纷至沓来，袁枚因此收入不低。他还自刻《小仓房全集》销售，袁枚的书一如现在的畅销读本，一经刊刻出版，则会洛阳纸贵，收入颇丰。

更重要的是，袁枚还投资盐业，购置田产。盐是生活必需品，盐业是关乎国计民生的重要产业，利润丰厚。袁枚投资盐业，可谓商业眼光毒辣，想必是赚得盆满钵满。至于田产，在古代大概是一个永恒的投资方向，有钱，谁不买田产呢？这就难怪袁枚 82 岁去世时给后人留下了“田产万金，余银两万”的遗产。

晚年，随园老人还醉心于游历。袁枚在 67 岁那年开始云游四方。从浙江的天台山、雁荡山，到安徽的黄山，再到福建的武夷山，直至广东罗浮山、丹霞山，都留下了随园老人的脚步。在他去世的前一年，81 岁高龄的袁枚还在出游吴江，真可谓“老夫聊发少年狂”啊！游历期间，会友人，记山水，品茗香，研茶道，赏心乐事一件也不落！

随园老人的牡丹人生为他的苔花人生提供了经济保障，使他的苔花人生得以长久持续，并且圆满收官。

虽说袁枚在《苔》中用一个“学”字来描写苔花与牡丹的关系，似乎苔花低牡丹一等，但生活中，随园老人却在苔花人生和牡丹人生之间自如切换，甚至将二者融为一体，使他不但成了影响深远的文坛大咖，还成为远近乡邻心中可亲可敬的长者。可见只要符合道德规范，各种人生就没有高低贵贱之分，每个人都可以活出自己的精彩，拥有不一样的人生。

再说说后人对《苔》一诗的解读。后人对诗中苔花生长的解读往往有“并不会因为环境恶劣而丧失生发的勇气”“愈是环境恶劣，遭际险衅，就愈益励节亢高”之类的说法。从文学作品鉴赏的角度来说，这些解读都没什么问题。文学作品的鉴赏本身就带有很浓厚的主观色彩，所谓“一千个读者，就有一千个哈姆雷特”说的就是这个道理。

但是，如果我们抛开文学鉴赏的角度，根据客观实际的情况进行分析的话，那么，这些解读就也有可商榷之处。青苔确实是生长在“白日不到处”，但“白日不到处”正是青苔生长、苔花绽放的最适宜的环境。只有在湿润阴凉的“白日不到处”，青苔才能“青春恰自来”，苔花才能“也学牡丹开”。一旦阳光照入，青苔则会枯萎死亡，更别说苔花绽放了。因此，对于苔花来说，“白日不到处”不仅不是“环境恶劣”“遭际险衅”，反而是它生长绽放的理想乐园。牡丹喜欢阳光，我们就揣测苔花也喜欢阳光，这样的揣测往往就会出现偏差、错误。牡丹有牡丹适宜的环境，苔花有苔花喜爱的境遇，它们可以各得其所，各美其美。

看来，主观地看待问题和客观地看待问题，得出的结论往往天差地别，因此，生活中，我们不能仅以自己的主观感受，去揣测他人的生命，牡丹人生与苔花人生，可以同处共存，各放异彩。

也许随园老人写这首《苔》的时候，并没有“苔花生长环境恶劣”之意。对于同时拥有苔花人生和牡丹人生的随园主人来说，苔花生长在“白日不到处”，牡丹生长在阳光灿烂下，这才是最好的安排。

袁枚还有另外一首《苔》：“各有心情在，随渠爱暖凉。青苔问红叶，何物是斜阳。”红叶和青苔虽一个在高处，一个在低处，但它们“各有心情在”，红叶有红叶的骄傲，青苔有青苔的自信，它们都是独一无二的生命个体。这首诗也许能佐证我前面的那些说法——苔花与牡丹，清雅华贵各相宜。牡丹人生有它自己的荣耀，苔花人生则有它自己的乐趣。当然，如果二者兼有之，那么，恭喜你，你就是如袁枚一样的人生大赢家！

2021 年 7 月 30 日写于中山

良药何须苦口，忠言未必逆耳

女儿小时候经常感冒，一感冒就给她喂小儿感冒冲剂。这种很平常的药还真管用，几乎每次都能药到病除。奇怪的是，女儿不但从不拒绝喝这种冲出来的淡黄色的药水，而且病怏怏的她只要一听说喝感冒冲剂就来精神了。我想，难道这药是甜的？有一次她没感冒居然对我说："妈妈，我要喝感冒冲剂。"我实在是忍不住好奇，悄悄冲一包，一尝，果然是甜的！不由得想起了我自己儿时喝的感冒药"小儿安"。记得"小儿安"外包装上有一个胖乎乎的大头娃娃，很是招人喜爱。但那白色的药粉粉的味道几乎成了我童年的噩梦，又苦又涩还一股怪味，现在想起来胃里还有些翻腾。

两代人的治疗小儿感冒良药，由苦到甜，时代的进步啊。俗话说"良药苦口，忠言逆耳"，但"小儿感冒冲剂"却不是苦的，而且，忠言也未必都是逆耳的。

何谓忠言？忠言即忠直之言，指带有劝诫性质的直率之言。既是"劝诫"，又是"直率"，那么忠言的逆耳似乎就是不可避免的了。所以，对长辈甚至对朋友进忠言都是需要勇气的，古代对君王进谏忠言，那是可能会招来杀身之祸的。但是，在一定条件下，逆耳的忠言是可以化为顺耳的忠言的，我们不妨来读读下面这个两千多年前的历史故事。

战国时期，秦国趁赵国政权更替之机，大举攻赵，赵国向齐国求援。齐国一定要赵太后的小儿子长安君为人质，才肯出兵。赵太后因溺爱长安君，不答应长安君赴齐为质。大臣们强谏，太后不但死活不松口，反而勃然大怒："有复言令长安君为质者，老妇必唾其面！"在这紧急关头，左师触龙冒着被"唾其面"的风险面见太后。结果他不但没有被"唾其面"，而且说服了赵太后。

我们且看触龙是怎样说服赵太后的。一见面，触龙首先谈身体健康。从自己腿脚有毛病说起，进而探问太后贵体是否有恙。太后答曰："老妇恃辇而行。"瞧瞧，这一问一答，同病相怜，立马拉近了与太后之间的距离。然后触龙絮絮叨叨，闲聊饮食起居，于是，"太后之色少解"。接着触龙话题一转，借托子之语，言爱子之情。这个话题正说到太后的心坎里去了。此时在太后看来，她与触龙不单是同病相怜了，甚至可以说是知己了，太后面色也由"少解"变为"笑曰"了。触龙赶紧抓住契机，极力夸赞太后爱女儿燕后而为之"计久长"的明智之举，以反衬出她爱儿子长安君但为之"计短"的不明智，让她明白了"父母之爱子，则为之计深远"的道理。最后触龙以历代诸侯子孙"位尊而无功，奉厚而无劳"，因而未能继世为侯的历史教训，说明必须令长安君有功于国，才是为长安君"计深远"。至此，太后心悦诚服，慷慨应"诺"。

我们不得不佩服触龙的说话技巧。他自始至终未提令赵太后反感的"令长安君为质"之语，而是始终顺着太后爱子的心理，因势利导，最后太后心甘情愿地说出“诺。恣君之所使之”。

触龙的谏说，与前面诸臣子的强谏，都是“忠言”，但效果截然相反，可见要让对方“从谏如流”，如何将忠言由逆耳化为顺耳是关键。

《战国策》里还记载了这样一个故事：齐国大臣邹忌“身长八尺有余”，玉树临风，英俊潇洒。他有点飘飘然了，想与城北的美男子徐公比美。但当他听到妻、妾、客人都夸他比城北的美男子徐公更美时，他反而冷静下来，与徐公仔细比照之后，认为自己不如徐公美，并且思考妻妾等人“美我”的原因。所以面对像邹忌这样头脑清醒、能客观判断的人，对他们的劝诫很多时候是无需逆耳的忠言的。

成年人尚且爱听顺耳的忠言，那么孩子更承受不了“忠言”的逆耳。现在家庭教育流行一句话：“不谈学习，母慈子孝；一谈学习，鸡飞狗跳。”出现这种情况可能有方方面面的原因，但父母教育孩子时“忠言”的逆耳应该是主要的原因之一。面对孩子不良的学习习惯、糟糕的学习成绩，很多家长控制不住自己的情绪，一着急，一上火，劈头盖脸的责骂就上来了。孩子的自尊、孩子的委屈、孩子的害怕全都不在考虑范围之内。虽然说的可能都是“忠言”，但“逆耳”的程度可想而知。久而久之，孩子性格越来越逆反，成绩越来越差；家长内心越来越着急，性情也越来越暴躁。这样恶性循环，日子不就过得“鸡飞狗跳”了吗？现在正热播的电视剧《小舍得》就把小学生家长的这种焦虑描写得淋漓尽致。

还有一句话现在也很流行：“父亲的大格局，母亲的好情绪，是一个家最好的风水。”是的，有大格局的父亲是不会对孩子乱发火的；情绪稳定的母亲也是不会对孩子乱发脾气的。当然，这样并不是说面对孩子的差错，就听之任之，相反，应该及时教育。只是大格局的父亲教育孩子的“忠言”可能有逻辑思辨的睿智；情绪稳定的母亲教育孩子的“忠言”也可能有春风化雨的温柔。这样，孩子自然就会在顺耳的忠言中潜移默化，不断进步。

中国传统文化中，为人处事讲究“和而不同”，意即人与人和睦相处，但不苟同。“不同”的前提是“和”。“和”，其实是一种尊重；“不同”则是一种勇气。在与他人保持一种和谐友善关系的基础上，对具体问题的看法却不一定苟同对方，这才是最高层次的与人相处之道。“顺耳的忠言”正符合这种与人相处之道。

在经济全球化的今天，西方文化对中国传统文化产生了巨大冲击。西方文化“以个人为本位”的强调自我价值的观念，大大冲击着包括“和而不同”在内的中国传统文化。年轻一代强调个性，追求自我价值的体现，这本来是好事，是时代的进步，毕竟这种个性价值可以促进创新，促进社会发展。但是如果将这种个性价值理解为只讲“不同”而不讲“和”，又将其滥用到各个领域，那就不一定是好事了。当大多数人都将目中无人标榜为有个性，将出言不逊标榜为坦率的时候，那我们这个世界就成了一个巨大的火药桶，随时可能爆炸！何谈恩爱家庭？何谈和谐社会？有人可能会说：“我是刀子嘴，豆腐心。”是的，我们相信大多数喜欢说逆耳忠言的人都是“刀子嘴，豆腐心”。可是，“刀子嘴”是显性的，“豆腐心”是隐性的。别人首先感受到的是你的“刀子嘴”，可能还没等到他发现你的“豆腐心”，你们就早已闹掰了，那你的“刀子嘴”里吐出的忠言自然不会被别人接受。

当然，“良药苦口利于病，忠言逆耳利于行”这句话流行了几千年，肯定是有它的道理的。药一般都是苦的，但苦药却是治病的良药；逆耳的忠言也不是都会带来不好的结果。面对不同的对象，就要采取不同的进言方法。比如对方执迷不悟，好话不进的时候，你的逆耳的忠言可能会使对方幡然醒悟，痛改前非。

想当年，刘邦率大军入咸阳之后，被秦宫如云的美女及无数的珍宝迷惑，忘乎所以，打算住在宫内享受，全然不顾“以天下为己任”了。刘邦重臣樊哙好言相劝，刘邦不听。刘邦谋士张良闻之，入宫直谏，痛言刘邦“今始入秦，即安其乐”就是“助纣为虐”，且直陈“忠言逆耳利于行，毒药（指药性猛烈的药）苦口利于病”的道理。结果刘邦在张良的逆耳忠言中幡然醒悟，“乃还军灞上”。

仔细想来，张良之所以对刘邦“放狠话”，这与当时的危急局势和刘邦个人的出身及性格是有关的。当时，项羽拥军 40 万，而刘邦只有 10 万人马，项羽要消灭刘邦本来就易如反掌，如果刘邦再沉溺于温柔富贵之乡，那么刘邦的势力随时都可能会被项羽的铁蹄踏为齑粉，实在是局势危急呀。刘邦出身市井，性格随意甚至有点无赖，在利益面前，面子对于他来说，就没那么重要了，所以他能虚心纳谏，听得进逆耳的忠言。张良太了解刘邦了，他深知，在此危急局势之下，唯其如此，才能震醒刘邦。可见逆耳的忠言也不是绝对不管用的。

虽然逆耳的忠言有时也很管用，但是，毕竟让人难以接受。而顺耳的忠言无论何时何地，都是人人愿听，人人爱听的。所以要想达到让人“从谏如流”的效果，还是多多说顺耳的忠言吧。

2021 年 4 月 29 日写于中山

相　遇

种子飘飞，落入泥地，与土壤相遇，长出大树；风儿游荡，进入山林，与大树相遇，大树笑声欢快；蜜蜂嗡嗡，飞来飞去，与花儿相遇，采出香甜的蜂蜜；江河奔腾，九曲十八弯，与大海相遇，二者相互拥抱，融为一体；带正电的雷雨云与带负电的雷雨云相遇，电闪雷鸣，碰撞出惊世骇俗的爱情。

自然界千千万万的事物，就在那一刻，不早一分也不晚一秒，就在那个地方，不偏一丝也不差一毫，偶然或必然相遇了。而这千千万万的大自然之遇，就构成了我们这个自然界的必然模样。仔细想想，真是奇妙啊！

自然界的相遇是如此的奇妙，我们人类社会的相遇可能更是奇妙。

如果我现在跟你说，地球上差一点就不是我们智人一统天下，地球上差一点还有另外的人类，你可能会对我的说法不屑一顾。但是，事实上如果没有七万年前的那一次人类之遇，那我们这个地球上，就可能真正存在着与我们智人截然不同的人类。大约7万年前，智人走出东非大峡谷，就在那一刻，就在欧洲大陆，智人与活动在欧洲大陆的尼安德特人相遇了。经过几千年的厮杀，尼安德特人消失殆尽，智人一统地球。于是地球上就只剩下我们——虽有种族的不同，但都是两眼两耳一鼻一嘴直立行走的智人。想想是不是挺悬的？如果没有那一次人类相遇，那么我们现在这个世界上的人类是怎样的呢？是不是还有着其他长相的人类？他们的长相是怎样的呢？是不是和外星人长得一个模样？“细思极恐”啊！

智人与尼安德特人相遇是人类之遇，而我们智人个体有多少人与人之间的相遇？你一辈子会与多少人相遇？太多太多了！但是，现在全世界人口有 70 多亿，某一个人要与另一个人相遇，概率又实在太低太低了，你与他（她）该要多有缘分才能在 70 多亿人中恰恰与他（她）相遇啊！佛说：前世一千次的回眸，换来今世的一次擦肩而过；前世一千次的擦肩而过，换来今世的一次相遇！

某人与某人相遇的概率是如此之低，所以有很多非常有意义的相遇载入了史册，让我们一直到现在都还津津乐道。

公元前 535 年，在鲁国的一个叫巷党的地方，17 岁的孔子就与老子相遇了。孔子问礼于老子。中年以后，孔子与老子又数次相遇，每次都问礼于老子。有一次，老子告诫孔子：“良贾深藏若虚，君子盛德容貌若愚。去子之骄气与多欲，态色与淫志，是皆无益于子之身。吾所以告子，若是而已。”认为真正聪明的人应该懂得深藏不露；而真正的君子看起来却是大智若愚。告诫孔子要去掉自己身上的骄气与贪欲。孔子离开老子回来后，对自己的弟子说：“鸟，吾知其能飞；鱼，吾知其能游；兽，吾知其能走。走者可以为网；游者可以为纶；飞者可以为矰。至于龙，吾不能知其乘风云而上天。吾今日见老子，其犹龙邪!”可见孔子对老子的崇拜。

本来，老子是道家之祖，推崇清静无为，讲究人与自然和谐相处；孔子是儒家之宗，主张以仁义为本，克己复礼，积极入世。但是，思想体系的不同，并没妨碍孔子对老子的崇拜。2500年前，两位哲人的几次相遇，所碰撞出的耀眼的思想火花，使得这种哲学之遇，永载史册!

孔子与老子相遇一千多年以后的公元744年，一个叫陈留（在今河南开封）的地方，曾光芒万丈。因为就在这一年，就在这个地方，史上两位最伟大的诗人，43岁的李白和32岁的杜甫第一次相遇了！这一诗人之遇，被闻一多先生称作“中国文学史上最伟大的相遇”“月亮与太阳的相遇”。

比杜甫年长11岁的李白，这时已名满天下，而30岁出头的杜甫，此时才崭露头脚。因此杜甫对李白的仰慕不言而喻；而在与杜甫交谈、相互唱和之中，杜甫的诗才也让李白惊叹！他们一起豪饮，一起吟诗，一起打猎，一起论天下。他们甚至“醉眠秋共被”。

他们离别时，约好第二年春天在梁宋（在今山东）再次会面。而后两人如期而至，再次相遇，除相互唱和之外，他们还共同登临游历，访道求仙。

他们第三次相遇，是在第二次相遇那年的秋天了，但当冬天即将来临的时候，他们又一次告别，李白在分别之际还写下了“何时石门路，重有金樽开”的诗句，杜甫也曾写下“何时一樽酒，重与细论文”之句。但李白和杜甫都没想到，他俩的“金樽”就再没有重开，也再没有一起“细论文”，这一次的离别就是两位大诗人永久的别离！

但是离别后，他们相互思念，李白的《沙丘城下寄杜甫》中有“思君若汶水，浩荡寄南征”之句。杜甫作为李白的超级粉丝，更是写下了十几首思念李白的诗歌。其中《梦李白》就有两首。“三夜频梦君，情亲见君意”道出了杜甫对李白思念之深。

处在同一境界的他们，三次相遇，推心置腹，相互欣赏，真正的君子之交。然而他们自己都没有预想到，他们俩居然将执掌华夏诗坛一千多年，一个被称为诗仙，一个被称为诗圣，至今无人超越。他们的诗人之遇也被后人永远称颂。

世间最美好的感情，莫过于爱情；而最美好的爱情之遇莫过于钱锺书与杨绛的相遇。那是 1932 年，3 月，正是春花烂漫、花香袭人的季节。一天，清华大学古月堂门口，身穿青布大褂，脚踩毛底布鞋，戴一副老式眼镜的“眉宇间蔚然而生秀”（杨绛语）的钱锺书与眉清目秀、温婉清逸的杨绛相遇了。两人一见钟情，因此成就了一段美好的旷世姻缘。钱锺书曾说：“我见到她之前，从未想到要结婚；我娶了她几十年，从未后悔娶她，也未想过要娶别的女人。”这段长达半个多世纪的“围城”岁月，他们琴瑟和谐，鸾凤和鸣。

他们的偶然相遇是因为两人都是不早一分不晚一秒到达古月堂门口，试想，如果钱锺书早一分钟离开古月堂门口，或者杨绛晚一分钟到达古月堂门口，他们都可能无法相遇。真要感谢那天他们的偶遇，否则世上就少了一对神仙眷侣，我们今天也读不到他们美好的爱情故事，那该是多大的遗憾！

说到遗憾，金岳霖就没有钱锺书幸运了。他与林徽因的相遇充满了遗憾。在梁思成家客厅的文化沙龙上，通过徐志摩的引荐，金岳霖与林徽因相遇了。单身的金岳霖被美丽温婉而又才华横溢的林徽因吸引，他爱上了她。但是此时林徽因已是梁家的女主人，金岳霖只能把爱埋藏在心底。但是，他不但为此终身不娶，而且自此他总是追随着林徽因的脚步，与林徽因比邻而居，直至林徽因去世。晚年还和林徽因的儿子一家生活在一起。金岳霖与林徽因的相遇，对于金岳霖来说，既是美好的，又是遗憾的。但金岳霖和林徽因夫妇的友谊，却成了一段佳话。

名人的相遇因为难得，所以被载入史册。而我们普通人的相遇，一样难得。上辈子千百次的擦肩而过，才有了你我的一次相遇。在亿万人群中，与你相遇的，不是这个，也不是那个，而恰恰是他（她），你不觉得很奇妙，很难得吗？所以善待与你相遇的每一个人，珍惜与你相遇的每一个人吧！

千千万万、各种各样的相遇，构成了我们这个世界，而这个世界又一刻也不停地发生着各种各样的相遇，永无休止……

2020 年 5 月 23 日写于中山

错 过

立夏了，鲜花开得正盛的五月，我又回到了长沙。昨天，在家里小区散步，突然发现一楼很多庭院里的绣球花已经开得很盛。不禁一震，啊，今春在中山居然把种绣球花的事全然忘到脑后了！

去年夏天，长沙家里的小区绣球花就开得很盛，那一朵朵小小的花好像商量好了似的，都攒在一起，聚成一个个大大的绣球，正可谓“嫩蕊商量细细开”。五颜六色，一片一片的，蔚为壮观。看到这么漂亮的花，我羡慕之心油然而生。想着下一年春天在中山的家里一定要种上。可是没想到今年稍不留意就错过了种花时节。看来今年就只能留有遗憾，徒羡人家“一夜好风吹，新花一万枝”了。

细细想来，我们有多少事就是在这漫不经心或者错误判断中错过了。

小时候，很羡慕那些会乐器的人。二胡的婉转、小提琴的悠扬、大提琴的沉郁、钢琴的清脆，都是那样地吸引我。化着妆，穿着漂亮的演出服，在观众欣赏的目光中演奏，又是多少女孩子的梦啊！父亲的二胡拉得好，于是求父亲教我。但谁知“担米胡琴斗米箫，喇叭笛子一早朝”，要拉好二胡谈何容易，于是一声声杀猪般刺耳的琴声渐渐消磨了我的兴趣。长大以后，没有了父母的督促，二胡更是束之高阁。到现在中年已到尾声，都只能拉出跑调的旋律，这，成了我终身的遗憾。学乐器，要趁小，错过了，年龄大了，学起来就难了，遗憾可能就伴随终身。

遗憾犹能接受，最接受不了的就是因错过而带来的痛苦和悲伤。古今中外有多少好姻缘都生生错过了。“君生我未生，我生君已老。”席慕蓉也曾写下如许的诗句：“无缘的你啊/不是来得太早就是/太迟。”（《莲的心事》）这些还只是时空的错过，非人力而为。可怨天，但不能尤人。

但是又有多少好姻缘因“人为”而错过呢？英国有莎士比亚笔下的罗密欧与朱丽叶，中国有传说中的梁山伯与祝英台。虽然男方和女方都浓情蜜意，但都因为双方家庭的关系，不但错过了好姻缘，而且付出了生命的代价。陆游与唐婉、焦仲卿与刘兰芝，这两对爱人，虽已结为秦晋之好，但终究被“恶婆婆”生生拆散，痛苦后半生。

即使没有封建礼教，没有所谓的“恶婆婆”，又有多少情侣因为误会，或者一念之差，就错过一段好姻缘。自此，悲伤和痛苦就有可能伴随一辈子！

生活中这种造成一辈子悲伤的“错过”不在少数。因为种种原因，心脏病人错过了最佳抢救时间；因为路途遥远，错过了见亲人最后一面；因为家境贫困，错过了上大学的机会。这些错过，就是一辈子的痛呀！曾读过这样一则故事，20 世纪 90 年代，福建两位高三毕业班的同班同学，高考成绩一个能上重点，但是其家境贫困，拿不出学费，错过了上大学的机会。另一个只上了普通本科线，但家境较好，上了大学。10 年后，他俩在工地相遇，考高分没上大学的，是砌着砖的民工，考低分上了大学的，是拿着图纸的工程师。两人报酬差别可不是一倍两倍，他们将来的人生轨迹，也是截然不同的。试想一下，那个考高分但做着民工的青年的内心该是怎样的悲伤！

回看历史，发现因“错失良机”而改写历史的大事一直在演绎。两千多年前，楚汉相争。“力拔山兮气盖世”的楚霸王项羽率领大军向关中进发，驻扎新丰鸿门。此时项羽听说先入咸阳的刘邦“欲王关中”，于是他大怒，曰：“旦日飨士卒，为击破沛公军！”此时项羽兵 40 万，刘邦兵 10 万，如果第二天项羽果真率 40 万大军杀向刘邦军营，那么历史就要改写了。可惜呀，大好的机会错过了。项羽不但听信了项伯带来的刘邦的谎言，而且第二天还大设鸿门宴，招待刘邦。局势发展至此，其实还有挽回的机会，鸿门宴上，“范增数目项王，举所佩玉玦以示之者三”，示意项羽下决心杀掉刘邦，但“项王默然不应”。机会又一次错过。范增只好又派项庄借舞剑之机刺杀刘邦。可是，项庄拔剑起舞时，“项伯亦拔剑起舞，常以身翼蔽沛公，庄不得击”，机会再一次错过。最后，使刘邦借如厕的机会得以逃脱。楚汉相争的历史就在这一次次的“错过”中，书写完了它的最后一笔。但是，项羽到最终被围垓下的时候，却没有意识到是自己的原因，错过了打败刘邦的大好时机，而是把失败的原因归结为“时不利兮骓不逝”。如果他意识到自己的惨败并不是天意，而是因为自己的不善用人，不会审时度势而错过了大好时机，那他该会有多后悔呢？

有些“错过”只是“过错”，是可以弥补的，如篇首我言之种花，第二年还可以种，第三年也可以种，甚至可以种一辈子。我们生命中有许多这样的错过，错过了末班车，错过了一场好电影，错过了一场精彩的球赛……这种错过可以说会伴随我们一辈子。但这样的错过，无伤大雅，不必计较。

有些“错过”会给我们留下遗憾，而且这种遗憾可能无法弥补，但它不会给我们造成太大的困扰或痛苦。比如我的学拉二胡，虽说现在二胡还是拉得不好，但我并没有因此而痛苦。所以也不必太计较。

但有些“错过”比如错过上大学，错过有情人终成眷属，错过见亲人最后一面，这些错过，不但无法弥补，它还会成为我们心头的刺，时时让我们伤，让我们痛。这种伤痛可能有些人是承受不了的，所以他们情愿选择用牺牲自己生命的办法，来摆脱这种伤痛，如罗密欧与朱丽叶，如梁山伯与祝英台……

而像项羽痛失消灭刘邦的机会这样的“错过”，影响的范围就不只是个人或家庭了，而是牵涉到很多人的命运，甚至会影响社会发展的进程，改写历史。这种“错过”应该是一种不能承受之重的“错过”。

愿我们都能擦亮眼睛，明辨是非，不再错过那么多美好的事情，或者不再因为我们的错过，造成巨大的损失。

2020 年 5 月 11 日写于长沙

发　现

“发现”这个词实在太平常，平常到我们几乎天天用，时时说，平常到我们发现不了它的不平常。可是，仔细想来，我们这个世界的构成，我们这个社会的发展，都是与发现分不开的。

深受茹毛饮血之苦的远古人类，发现因山火而烧熟的兽肉特别美味且撕咬起来毫不费力，可是山火可遇不可求，于是，寻找探索人工取火的方法就成了远古人类的一项重要任务。

很久以前，没有太阳也没有月亮的燧明国，在一般人眼里就是一片黑暗，唯有一位智者某一天突然发现在这一片黑暗中偶尔会有火花闪现，那火花是那样的微弱且转瞬即逝。他屏住了呼吸，仔细观察，发现火花来源于长着硬嘴壳的鸟儿对坚硬的树干的敲啄，每啄一下就有火花闪现。他欣喜若狂，大受启发，于是发明了钻木取火的方法。当然，这只是一个神话故事，但是钻木取火的发明是受到某种发现的启发却应该是事实。后面所有的取火方式，无论是利用石头碰撞的燧石取火，还是利用太阳能的金燧取火，它们的发明，也都可能源自偶然的发现。前面的“发现”是后面“发明”的基础和前提。而取火方式的发明对人类生活的影响之巨大是不言而喻的，如果不会人工取火，都不能想象我们现在的生活会是怎样一种状况。

今天，我们的交通运输、工业农业、国防建设，甚至人们日常生活的方方面面都离不开石油。可石油到底具体是什么时候被人类发现的，现在众说纷纭。虽然美国声称 19 世纪中叶美国的埃德温·德雷克是石油之父，苏联也声称与埃德温·德雷克同时代的俄罗斯人谢苗诺夫是石油之父，但是据史书记载，早在公元前 250 年的战国时期，中国人就发现了石油这种可燃液体。而宋人沈括在他的《梦溪笔谈》中第一次使用了“石油”的名称，记录了石油的性能和用途，并预言“此物后必大行于世”。对谁是第一个发现石油的人，虽然有各种说法，但不管这顶桂冠归谁，得到桂冠的人肯定是伟大的，我们都要感谢他，没有他的发现，现在的世界该会是怎样的呢？不可想象！

1960 年 7 月，年轻的袁隆平在农校试验田中意外发现一株特殊性状的水稻，后来证明那是一棵天然杂交稻。这一发现使他冲破了水稻无杂交优势的传统观念的束缚，而且从此一发不可收拾，开启了他人工杂交稻的研究历程。可能袁老先生当时自己都没想到，他的这一发现，将会开创水稻种植的一个新时代，也没有想到他的这一发现，将很大程度上解决全中国 14 亿人的吃饭问题，更没想到他所研究的杂交水稻会被国外称为“中国魔稻”。

自古至今，多少发现改变了人类的生活，多少发现创造了人类的奇迹。大千世界，即使是失之毫厘，都可能谬以千里，那么可以想象，人类历史上的重大发现，只要缺少了其中任何一项，我们现在世界的构成，人类的生活的状况都不可能是现存的样子。仿佛一切都是天注定，仿佛一切都在冥冥之中。

有些发现是源于一个偶然的机会，但从发现到被世人认可，再到被利用，往往要经历一个艰苦卓绝的过程。远古人类偶然发现鸟啄燧木闪现火花，再到发明钻木取火，应该经过了很长时间的摸索；人类发现石油，还是两千多年前的事情，可真正大规模广泛利用这种液体燃料不过是近一百多年的事；袁隆平发现野生杂交稻之后，一辈子大多数时间都是头顶烈日，脚踩烂泥，弯腰驼背地在水田里观察、寻找、研究，呕心沥血，殚精竭虑，并且还要承受被权威科学家质疑，以及实验水稻遭到自然或人为的毁坏差点让研究功亏一篑这些心理上的一系列打击。

更有甚者，很多发现需付出惨烈的代价。哥白尼的日心说的发现和被公认就是如此。这不但包含哥白尼自己穷其一生的艰苦卓绝的研究，更有布鲁诺因坚决赞成日心说而惨遭教会迫害——在哥白尼去世 57 年后的 1600 年，布鲁诺在罗马的鲜花广场被反动教会活活烧死。而哥白尼的惊天巨著《天球运行论》的出版也是一波三折，直至 1953 年，出第四版时，才全部补足原有的章节，这时哥白尼已经逝世了 410 年！

发现虽然是如此的艰难，但人类的“好奇心”永远是发现的原动力，它驱使着人类去寻找，去探索，去研究。在寻找、探索和研究中你就可能会有所发现。那个落到牛顿头上的苹果，引发了牛顿的好奇心——苹果为什么不向上飞而向下落？这听起来似乎是一个荒诞的问题，但就是这种看似荒诞的好奇心，驱使着牛顿不断地探索研究，终于发现了万有引力定律。类似这种苹果砸在牛顿头上的有趣故事，历史上还真有不少。阿基米德在泡澡时，对水的浮力大感好奇，于是发现了阿基米德定律。瓦特对水烧开时壶盖为什么会跳动这个问题非常好奇，继而引发他的蒸汽机的发明。

如前所说，很多重大发现是需要经历一个漫长而艰苦的过程的，因此在发现的过程中，如果缺乏执着，那么，发现可能就会半途而废。1512年，哥白尼就在他的寓所——波兰弗洛恩堡西北角一座墙体斑驳的古老箭楼的楼顶，开始了他30年不变的观测天象的艰难历程，不论春夏秋冬，他几乎每夜都在观测，有时甚至通宵达旦。30年后，在他临终之前，终于收到了出版商刚寄到的《天球运行论》，他手摸着还散发着油墨清香的巨著合上了双眼。如果没有执着，哥白尼也早就被日复一日观测的单调枯燥消磨得收回了他仰望苍穹的目光；如果没有执着，哥白尼也早就被教会的迫害吓退了研究的脚步。那么，日心说的创立还不知要等到哪朝哪代呢。

20世纪90年代那英的《雾里看花》非常流行，一句“借我借我一双慧眼吧，让我把这纷扰看得清清楚楚明明白白真真切切”唱得情真意切，为了把这个世界看清楚，那种对“慧眼”的渴望犹如枯苗望雨。看清世界需要慧眼，那么，发现世界更需拥有一双慧眼。

什么是慧眼？慧眼本是佛教用语，指能认识到过去和未来的眼力。能认识到过去和未来，那就是眼光远大。眼光远大的人，才能对远方有发现，也才能对未来有发现。井底之蛙，不知道天外有天，一叶障目，就不见森林，哪里还谈得上发现呢？孟子之所以能成为儒家继孔子之后的一代宗师，与孟母的眼光远大极有关系。孟母三迁的故事我们耳熟能详，其中的道理也应该烂熟于心。孟母远大的眼光，使她发现了最有利于儿子成才的居住地。相反，宋代的神童方仲永最终“泯然众人矣”，原因就是他父亲眼光短浅，“日扳仲永环谒于邑人，不使学”。仲永父亲短浅的眼光，使他看不到能使仲永真正成才的途径。

慧眼应该还包含眼光的敏锐，这不光是指能洞察秋毫的仔细，更是指捕捉信息的迅速，不但要见他人之所未见，而且要于他人之先而见。曾看过一则报道，20 世纪 90 年代，一位在北京读大学的大三学生，在春节前排队购买回家的车票时，偶尔从报纸上获得一条信息——农村急需实用科技类教育书籍。敏锐的眼光让他看到了未来的市场。于是他票也不买了，家更不回了，直奔市工商局，注册了一家咨询公司。然后计划出一本适用于农村的科技类教育手册。通过他和同学们的一系列运作，三个月后，手册出版，获纯利 30 万元。那条报上的消息，在绝大多数人的眼里就只是一条消息而已，而在眼光敏锐的人的眼中那就是商机。我们再看看，现在那些互联网大佬，哪个不是火眼金睛？

慧眼的核心内涵应该是眼光的独特。独特即与众不同，从众心理应该是“发现”的敌人，人云亦云，哪有“发现”的机会呢？一块平常的石头，在一般人眼中就可能只是一块丑石，而在艺术家眼中，它可能就是一件有着审美价值的艺术品。大家习以为常的事情，在眼光独特的人的眼中可能就不平常了，比如牛顿眼中树上落下的苹果，瓦特眼中水烧开时跳动的壶盖，阿基米德眼中泡澡时让身体浮起来的力量。

可能有人会说，我们不是牛顿，也不是瓦特，我们是普通人，那么伟大的惊天发现，我们是做不到的。是的，大概率我们成不了牛顿，也成不了瓦特，但是大千世界错综复杂，气象万千，迈步向前，一定有无数个大大小小的未来之门等着你去叩响，有无数个大大小小的机会等你去发现。因此，发现绝不只限于上述种种人类发展的伟大进步，也不止于科学上的重大突破，发现更多的是存在于我们身边。这世上既有惊天动地可以推动人类的进步、社会的发展的大发现，也有只是个人内心体验的愉悦自己、提升自我的小发现。大咖们可以有他们划时代的惊天大发现，普通人也可以有他们修身养性的小发现。

工作中，被未知的小问题卡住多时的你，突然发现了问题所在，找到了解决的办法；一道冥思苦想都没解出的题目，突然发现了解题思路，一下子柳暗花明；工作了一天，饥肠辘辘的你，出门就发现街角新开了一家正合胃口的餐馆；某一天，突然惊喜地发现暗恋了很久的人也喜欢自己……哦，太多太多，生活中的真善美处处存在，发现也就处处存在。

法国著名雕塑家罗丹说：“世界上从不缺少美，而是缺少发现美的眼睛。”阳光溪流森林，世上的美好事物无处不在；友情亲情爱情，世上美好的情感也无时不有；机遇机缘机会，世上美好的际遇也常留人间。只是很多人对于这些美好却熟视无睹，习以为常，发现不了其中的魅力。这也许是因为成熟与经验扼杀了你的好奇心，也许是因为现实的艰难与残酷消磨了你执着的意志，也许是因为这个世界的纷繁复杂迷离了你的眼睛。缺少了好奇，缺少了执着，缺少了慧眼，也就失去了对身边真善美发现的能力。

愿你在经验丰富、成熟稳重之时，对大千世界仍怀有一颗好奇之心；也愿你在艰辛困难的困扰之下，对未知事物的探索仍保持一颗执着之心；更愿你在纷繁复杂的现实之中，拥有一双明亮的慧眼。让我们清空心中的杂念，暂停匆匆的脚步，用一颗真心，用一双慧眼，发现真善美，传递正能量。

2020 年 12 月 23 日写于中山

脱掉华丽的长袍

前不久，一个曾经的学生跟我抱怨说，生活压力实在太大，社会的复杂、职场的竞争、人际关系的纷扰，简直压得人喘不过气来。顿了顿，他忽然眼睛一亮，说："老师，做一个隐士多好啊，古代的隐士，优游山林，清谈阔论，无拘无束，多自由!"听了他的话，我不禁哑然失笑，尔后又沉思起来。确实，做一个隐士可能是一件挺有意思的事，中国古代的隐逸文化也是一个非常有意思的现象，值得仔细琢磨品味。

《辞海》对"隐士"的解释为"隐居的人"。其实，说一句班门弄斧的话，这个解释是不够全面，也不够精准的，因为它没有强调"士"，也没有解释"士"的含义。"隐士"的"士"应该是指"士人"，也就是读书人，而且不是一般的读书人。《易》曰："天地闭，贤人隐。"看来，贤人才有资格成为隐士。因此，"隐士"的"士"应该是指"贤能的读书人"，即有学问、有才能、有德行的读书人。其实道理很简单，如果是一介草民，本已在尘埃之中，又何须"隐"呢?

中国的隐逸文化源远流长。隐士的鼻祖应该是尧舜时代的贤人许由，《庄子》云：“尧让天下，许由遂逃箕山，洗耳于颍水。”相传尧想让位于许由，许由却逃到箕山之下隐居。尧又想要许由做九州长官，许由便到颍水边洗耳朵，表示不愿听。商末周初，有着“兄弟让国”“耻食周粟”“饿死首阳”故事的伯夷叔齐兄弟，更是被后人频频称颂的高尚隐士的典范。

魏晋南北朝时期，隐逸现象尤为突出。隐逸思想盛行，隐士数量激增，甚至一些帝王都流露出对隐逸生活的羡慕之情。隐逸之风之所以在这一时期盛行，有其思想、宗教、社会等多方面的原因。东汉后期的党锢之祸，使得士人阶层几百年来齐家治国平天下的儒家理想信仰轰然崩塌，面对黑暗的社会现实，士人阶层迷茫困惑，很多人选择逃避隐遁的方法来维持自己的清高和尊严。魏晋南北朝时期，老庄之学盛行，道家的崇尚自然、注重个性、蔑视权贵等思想，让面对现实无所适从的士人们找到了精神寄托。佛教的强调断绝尘世的杂念与妄想的思想，以及佛教弟子都隐居山林的行为，也推动了隐逸思想在士人阶层的流行。而政局的险恶、战争的频仍、官场的污浊更是隐逸思想盛行的直接原因。在思想、宗教、社会几方面的共同作用下，隐逸思想最终发展为一种社会思潮，就不足为怪了。

魏晋名士“竹林七贤”虽都以隐士自居，他们七人也曾经常聚集于竹林之下饮酒纵歌，清谈玄学，但我认为真隐士只有嵇康。司马氏开始掌权之后，英姿俊发、才气高逸、声名远播的嵇康隐居山林，坚拒出仕。掌权的大将军司马昭来了，欲礼聘嵇康为幕府属官，他遁入远离都城的河东郡，不给司马昭任何机会。司马氏的红人司隶校尉钟会来了，备盛礼拜访。此时嵇康正在打铁，两个时辰，钟会立于旁边，嵇康手中的活停都没停一下。同是“竹林七贤”之一的山涛来了，欲举荐嵇康代替自己任选官（尚书吏部郎）之职，嵇康一封《与山巨源绝交书》封了山涛的口……嵇康终被司马昭杀害，临行刑前，当他面对为他求情的三千太学生抚琴弹奏《广陵散》时，当曲终之后他的那句“《广陵散》现在要失传了”的余音在天空飘荡时，他的潇洒，他的从容，他的悲壮，是何等的高贵，又是何等的动人！

嵇康被害100多年后东晋时代的陶渊明，当然也是一位了不起的真隐士。早期，他也积极入世，做过几任小官。但门阀制度的限制，官场的黑暗腐朽，使他失望至极。四十一岁那年，他扔下一句“我不愿为五斗米折腰向乡里小儿!”，愤然离职，从此“躬耕自资”，一直到他六十三岁去世。最难能可贵的是，归隐后陶渊明在屡遭灾害，有时生活都难以为继的时候，都从没动过复出做官的念头，并且安贫乐道。这些我们从他的《归园田居》等诗文中可见一斑。究其原因，就是他自己所说的“心远地自偏”。当他在东篱下采菊，起身抬头无意中见到不远处绵延的南山的时候，他的内心是无比宁静的。

因为隐士的“隐”，魏晋南北朝除了留下有姓名的隐士以外，应该还有很多隐士的名字未流传下来。他们，是当时那个动荡险恶社会中的一股清流。

上述隐士，最突出的特点就是“不仕”，大家一般也都认为“不仕”是隐士的核心内涵。“不仕”，即有做官的机会和能力却不做官，或者做过官却因厌倦官场退而不做官。但是，不是所有隐士都是“不仕”的。其实，最高境界的“隐”，是处于污浊、倾轧、钩心斗角的尘世，却还能保持清净幽远的心境、刚正不阿的品格、纯洁高尚的灵魂，正所谓“小隐隐于野，中隐隐于市，大隐隐于朝”。

到了宋代，如果说“以梅为妻，以鹤为子”终身未仕未婚的林逋是标准的“不仕”之隐士的话，那么，在我心目中，苏轼则可称为非标准的“大隐隐于朝”的另类隐士。

说苏轼是“非标准”的隐士，是因为他一生都在为官任上，从未隐居山林。而且，他在几乎所有官职的任上都政绩斐然，大有作为。从这个意义上来说，苏轼确实不是那种在形式上“隐于野”的隐士。

但是，如果我们对“隐”含义的理解不囿于形式上的“隐居”，而是还包含精神的超脱、灵魂的净化、境界的高蹈等内容，那么，苏轼就完全算得上是一个“隐于朝”的“大隐”。况且以隐居与否为标准来判定是否为隐士，本来就有失客观公正，你看，历史上“以隐求仕”走“终南捷径”的假隐士还真不少，他们是真隐居了，但他们却是假隐士。

苏轼深受道家和佛家思想影响，绝不汲汲于功名，更不会为功名而改变自己正直纯真的初心。他的狂放旷达、俊逸洒脱不正是嵇康的神韵吗？他的既不巴结旧党，又不依附新党，不正是伯夷叔齐的气节吗？“平生不识高将军，手污吾足乃敢瞋！”他所赞颂的李白蔑视权贵的精神，不正是陶渊明的思想精髓吗？身处污浊的官场，却还能保持真隐士洒脱的个性，高洁的灵魂，这才是真正的“隐于朝”的“大隐”啊！

苏轼可称“大隐”的另一个佐证是，他是陶渊明的超级粉丝，说明他的精神境界与陶渊明是高度契合的。

我们现在很好奇隐于野的隐士们是怎样生活的，他们的生活来源靠什么。其实隐士崇尚自然，所以生活简朴。采集和渔猎可能是他们最直接的生活来源，比如伯夷叔齐采薇于首阳山。耕种也是他们谋生的手段，陶渊明“躬耕自资”，诸葛亮出山前“躬耕于南阳”。有的隐士还从事手工业，嵇康和向秀就以打铁为业。有时候他们也做一些以物换物的买卖，比如将采到的山货到市场交换——刘宋时期的隐士刘凝之“夫妻共乘蒲笨车，出市买易”。当然更舒服的是靠家庭或他人的资助。最有底气的是家庭资产雄厚，根本不用为隐居的生存发愁。

基本的生存问题解决了，作为有学识有才干的贤人，他们还需更高层次的精神追求，于是他们以德正行、著书立说、聚徒讲学。

以德正行就是以个人的言行举止、道德修养，为大众树立榜样，起到淳化民风的作用。“朱冲还牛”的故事就是典型的以德正行的例子。

隐士是读书人，所以著书立说是他们隐居生活的常态，也是他们最自然、最现实的留名方式。《晋书》记载，济南东平人刘兆“安贫乐道，潜心著述，不出门庭数十年”。数十年潜心著述，不出家门，这刘兆还真有定力，不愧为真隐士。

有的隐士还聚徒讲学，通过传播知识，教导学生，将自己的道德精神政治主张传达给弟子，虽自己未直接入朝为官，但自己的政治抱负有可能通过有德行有才能的弟子间接施展。这些隐士效法的似乎是孔圣人的做法。东汉末年的司马徽就培养出了诸葛亮、庞统、徐庶等人才。

其实，以上三者正暗合圣人的“三立”——立德、立言、立功。以德正行，立德；著书立说，立言；聚徒讲学，立功。圣人都有言如此，隐士们就更觉得他们的做法有据可依了。

隐逸行为必然带来隐逸文化现象，特别是在魏晋南北朝时期，隐逸思想最终发展为一种社会思潮，这必然会衍生出各种隐逸文化现象。

魏晋时期，有一种非常突出的文化现象，那就是清谈。清谈与隐逸紧密相关。隐士们隐居山林乡野，不在官场，“无案牍之劳形”，无钩心斗角之劳心，自然有闲心，也有时间聚集在一起高谈阔论，于是慢慢就形成了清谈的风气。如果你认为清谈就是随便聊聊天，唠唠嗑，那你就大错特错了。清谈，顾名思义，即清雅的谈论。既然是清雅之谈嘛，那肯定不能“俗”。首先是内容不能俗。清谈的内容是什么？是“三玄”——《老子》《庄子》《周易》。够雅的吧？岂止是雅，那是比雅更高层次的“玄”呀！这种虚无玄妙、深不可测的谈话内容，既可显示清谈者高蹈的品位，以超脱世俗，又可避免招致灾祸。要知道，魏晋时期，战乱频繁，政局险恶。在这种年代，举手投足，动辄获罪。如果谈国事，言民生，那可能是要治罪的呀。

当然，这么雅的事情，那一定是要有仪式感的，可不能像打麻将一样，三缺一，随便划拉一个人就开打。清谈是有比较固定的形式的。一般分主客两方。首先，主方阐述自己的观点，称之为“通”；然后客方就其论题加以诘辩，称之为“难”。一个问题，有时要经过几番辩论才能分出胜负，今天没有结果，明天再来。可以是一主一客，也可以是一主多客，或多主一客。有时还有人抚琴伴奏。清谈的谈说论辩还要讲究修辞与技巧，与我们一般的谈话聊天是有着本质的区别的。另外，值得一提的是，清谈的时候，谈士往往手执麈尾（类似于羽扇）以指划，“麈尾盛饰”，成为谈士的一种标志，也是一种风度。

清谈者的投入也是超乎你想象的。为辩论一个论题，他们可以废寝忘食，甚至通宵达旦；为思考一条论证，他们可以苦思冥想，甚至呕心沥血。所以有的清谈者为此而病疴缠身，甚至劳累至死。

前述“竹林七贤”的集会，就是清谈的代表。他们经常在当时的山阳县竹林之下肆意酣畅地清谈喝酒，纵歌吟诗。东晋王羲之于会稽郡山阴之兰亭举办的修禊集会，从某种意义上来说，也可算是一次大型的清谈盛会。写到这，不禁想到法国17、18世纪的文艺沙龙，东西方文化在这里何其相似，但可以引以为傲的是，这种文化形式，我们早于西方一千多年！

隐逸诗是另一种形式的隐逸文化现象。创作诗歌本就是古代士人最平常的雅兴，隐士们居于山林乡野，于是寄情于山水田野的隐逸诗自然而然就产生了。陶渊明是隐逸诗人的代表，他的隐逸诗数量多质量高，这些取材于田园、寄情于山水的诗歌为中国诗坛开辟了新天地，并直接影响到唐代的山水田园诗派。

隐逸文化在魏晋南北朝达到高潮，唐宋以后就逐渐衰落，到明清已基本无真隐士了。隐逸文化的衰落，一是与科举制度的兴起有关。科举制度的兴起为士族阶层特别是寒士阶层打开了“入仕”通道，隐士自然就越来越少了。另外，两宋后皇权高度集中，士族阶层失去了选择做隐士的资格和权利。

古代隐士的隐逸，可能是出自内心对自由与个性的追求，也可能是因为对黑暗社会的失望，还可能是迫于对现实的无奈，但不管怎样，那些真隐士都脱去了功名利禄的华丽长袍，展现的是褪尽铅华之后的本色，是去除雕饰之后的天然，是值得我们尊重的。

学生的一段话，让我产生了许多联想。历史上任何文化现象的产生，都有其特殊的时代背景。时代发展到今天，想做一个“隐于野”的隐士恐怕很难，并且也不应该是我们提倡的。但是，我们不妨学学苏轼，积极进取，执着向上，但绝不为一时的得失所困，更不为身外的功名所累。脱掉沉甸甸的华丽长袍，你才能轻装上阵，自由地施展拳脚。

2021 年 2 月 26 日写于中山

那些过去的痕迹

怀古，作为人类普遍存在的一种情怀，自古以来不知抚慰过多少孤独的灵魂。那些过去的痕迹总是萦绕在我们的心怀。

从苏轼的《念奴娇·赤壁怀古》到辛弃疾的《永遇乐·京口北固亭怀古》；从刘禹锡的“旧时王谢堂前燕，飞入寻常百姓家”，到张养浩的“伤心秦汉经行处，宫阙万间都做了土”，文人墨客那寄托在怀古诗文中的情怀至今还感动着我们，激励着我们。

而像苏轼们所怀念的那些过去的痕迹，怎样才能尽可能长久地保存下来，让人类世世代代都能拥有它们，瞻仰它们，怀念它们，这也是古人所思考的一个问题。人类真是聪明的动物，早在4000多年前，埃及和美索不达米亚的统治者就注意寻找保藏珍品奇物。到公元前3世纪，为了让这些过去的痕迹能够永远“维持其整体性、不可分散”，古埃及的亚历山大城就矗立起了一座专门收藏文化珍品的缪斯神庙。这座缪斯神庙，被公认为人类历史上最早的博物馆。但此后的漫长岁月里，“博物馆”作为人类的一种“奢侈品”，发展得却非常缓慢，一直到18世纪的1753年才出现了第一座真正现代意义的博物馆——大英博物馆。

真的要感谢第一个想到建博物馆的人，博物馆让那些久远的过去的痕迹得以保存下来，或还将永远保存下去；让今天的我们和我们的子孙后代得以在世界各地的各种舒适优雅的场馆内，寻找那些过去的痕迹，欣赏各种珍品奇物，发思古之幽情，叹宇宙之无常。

至今还清清楚楚记得10年前在法国卢浮宫看到达·芬奇的《蒙娜丽莎》时的激动心情。虽然尺幅不大，而且被防弹玻璃罩着，外围还有一道护栏隔着，但当这幅平时只能看到印刷品或临摹作品的世界名画真真切切展现在我的眼前时，真感觉自己的心怦怦直跳。那无所不见、又视而不见的目光，那嘴角似有似无的神秘的微笑，那双被誉为“美术史上最美的手”的美，即使是我这样一个油画门外汉也都能一一感受得到。

凝视着眼前的画，脑海里想象着达·芬奇创作这幅画的情形：500年前，也许是一个温暖的午后，在文艺复兴的发源地，美丽的佛罗伦萨的一幢古典优雅的房子里，蒙娜丽莎的原型丽莎格·拉迪尼轻松自然地坐在圆形的扶手椅上，面含微笑。而达·芬奇却在那块黑色的杨木板上，用自制的颜料小心翼翼地勾描着。他们两人怎么也想不到丽莎格·拉迪尼的这一微笑能笑500年，并且可能永远地笑下去，更想不到500年后的今天，每年都有600万人前往卢浮宫欣赏她的笑容！

更令我震撼的是在湖南省博物馆参观马王堆汉墓。薄如蝉翼花纹精美的丝帛，色彩艳而不俗制作精美的漆器，古朴雅致造型优美的陶器，面容姣好神态自若的木佣，编织工艺一如现在的竹器，还有粒粒可见的各种谷物种子，仍能看得见片片莲藕的排骨莲藕汤……要知道，我们眼前的这些东西，可是经历了两千多年的时光考验啊！当然，最值得一看的是历经两千多年仍保存完好，甚至皮肤尚有弹性、关节尚能弯曲的辛追夫人的遗体。所有这一切，不得不让人惊叹两千多年的历史长河，也不过是弹指之间——那辛追夫人不就像一位刚刚跟你擦肩而过的贵夫人？那精美的丝帛分明就是你我身上穿着的名贵的真丝；那颗粒饱满的种子似乎一撒出去新芽就能冒出来；还有那竹编的箱子篮子，昨天好像还在市场上见过呢……看完这些两千多年前古人生活的痕迹，你有可能变成一位哲人。感谢有博物馆的存在，让我有这样美妙的体验。

当然，除了博物馆里陈列的古迹，还有很多古迹以它们的本来面貌存在于它的诞生地，譬如苏轼眼中的赤壁，辛弃疾眼中的京口北固亭，还有我们的长城，埃及的金字塔……这些过去的痕迹更以它们的原始性和真实性吸引着各方游客，而这些以原始状态存在的过去的痕迹相比被珍藏在博物馆的珍品更需要我们自觉的保护。

在岭南，随便走进哪个村庄，几乎都能看到一些或被废弃，或还在使用的20世纪20、30年代的建筑，建筑风格大多是中西合璧的，应该都是当时在海外的华侨回来修建的。生活在岭南，钟情于过去的痕迹的我，经常会在周末或节假日流连于这些古镇或古村落。看着那些被风雨洗刷得斑驳的墙面，被岁月模糊的雕花绘画，想象着这些房子曾经的雕梁画栋，流云飞锦，在感叹岁月的流逝真是俯仰之间、一去不返的同时，真担心这些优美典雅的建筑在某一个时刻就不复存在了。

如果说上面我所担心的还只是像建筑、名画等看得见摸得着的过去的硬痕迹被毁，那么那年在英国参观莎士比亚故居之后，更担心起我们人类所共有的过去的软文化失传。

陪我一同参观的有上中学的在英国土生土长的侄女。参观完故居后，我们坐在故居后院的长椅上休息。当我和她聊起我的感触时，她非常惊讶。她没想到她这个中国姑姑对于英国文学这么有兴趣，而且中国人会这么了解莎士比亚、狄更斯这些英国古代的文豪。看着她疑惑的眼神，我问："你读过多少莎士比亚的著作?"她摇摇头不好意思地说："我几乎没有读过，不感兴趣。"听了她的话，我不禁心中一阵失落，一个英国人不读莎士比亚，如同一个中国人不读《红楼梦》，这是一件多么可惜的事啊。现在每每想到这些，再联想到我们国家多少文化古迹、文化传统，因为愚昧，因为战争，因为天灾而毁于一旦，心中就隐隐作痛。

人类社会的发展，需要创新，也需要继承。而那些过去的痕迹就是需要我们继承的千万年来人类流传下来的文明痕迹。早在4000多年前的埃及和美索布达米亚的统治者就注意寻找并保藏珍品奇物，那么作为现代人的我们，更应保留这些痕迹，记住这些痕迹，让这些痕迹世世代代流传下去。这应该是我们每一代人义不容辞的责任。

2020年4月7日写于中山

那些孤独的前行者

“人间烟火气，最抚凡人心。”我的理解，这“烟火气”分为物质的和精神的两种。物质的烟火气，是深巷那一声声长长的叫卖声，是街口摊档那一团团飘荡的热蒸汽，是乡间小屋烟囱袅袅升起的炊烟，是餐桌上的一粥一饭，是衣柜里的一衫一袜。精神的烟火气，是闺密间八卦后的舒心，是和朋友举杯推盏间的豪气，是爱人的一句情话，是父母的一声关怀。世俗的“烟火气”，抚慰着芸芸众生，给“凡人”带来无限的慰藉。于是，在这“人间烟火气”之中，人们各自找到了自己身体与心灵的归宿，舒适而惬意地生活在这大千世界之中。这个世界上，绝大部分人都是这种幸福的“凡人”。

但这“烟火气”毕竟是“人间”的，抚慰的只是“凡人”之心，而总有那么一些人，他们身上带着点仙气，不在“凡人”之列。他们清高，他们孤傲，他们特立独行，他们不识人间烟火。能抚慰“凡人”的“人间烟火气”并不能抚慰他们孤独的心灵。他们不合“凡人群”，他们的一些思想行为在“凡人”眼里总是有点怪异。这样，他们自然不太会被“凡人”理解，于是，在茫茫人海中，他们成了孤独的前行者。

《红楼梦》中着墨不多，但性格鲜明的金陵十二钗之一的妙玉，大概就是这样一位孤独的前行者。出身官宦世家书香门第的妙玉，不得已皈依佛门，带发修行。妙玉的为人正如邢岫烟所说，“为人孤高，不合时宜”。

她品位不凡，在审美与收藏方面有自己独特的爱好和标准。贾母带着刘姥姥一行人到栊翠庵品茶，我们且看她的茶具，都是绿玉斗之类的古玩珍器级的名贵瓷器；再看她用来煮茶的水，不是旧年蠲的雨水，就是珍藏了五年的梅花上的雪水。可以说，妙玉真是把品茶这件事做到了极致，让我们看到了一位品位高雅生活考究的孤独的少女形象。

她清高孤傲。刘姥姥喝过的成窑茶杯她嫌肮脏了，要打碎扔掉。甚至当同样清高孤傲的林黛玉在喝茶时没尝出梅上雪水独特味道的时候，她竟冷笑嘲讽林黛玉这位贵族小姐：“你这么个人，竟是大俗人。”话说到这样，宝钗他们“不好多话，亦不好多坐”，喝完茶，只好赶快悻悻离开栊翠庵。

现实生活中，我们身边也常常有妙玉一类的人。因为品位不凡，所以不合群；因为不合群，所以孤独。但是我想说的是，性格确实有好坏之分，但没有高低之别。更何况，各人都有各人的经历，我们并不了解他人性格背后到底经历了什么。妙玉出身于官宦书香门第，但因为体弱多病，来到栊翠庵修行，过着寄人篱下的生活，这中间肯定经历了不为人知的痛苦。所以，她把自己包裹起来，甚至让自己身上长出刺来，让自己成为“槛外人”。或许只有这样，她才能获得一点安全感。

所以，只要这些孤傲的人没有恶意的冒犯，那么我想，对他们还是需要多一点理解，多一点包容。

有一次，在一个小镇上，看到正在施工的“菜农房”，房子外形设计就是一个方形的盒子，外墙贴的是低档的色彩鲜艳的瓷片。心想，现在什么年代了，设计师还能设计出这种毫无美感的房子？后来，就此问题询问做建筑设计师的朋友，朋友道出了其中的缘由。他说，现在建筑或家居设计经常会让设计师陷入两难的境地。其实很多设计师都是有追求有情怀有品位的“文青”，他们常常会为一个设计方案废寝忘食，呕心沥血。但客户的反应往往让他们要吐血：“啊？装修设计还要收费吗？装修不是包设计的吗？”要么就是：“你这设计这么简单，不气派，不豪华！”什么叫曲高和寡？什么叫高处不胜寒？这就是！于是，摆在他们面前的就是一个两难境地：是坚持自己的追求与品位，还是迎合客户的口味？如果坚持自己的追求，就中国现在普通大众的审美水准来说，那就意味着可能会失去大部分客户；如果迎合客户的口味，虽然能不让客户流失，但也意味着你要牺牲或部分牺牲掉自己的审美追求。

难能可贵的是，不少设计师能执着于自己的追求，不媚俗，不迎合，宁愿失去部分客户，也不改自己的初心。于是，尽管他们有才华，有追求，但很显然，他们的客户群圈子小了。相较于那些迎合客户的设计师，他们成了设计界孤独的前行者。

带有仙气的妙玉们和执着于自己追求的设计师们是孤独的，而另一类我们称之为“天才”的人，往往也是孤独的前行者。

在世时只卖出过一件画作，现在竟然是艺术的代名词的十九世纪荷兰天才画家梵高，在世时就是一位典型的孤独的前行者。在凡人的眼中，梵高就是个不折不扣的疯子。他一生几乎没有朋友，更是受尽了世人的嘲讽。在他不长的艺术生涯中，创作了无数我们现在看来价值连城的作品。但在当时，他的画，除了他的亲弟弟提奥一直赏识之外，再无他人欣赏。唯一卖出的一件题为《红色葡萄园》的作品，还是在他生命的最后一年，他弟弟瞒着他，出钱拜托友人以400法郎买下的。

1888年2月，梵高来到法国南部，在一片一望无际的田野上，创作了包括现在举世闻名的《向日葵》系列在内的一幅又一幅作品。在这期间，有一段日子他本来与自己视为挚友的画家高更一起生活，共同创作。但没过多久，他与高更产生了巨大冲突。这对于梵高来说，是致命的打击，他觉得这世上除了他弟弟外，再也没有理解他懂他的人了。这时，孤独紧紧地缠绕着他的灵魂，啃噬着他那濒临崩溃的心灵。于是，在当年的12月23日，也许是一个阳光明媚的晴天，一股强烈的冲动不可遏止地涌上了他的心头。突然间，他拿起一把剃刀，揪起了自己的右耳，刀下耳落，梵高亲手割下了自己的右耳！

割下耳朵后不久，梵高创作了那幅著名的右耳被包扎的自画像。不到两年后的1890年7月27日下午，梵高在作画时开枪自杀。

不被世人理解的天才画家，孤独的前行者梵高，终究在穷困潦倒和世人的冷嘲热讽中，被内心的孤独彻底打败了，不但割下了自己的右耳，还终结了自己的生命。

与梵高命运相似的还有20世纪初的“西方现代主义文学的先驱和大师”之一，创作了著名的《变形记》的捷克作家卡夫卡。与梵高一样，卡夫卡生前默默无闻，是一个典型的孤独的前行者。他的价值是在他去世后，随着时间的流逝，才逐渐为人们所认识的。

但他的孤独不仅于此。他创作的主题永远是“对社会的陌生感、孤独感与恐惧感”，而他小说中的人物“在这充满矛盾、扭曲变形的世界里惶恐、不安，孤独、迷惘”。为何如此？究其原因，一是他生活和创作的社会环境的影响——“一战”前后社会腐败，经济萧条，人民穷困；二是他父亲家长制的暴虐作风对他长期的压抑。但我想，其根本原因，应该是卡夫卡那不同于凡人的灵魂，这使得他终生生活在痛苦与孤独之中。

像梵高、卡夫卡这样的上帝的骄子，人类的天才，因为另类，所以怪异，因为怪异，所以孤独。

可是，他们是不同于我们凡人的天才呀，他们那天生与众不同的大脑和卓尔不群的灵魂，岂能用我们世俗的眼光去审视？又岂是世俗的人间烟火可以抚慰的？

这些孤独的前行者，有的需要我们理解，有的值得我们敬佩。

世界上的人，能力有大小，性格有差别，我们大可不必为自己是“凡人”而羞愧，也不必为自己的“不合群”而不安。但是，至少有两点，是每一个人都应该具备的，那就是对“异己”的包容和对“不凡”的敬佩。

2020 年 9 月 12 日写于中山

消失，但愿不再消失

自然界，花开花谢，月圆月缺，潮起潮落。存在与消失相互更迭，且永无休止。

但大自然有些美好事物的消失，却不能像花开花谢一样循环往复，而是永远地消失，这种消失是最令人痛惜的，例如物种的灭绝。

大约公元17世纪的某一天，生活在毛里求斯岛上的地球上最后一只渡渡鸟死去了。随着它的死亡，这种可能生存了亿万年的有着漂亮的蓝灰色羽毛，体型肥胖，动作稍显笨拙可爱的鸟类，从此就从这个地球上消失了。

而令人惊奇的是，随着渡渡鸟的消失，毛里求斯岛上一种叫大颅榄树的果核再也不发芽，无法繁殖后代了。后经科学考证，原来大颅榄树果核的发芽依赖于渡渡鸟的肠胃，因此渡渡鸟灭绝了，大颅榄树随之也濒临灭绝。

而作为最著名的灭绝动物恐龙，则早在几千万年前就在地球上消失了。痛惜啊！

纵观人类文明史，你会发现，有时候，一座城市、一种文化的消失，可能只是旦夕之间的事。

公元79年8月24日清晨，位于意大利西南部坎帕尼亚地区的美丽小城庞贝在第一缕晨曦中清醒过来，鸟儿欢唱，鲜花盛开，人们在悠闲平静中开始了一天的生活。

时间到了午餐前后，华丽的别墅里，仆人们已准备好了午餐，女主人则催促孩子们快快用餐。市场上，人声鼎沸，各色蔬菜水果琳琅满目，女人们挎着篮子选购着各色食物。大大小小的餐馆里，坐满了就餐顾客，服务生端着装满面包、奶酪、肉类和甘甜的葡萄酒的各色盘子来回穿梭。公共浴场里，人们正享受着维苏威火山温泉浴。斗兽场中，人和兽正在激烈厮杀，看台上人们的喝彩声尖叫声响彻云霄。露天剧场里，正在上演令人赏心悦目的歌舞，观众们一个个陶醉在美妙的歌声中。铺着大理石的整齐的街道上，人来人往，熙熙攘攘……

整座城市一如既往，一切都是那么自然，那么安详。

突然，一声巨响划破天空，打破了城市的安详——位于庞贝城西北的维苏威火山突然爆发了！火山口犹如火箭发射一般迸射出大量火红滚烫的岩浆和碎块。这些碎块飞上高空，然后犹如暴雨般砸向庞贝城，还没等人们反应过来，厚约五六米的火山灰就毫不留情地将庞贝城掩埋了，从此庞贝城被固化在地下直到1000多年后才被发现！

曾经实实在在存在于这个地球上的鲜活美丽的庞贝城瞬间消失，一切都化为乌有。

而距今3000多年前，位于成都平原的一个拥有青铜器、城市、文字符号和大型礼仪建筑的灿烂的古代文明——三星堆文化，在它的鼎盛时期是怎样突然被掩埋于地底下的，至今仍是一个谜。

庞贝古城消失的原因属于天灾，但我们许多美好珍贵的东西消失的原因却属于人祸。现实中，我们因无知或无良犯下了多少错误和罪过。有些人无视美的存在，身处美中不知美，不惜美，不护美，甚至糟蹋美。

大自然赐给我们多少美好的事物，树木花草，飞禽走兽；江河湖海，崇山峻岭。上有日月之辉，下有山河之秀。可曾几何时，我们任意排放，乱砍乱伐，肆意捕杀，使得山河失色，天地同悲。

先人又给我们创造了多么辉煌灿烂的华夏文化。华夏文化博大精深的内涵——包容海纳、天下大同、仁者爱人、时新精神等，让中华民族世世代代受益无穷。可今天，一些人仿佛迷失了方向。更有别有用心之人极力贬低糟蹋华夏文化，他们迎合着西方势力，极力打压崛起中的中国，有人甚至巴不得将几千年的华夏文明在这个地球上抹掉。

先人还给我们留下了无数文化古迹。从兵马俑到万里长城，从敦煌壁画到云冈石窟，从北京四合院到大大小小的古村落……太多太多的古迹需要我们珍惜爱护，让它们长存于世。可多少珍贵的古建筑毁于我们的强拆强建？多少珍贵文物消失于我们的野蛮粗暴？

与糟蹋世界上的“美好”甚至使之消失的野蛮行为相反的是，那些科学家想方设法对濒临灭绝的物种的挽救，那些仁人志士舍生忘死地对人类文化的保护。

随着渡渡鸟的灭绝而濒临灭绝的大颅榄树就是绝处逢生的例子。大颅榄树最后得以繁殖下来，是由于毛里求斯的研究人员采用科学方法，磨薄大颅榄树的果核，成功地培育出大量树苗；或者让吐绶鸡取代渡渡鸟，吃下大颅榄树的果实。人类用自己的聪明才智，挽救了这个濒临灭绝的物种。

最振奋人心的消息是，科学家已从残留的渡渡鸟标本中成功提取了渡渡鸟仍具有生命力的 DNA，为这种三百多年前就已灭绝的鸟类的复活提供了极大可能性。随着克隆技术的日新月异，谁又能说渡渡鸟的复活完全没有希望呢？

1933 年 2 月，为了使故宫的珍贵文物免于战火，故宫博物院的专家学者和工作人员，带着他们用了整整一年时间才打好包的 13427 箱文物出发了。1933 年到 1947 年，整整 14 年的时间，在山河破碎、炮火连天的年代，这些专家和工作人员冒着日军的轰炸，躲过无数场天灾人祸，甚至有人献出了宝贵的生命，历尽了千辛万苦，走过 2 万里路程，最后使 13427 箱文物几乎完好无损地得以回到故宫。向这些专家学者和工作人员致敬！是他们用无私奉献甚至是血肉之躯阻止了这些珍贵文物的消失。

除了像故宫文物这种物质文化遗产需要保护之外，还有华夏文明中的精神文化遗产也需要我们继承并发扬光大。在刚刚结束的 2020 年的高考中，语文作文题很耐人寻味，从中我们欣喜地看到，出题者正引导青年学子从中华传统文化中吸取营养：格局、胸怀、命运共同体……而这在今天全球抗疫、美国霸权，特别是个别青年迷失文化方向的背景下，是具有深远意义的。

有存在就有消失，但我们的愿望是世上所有的“美好”不再消失或延缓消失。

2020 年 7 月 17 日写于中山

适当，成就美好境界

几天前，朋友微信发来一幅摄影作品，老式的灰色瓦屋顶上一抹橘黄色的枫树树梢，瓦片上洒落着一层枫叶，黑色的屋檐下挂着一盏橘黄的灯。他评论说：“明与暗，暖与冷，黄与黑，柔与硬，新生与古旧……”是的，这幅作品所表现出的优美的境界，就在于对比的和谐。我想，这种和谐应该是来自于搭配的适当——古老的灰瓦和明艳的黄叶及橘黄灯光的相互映衬配合，形成了一幅和谐的画面。

唯有橘黄色的枫叶与灰色的瓦和橘黄的灯搭配才最适当。如果黄叶换成了与灰瓦同是冷色调的绿叶，那么就顿失了冷与暖、明与暗的对比，同时，也不能与橘黄色的灯光相呼应。一切都刚刚好，摄影者拍摄的时候，眼前的三样事物就是那么适当和谐地搭配在了一起。

不禁由此联想到曾看到过的一组使人惊艳的罗布泊无人区的摄影作品，那是一组美得令人心醉的图画。风蚀土墩和风蚀凹地相间排列，组合成大片呈雅丹地貌的原野，一望无际，寸草不生。作品中，光与影，明与暗，形成了强烈对比，夕阳映照下的罗布泊在最美的光线和光影中，展现出她的惊艳。而那些穿着纱裙的模特，又在这一幅幅惊艳的画面上，画上了点睛之笔。但是我想，如果没有夕阳，没有这些光与影的配合，没有模特的点睛，那么，荒芜的罗布泊，那些积层岩再独特，也会失去光彩。

那年去美国的羚羊大峡谷对此就深有体会。本来在网上看到羚羊大峡谷的图片就被惊艳到了：阳光下的大峡谷，金光灿烂，美得令人震撼。所以对她非常期待。可是我们去的当天正好是阴天，没有了阳光的配合，我们眼前的大峡谷，也就是普普通通的山沟土洞。拍出来的照片自然没有了灿烂的金光。

从美学的角度讲，搭配的适当能成就优美和谐的境界，从实用的角度讲，方法的适当可能会成就事半功倍的境界。

有些时候，我们可能被一些现象困扰着。学习中，明明自己很用功了，可成绩总是赶不上不如自己用功的同桌；工作中，遇到一个问题，百般努力，却总是碰壁，而偶得一高人指点，问题却能迎刃而解；生活中，百事缠身，无从下手，而你的朋友却能轻轻松松打点好方方面面，日子过得轻松惬意。什么原因？除去天分等不可改变的因素外，最重要的就是方法，是因为你没找到适当的方法。无论是学习，还是工作，或者是生活，如果方法适当，就可能进展顺利，甚至事半功倍。

《麦肯锡卓越工作方法》一书为什么会成为职场人士竞相阅读的书籍？就是因为该书总结了著名的咨询公司麦肯锡公司80年来最重要的工作方法。“就像是世界上出现锁以后就必然有与之相应的钥匙一样，问题与方法也是共存的。”该书序言中写道。多少职场人士从这本书中汲取养料，运用到实践当中，从而工作起来得心应手，这就如同找到了适当的钥匙，锁自然就可以打开了一样。工作当中找到了适当的方法，职场人士就可能逐渐成长为职场精英。

寓言故事《截竿入城》中那个鲁国人把竹竿横着竖着都进不了城门，为此他一筹莫展，这固然可笑，而“老父”所出的把竹竿截为两节的主意，更是馊主意。这则寓言则从反面说明了做事情方法适当的重要性。

战国时期的宋玉在他的《登徒子好色赋》中对美女的形容，则给我们诠释了另一种适当——“量”的适当：“东家之子，增之一分则太长，减之一分则太短，着粉则太白，施朱则太赤。”宋玉的描写实际上反映了数量与质量的辩证关系。“量”适当了，“质”才能达到最优。

年轻时第一次自己炖羊肉汤，照着母亲平时的做法，放上姜，放上桂皮。可炖出来的羊肉汤又苦又涩，还一股怪味，什么原因？百思不得其解。后来问母亲，母亲一听就问：“是不是桂皮放太多了？”这下我才恍然大悟。“量”未把握适当，“质”就肯定不好，羊肉汤就到不了美味的境界。

生活中，这种“量”与“质”辩证关系的例子实在是太多了。煮饭，水放多了，饭则太烂了；水放少了，饭则太硬了。酿酒，酒曲放多了，酿出的酒就会发苦；放少了，发酵不完全，酿不成酒。给花草施肥，肥料太多了，花草会被烧死；太少了，花草长不茂盛。想要达到饭煮得香、酒酿得醇、花开得美的境界，就要做到水、酒曲和肥料的“量”的适当。

贾谊在《论积贮疏》中说：“生之有时，而用之无度，则物力必屈。”贾谊的这句话又涉及一个适当，“度”的适当。什么是度？我想就是分寸、界限和标准。

花看半开时，酒饮微醉处，说的就是“度”的问题，花没开和花全开，一个是“不达”，一个是“过度”，只有半开，才是最高境界；酒喝到烂醉如泥，不但非常难受，而且伤身体，只有微醉，才能达到那种飘飘欲仙的境界。

人生的处世哲学，就在于一个“度”字。度把握适当，在生活和工作中可以如鱼得水，游刃有余。反之可能处处受阻，时时不顺。

可是，很多时候我们很难把握好“度”。孩子的教育，太放纵，可能导致孩子无视规则，为所欲为；太严苛，一方面可能会导致孩子胆小怕事，做事缩手缩脚，另一方面可能物极必反，导致孩子的逆反心理。朋友的相处，关系太近，反而可能反目；关系太远，可能变得生疏。职场的竞争，锋芒太露，则容易招致别人反感，甚至引来祸端；软弱木讷，则可能受人欺负，成不了大事，所谓太刚则折，太柔则废。

一个人如果方方面面都能把“度”拿捏得适当，那可以说他做人做到了一定的境界。那么，适当的“度”的把握从何而来？我想应该是从生活的磨炼而来，从知识的修养而来，从内心的善良而来。

世上万物的优美应该都源自“适当”，世上万事的顺利也可能源自“适当”。

2020 年 6 月 12 日写于中山

你的平常别人的梦

儿时描写春天的作文，有一个句子经常会用到，那就是“春雨贵如油”。可生长在湖湘大地的我对此总是很疑惑：明明是春雨绵绵无尽头，怎么会“贵如油”呢？年幼的我不知道的是，当湖湘大地的潇潇春雨裹挟着漫漫愁绪，绵绵不断地肆意飘洒的时候，在华北，在西北，开始返青的冬小麦却正在春日的阳光下渐渐枯萎，干旱的大地期待天空飘过的每一片云都能带来一阵细雨、一丝滋润，可这种期待却往往会落空。我想，首创“春雨贵如油”句子的肯定是北方人吧？

同样是春雨，在南方人的眼里，就是漫天的愁绪，满江的哀怨。难怪宋人贺铸用“梅子黄时雨”来形容自己的“闲愁”，李后主用“一江春水”形容自己满腔的哀怨。而在北方人的眼中，春雨却是“春夜喜雨”的喜悦，是“天街小雨润如酥”的滋润。

同为大自然的馈赠，雪的命运与春雨大致相似。

冬天，在黑龙江，雪总是如期而至，从不爽约。地处高纬度，常年受西伯利亚的冷气团影响，冬季冷锋过境很频繁的黑龙江，从头年的10月中旬到来年的3月，将近半年的时间，雪都是常客。而地处林海雪原的著名小镇——雪乡，更是一年中冰雪覆盖长达七个月。雪花漫天飞舞，大地一片洁白无垠，没有花，没有草，甚至没有树，但美得纯净浪漫；堆雪人，打雪仗，滑雪橇，玩得不亦乐乎。

美则美矣，乐则乐哉，但年复一年，年年如此，不仅会审美疲劳，而且，大雪给人们带来的种种不便会让这种美大打折扣。在黑龙江人甚至整个东北人眼中，雪，就可能不再是那么美好的事物了。在农村，大雪封门，不能出行，近半年的日子在屋子里“猫冬”，天天土豆白菜。这种近似囚徒的日子，真是让人备受煎熬。在城市，暴雪预警，航班取消，高速封路，公交中断。可以想象当你预定好了的满怀期望的行程被取消时的无奈与沮丧；也可以想象当你在风如刀割的雪地里跌跌撞撞地走向上班地点时的艰难和痛苦。此时，雪，就不仅仅是稀松平常的事物了，它成了东北人心中的一片寒冷的阴影。于是，大批的东北人想逃离它，甩脱它，他们逃到了海南，逃到了珠三角。南方温暖的阳光终于驱散了他们心头寒冷的阴影。

而冬天的岭南，阳光明媚，繁花似锦，每年的春节花市更是热闹非凡。但是，花，并不是岭南人心中的向往，雪，才是岭南人梦中的倩影。到北方去看雪，这也许是每一个岭南人的愿望。于是他们去哈尔滨，去漠河，去雪乡。东北美丽的雪景和冰雕让他们大开眼界，欣喜若狂。他们甚至还把这美好的体验带回南方，想永久保存。看过一则新闻，一南方小伙把一个小雪人从北方想方设法快递到南方，然后像供宝贝似的放在冰箱，还开玩笑说：“很珍贵，只要冰箱不断电，大概可以一代代传下去吧。”

冬天的雪，对于东北人来说，是平常，甚至是阴影；而对于岭南人来说，却是那“心期梦中见，路永魂梦短”的存在。

冬天的花，对于岭南人来说，是平常，是熟视无睹；而对于东北人来说，却只能把雪挂枝头想象成“千树万树梨花开”。

很多时候，你以为的稀松平常、理所当然，甚至不屑一顾，却是别人的朝思暮想、梦寐以求。大自然的万事万物是这样，我们生活中的人和事又何尝不是这样呢？这种“我视之若珍宝，尔视之若草芥”的故事一直在我们的生活中上演着。

建筑学家梁思成曾说：“别人的宝贝藏家里，我的宝贝放在全国各地。”中国的古建筑就是他的珍宝。

梁思成曾认为，北平为“世界上现存最完整、最伟大之中古都市，全部为一整个设计，对称均齐，气魄之大，举世无匹”。因此，平津战役前，他十分担心北平的古建筑遭到破坏，于是将自己亲手绘制的《全国文物古建筑目录》交给中国人民解放军，并在地图上标出北平城重要古建筑的位置。1949 年 1 月北平和平解放，城内的古建筑被完整地保留下来。这让梁思成倍感欣慰。然而，好景不长，梁思成眼中的珍宝，在另外一些人眼中却成了草芥。从 1952 年开始，北京，这座千年古都的无数古建筑惨遭拆除，此时梁思成虽痛心疾首，奔走呼号，但仍挡不住行政命令的推进。中华门、地安门、崇文门、东直门，还有气魄宏大举世无双的北京古城墙，在隆隆的机器声中轰然倒塌，毁灭殆尽！几近绝望的梁思成只能悲声痛诉：“五十年后，历史将证明你是错误的，我是对的。”梁思成一语成谶。

前几天，看到一个视频，记者采访大凉山区的一群留守儿童，其中很多是失去了父母的孤儿，这些孩子清秀面容上的道道皴裂，诉说着他们所经受的生活的磨难，小小年纪承受着他们不该承受的痛苦。当记者问他们最大的愿望是什么的时候，很多孩子含着泪羞涩地回答："和爸爸妈妈在一起！"和爸爸妈妈在一起，对于一个孩子来说，哦，不，甚至对于所有动物幼崽来说，都是最基本的生存条件，太平常不过了。而对于这些留守儿童来说却是他们的朝思暮想，梦寐以求！

还有太多这样的对比，当城里的孩子对着高档餐厅的菜单挑三拣四的时候，大山里的留守儿童可能正吃着馒头就咸菜；当城里的孩子在游乐园玩着过山车、大荡船、旋转木马的时候，大山里的留守儿童可能正在和爷爷奶奶一起放牛、放羊、割麦子；当城里的孩子坐进爸爸妈妈豪华的轿车驶向学校的时候，大山里的留守儿童却在寒冬的早上顶着一头霜花，步行十几里走向学校。那些高档餐厅的美味佳肴，那游乐场的各色各样的游乐项目，那舒适温暖的轿车，在很多城里孩子的眼里，是稀松平常，是理所当然，但对山里的留守儿童来说，那，就是梦！

世间的万事万物都是相对存在的，参照系不同，就有不同的结果。你视为平常，甚至厌恶的东西，很可能就是别人的至宝；与你共处但你毫不在意的每一个人，都可能是别人心中的白月光；你不经意的一个微笑，很可能就"装饰了别人的梦"。

愿你实现你的梦想，更愿你珍惜你的拥有。

2021 年 7 月 6 日写于中山

中秋月难圆

中秋节滥觞于上古的一种天象崇拜——敬月习俗，唐初就已经定型，宋代更是盛行。中秋节以月之圆兆人之团圆，千百年来寄托着中华民族盼望亲人团圆的美好愿望。

但是，“中秋月难圆，亲人难团聚”的现象却自古至今都存在着。

古代社会虽然大多是以家族聚居的形式组成，一家人甚至一个大家族的人居住在一起。但是，那些戍关守边的将士，那些远赴异地服劳役的工匠苦力，那些在外任职的官员，都长年累月远离故乡，与亲人分离，饱受思念之苦。“中秋月难圆，亲人难团聚”一直都是困扰古人的一个社会问题。正因为如此，才有李白的“花间一壶酒，独酌无相亲。举杯邀明月，对影成三人”；才有杜甫的“戍鼓断人行，边秋一雁声。露从今夜白，月是故乡明”；才有苏轼的“不应有恨，何事长向别时圆?”甚至由此产生出诗的一类——思妇诗。

思妇诗从思妇的角度诉说对远方爱人的想念。先秦时期就有《诗经》里《君子于役》中的思妇，在操劳了一天之后，在“鸡栖于埘，日之夕矣，羊牛下来”的傍晚时分，对远方爱人的思念之情油然而生，不由自主地发出“君子于役，如之何勿思!”的慨叹。李白笔下的思妇直问：“何日平胡虏，良人罢远征?”李清照则以女性的细腻笔触描写了思妇的“百无情绪”：“倚遍阑干，只是无情绪。人何处，连天芳草，望断归来路。”

古代大量描写离别思念的诗词无一不在诉说着“中秋月难圆，亲人难团聚”的遗憾与伤痛。

交通的不发达是造成古代“中秋月难圆，亲人难团聚”的根本原因。在铁路、轮船、汽车出现之前，牛车马车是中国人千年不变的主要交通工具。在外任职的官员回乡省亲可以说是一件艰苦卓绝的事情。长途颠簸的疲劳自不必说，更重要的是，一路上，劫匪的抢杀、猛兽的攻击、地质灾害的危险时时威胁着归乡人。遥想当年，大明王朝一代贤相宜兴人徐溥请辞告老还乡，与家人团圆。一路上，像慢镜头一样，马车在崎岖不平尘土飞扬的便道上磕磕碰碰、吱吱嘎嘎地行进着，从京城到宜兴1000多公里的路程，他足足颠簸了一个月。贵为首辅的徐溥尚且“中秋月难圆，亲人难团聚”，那普通归乡人的漫漫长路该是怎样的艰难呢？我想，经历了千辛万苦回到家乡与亲人团圆的徐溥，在见到亲人的那一刻，肯定会抱头痛哭，而对这来之不易的团圆他又该会多么珍惜呢！这种在归乡的漫漫长途中，在疲劳、恐惧中越积越浓的乡愁，才会那么沉甸甸；这种用泪水，用血汗换来的团圆，才会那么弥足珍贵。

人的心理大概都是缺什么就盼什么——亲人难团聚，就盼望团聚。为了弥补这种亲人不能团聚的遗憾，于是就慢慢衍生出了“中秋”这样一个象征团圆的节日，甚至咏出了“千里共婵娟”

“天涯共此时”这样的“安慰剂式”的诗句。

现代家庭的结构正好跟古代相反，大都以小家庭为单位，别说大家族，甚至一个大家庭都难以聚居在一起了。人口的流动又使得儿女与父母常常远隔千里。至于那些驻守边疆海岛的战士，更是几年都难以与亲人团聚。还有海峡两岸的骨肉分离。因此，社会发展到今天，虽然交通发达了，人口流动方便了，但还是“中秋月难圆，亲人难团聚”。于是就有了阎维文的《小白杨》：“当初呀离家乡，告别杨树庄，妈妈送树苗，对我轻轻讲……”；有了艾青的《我的思念是圆的》：“团聚的人家是欢乐的/骨肉被分割是痛苦的”；有了余光中的《乡愁》：“乡愁是一湾浅浅的海峡/我在这头/大陆在那头。”

如果说古代“中秋月难圆，亲人难相聚”主要是因为交通欠发达，那么，今天的“中秋月难圆，亲人难相聚”的原因就恰恰是交通、通讯等的发达所带来的观念的改变。

今天，交通工具种类繁多，天上有飞机，地上有高铁、汽车；而交通工具的速度，那不是“像”飞一样，而是真的在飞。如果徐溥生活在今天，当他从机场或高铁站走出来，见到亲人时，可能只是潇洒地挥挥手，轻松地说一句“路上一切顺利”。浓浓的乡愁被这回乡旅途的轻松冲得淡薄稀疏，珍贵的团圆也被这一路的顺风吹得平平淡淡。

今天，或许因为“四海为家，天下大同”的观念，你难以产生绵绵的乡愁；或许因为归乡之路的平坦，反而舒缓了你那颗向往团圆的心；亦或许通讯发达了，你认为能经常与父母视频就可以了，于是就收回了归家的脚步；当然也有可能因为工作的繁忙，让你退掉了那张回家的机票。

但是，年轻的儿女们，你的即将老去的父母，可能会因为家里“空巢”，倍感孤独。虽说视频能看到儿女的人像，但那毕竟只是“人像”，而不是真人。更何况，他们多想看着你津津有味地吃着他们给你准备的丰盛的饭菜，更想和你围在一起，听你说说你的生活，你的工作。父母对儿女的思念是需要用“团圆”来安抚的。

人到中年的儿女们，你是不是在你年迈的父母急切需要你帮助的时候，来到父母身边，给予他们足够的温暖？在你为你的工作费尽心血、为你的事业拼尽全力的时候，是不是想到还得尽量多抽一点时间回家与年迈的父母团圆？你是不是珍惜了每一次难得的与父母团圆的机会，真正让“团圆”圆圆满满，和和美美？如果答案是否定的，那么，等到父母最后离开了，你将会愧疚不已，伤心欲绝。

古有“弃官奉亲”的故事，说的是晋武帝时荥阳中牟人潘岳，时任河阳县令，但为了侍奉染病的老母亲，毅然辞官回到了家乡。今天我们肯定不需要像潘岳那样“弃官奉亲”，但是尽量争取多与父母团圆，珍惜难得的与父母团圆的机会，却是我们每一个儿女都应该做到的。

儿女大了，远走他方，难以与父母团圆；父母走了，再也不能与儿女团圆。中秋月难圆，亲人难团聚，这就是现实。但是，我们可以尽力改变现实，有圆的机会就圆，能聚的时候就聚，抓住团圆的机会，珍惜相聚的日子，尽量不让自己的人生留有遗憾和伤痛。

今年的中秋，我所在的城市天空阴云密布，中秋之夜不见月亮的影子。但聊以自慰的是，中秋期间，我不但与久未谋面的同窗好友相聚了，还与许许多多的亲人团圆了，尤其是与年迈的父亲共同度过了这个中秋与国庆同日的佳节。

2020 年 10 月 2 日写于长沙

病房小记

疫情缓解后，85 岁的老父亲因肠胃问题住进了医院。

那天，我带着父亲刚到住院病房的护士站，就听到一个人在大声嚷嚷：“这个手续怎么办啰？我搞不清楚呢！”护士很耐心地小声跟他解释着，可他听了半天好像还是云里雾里。病人是一个 70 来岁的农民模样的人，没有陪人，他自己在给自己办住院手续。

我给父亲办好手续住进了病房。不一会儿，这位农民模样的人笑眯眯地走进来了，原来他和父亲分配在一个病房。进了病房互相打了招呼后，他就鞋子也不脱，和着那身满身灰尘的外衣斜躺在床上，絮絮叨叨地跟我们说起他的遭遇来：“医院要我交 2000 块钱住院押金，我没有那么多钱，我自己只有 600 块钱，借了 1000 块钱，总共 1600 块钱，没这么多钱，有什么办法呢？最后医院同意我先交 1500 块钱，剩 100 块钱我还要吃饭呢。”我问他得的是什么病，他一下紧张得坐起来，说：“我要开刀，我要做手术了呢！不知道要做多久，我从来没有住过医院，做手术很痛吧？要很多钱吧？”

后来我弄清楚了，他就是肠子上长了息肉，做一个肠镜，顺便把息肉割了就行。这在我们看来，是一个非常小的手术。但他在做手术前检查的那两天里，一直很紧张，反复问我，“手术大不大？疼不疼？”“为什么医生说一定要有家属签字？那肯定是很厉害的病。”我告诉他，这不是大病，要家属签字，不一定就是大病，任何手术都是要家属签字的。听了我的话，他放松了一些。但后来听到我说要麻醉，他又紧张了，“那怎么办呢？我没有陪人呢。”我说：“要你家人来陪你呀。”他面露难色，说：“我女儿住得远呢，她又忙。”我不好追问，也许人家女儿有隐情，不然怎么会放心一个从来没有住过院的70岁的老父亲自己一个人来办住院手续，做各方面的检查呢？这种情况下，我父亲每次做检查时，我和父亲都提醒他跟着我们，要不是有我们在，很多检查他可能都会漏掉。

要做手术的前一天，护士来病房吩咐他喝泻药。听完之后，他还是云里雾里，后来我仔细解释给他听，他才终于明白了。可是第二天早上，我和父亲从家里赶到病房（父亲当晚没住在医院）。父亲想进厕所，他急忙拉住他说：“别去别去，里面太脏了，搞卫生的人怎么还没来喽？”我推门一看，马桶内外，全是脏东西。他尴尬而又内疚地指着莲蓬头说：“这个也不出水，我不知道怎么冲厕所。”我真是又惊奇又好笑，这个年代了，还有不知道怎么冲马桶的人，以为是要用莲蓬头来冲！也不知道要把那个栓阀提上来，莲蓬头才能出水！我一一教会了他，于是他很认真地打扫起厕所来。后来父亲告诉我，他上厕所是把马桶盖揭开，蹲在马桶上的。父亲告诉他要坐在马桶上，他说：“那样我拉不出来。”

做手术前半小时，他的女儿在他打了无数个电话之后，终于来了，是一个30岁左右的清秀女子。但是对他父亲说话的语气，总是带着不耐烦，甚至粗声恶气的。可做父亲的，总是隐忍着。我看着心酸，但我又能怎样呢？女儿在他做完手术之后不久就消失了。接下来的几天打针吃药以及办出院手续，都是靠他自己和我们帮忙才完成的。

有一天晚上父亲住在医院，傍晚和他一起散步的时候，他向父亲吐苦水。自己年轻时因为出身不好，找不到老婆。等到改革开放了，不讲家庭成分了才结了婚，但妻子比他小20岁。20岁的年龄鸿沟，使得他们的关系并不融洽。现在妻子在广东打工，他也曾一度陪着妻子在广东，但他实在适应不了广东的湿热气候和清淡饮食，再加上和妻子三天两头闹矛盾，所以没住多久，又从广东回来了。现在在家乡的一个小饭馆打工。一年下来挣不了几个钱。好不容易攒了几十万元，在女儿家附近以女儿的名字买了一套房，想着将来靠着女儿养老。谁知女儿却擅自把他的房子卖掉了，到现在他只好一直住在破烂的老屋里。唉，人说女儿是父母的小棉袄，可有时候这小棉袄却是硬邦邦的。

那天护士突然通知他，因为他的医保欠费，他的住院费用医保报不了。这可是大事，他立马急了：“什么叫欠费？为什么欠费呀？”护士给他解释，可是他还是弄不清楚。我跟他说要他赶快打电话要女儿补交费用，并且安慰他，补交了费用也许就可以报销了。后来在我不在医院的时候，我85岁的老父亲又带着他到医院医保科咨询，医保科答复补交了暂时也只能报20%，这真是雪上加霜啊！不过，没过多久，他对这事就不太紧张了，躺在床上自我安慰地说：“报销不了又怎么样呢？难道还不看病了？自己出就自己出吧。只能怪自己没有按时交医保费，怪不了别人。”我嘱咐他以后一定要按时交医保费用，不要舍不得，否则吃亏的还是自己。他说他不是不愿意交，是弄不清楚，平时管不了这些事。这不怪政府，只怪自己没有用呢。

还有一件小事，也让我们哭笑不得。住院每天都得打吊针，为了减少扎针，现在医院一般都用留置针，扎一针就能管三五天。那天护士又来给他上药水，他问护士：“你们都说这是留置针，这留置针是治什么病的喽?”说得大家都忍俊不禁了。

医院病房真是个很特殊的地方，虽然住的只是病人，但病人家庭的方方面面的真实情况可能会毫无遮拦地表现出来。我想，一是因为有病人，所以这个家庭的温情也好，矛盾也好，都围绕着病人表现出来了；二是因为病人之间都是陌生人，在陌生人面前，有些不能外传的家丑，也就传出来了，反正出院以后，大家又成了陌生人，丑不丑的，也就无所谓了。所以医院病房，还真是一个众生百态暴露无遗的地方。

平时一直住在城市，身边打交道的人也大多是知识分子，所以我还真没想到农村还有这样的老人。他们淳朴善良，但文化水平低。虽然比起鲁迅笔下的闰土，他们进步了不少，但还是让人觉得他们好像还生活在 20 世纪 70 年代，中国突飞猛进发展的这几十年，似乎在他们身上没留下多少痕迹。这些农村老人养老的问题，虽然政府有一定的补助，但还是要靠子女，如果碰上子女不孝顺，老人就孤苦无依了。这个问题我们不得不深思，政府也应该有相关方面的政策措施。

2020 年 5 月 14 日写于长沙

用力地活着

一个多月前，86 岁的老父亲走了，可我觉得这好像不是一件真实的事。这一段时间，眼前老是浮现他老人家的身影，似乎下一刻他就会开口叫我的乳名。可这终究不是现实，我是真真实实没有爸爸了！一想到这儿，心就好像被掏空了。

不过，聊以慰藉的是，在他患病期间，我也算是尽到了孝心。更难得的是，所请的协助我照顾父亲的护工都是非常善良能干的人，这让父亲最后的日子多了一份温暖，也多了一份尊严。同时，父亲住院的一个多月，不但让我近距离地观察到了护工这一特殊群体的工作和生活状态，而且常常被他们感动。

那天在病房，突然从手机上听到张茜唱的《用力活着》，“我们都在用力地活着……”“用力地活着”不就是这些护工工作和生活境况的写照吗？歌词没有用“努力”这个稍带书面色彩的词语，而用的是“用力”这个非常接地气的词语，我不由得惊叹这首歌的词作者对生活体验的深刻。

护工，这种可能只有中国才有的，在医院受雇于患者或患者家属，对患者进行日常护理的工作人员，正是一个“用力地活着”的群体。

说护工是一个“用力地活着”的群体，是因为在世俗的眼中，他们的地位是低微的。给病人喂水喂饭，洗澡换衣，甚至接屎倒尿，这些在西方发达国家属于护士职责范围内的活，在我们国家就全归护工干了。但是，有一个奇怪的现象，在世俗的眼中，这些活，如果是由穿着漂亮护士服的白衣天使干的话，那就是高尚的，但如果是由没有医院编制的护工来做的话，那就是伺候人的卑微的活。就如同同样是端水送饭的工作人员，在空中飞机上，就成了风光无限的空姐空少，在地面，那就是伺候人的服务员。虽说“分工有不同，地位无高低”，人人平等是我们所提倡的，但是，世俗的力量是无穷的，因此，护工社会地位的低微是不言而喻的。要从事护工职业，首先就是要“用力”放下自己的身段，“用力”拉下自己的面子。特别是男性，去做一个伺候人的护工，实属不易。

我们请的第一位护工姓谭，四十多岁的样子，我们叫她小谭。小谭整洁利索，从农村出来已经干了十多年的护工了。

父亲从 ICU 转入普通病房的第二天，我一到病房，就看见一个衣着整齐的中年男士坐在椅子上不言不语，一直悄悄看手机。我偷偷问小谭他是谁，小谭脸红了，说：“是我老公，他也在这儿干护工。这几天没找到活，闲着。”说这话时她略显窘态，似乎觉得一个大男人却干护工这种低微的工作有点丢人。后来，她又补充说，她老公之所以干护工，是因为以前他在煤矿挖煤，得了尘肺病，现在干不了其他重体力活了。你看，这就是世俗的力量，连他们自己都觉得干这个工作没面子，是实在没办法了，才来干的。

小谭说话轻言细语，做事认真细致。耐得烦，还不怕脏。最重要的是心地善良。那天早晨，我走进病房，看见她正在给父亲喂葡萄，可是葡萄并不是我买的那种。一问，原来是老父亲嫌我买的葡萄有籽，于是她拿出上一个雇主送给她的无籽葡萄给父亲吃。我从家里带来了鸡汤等菜，让她到食堂给父亲打点米饭，她却端出自己用小电饭煲煮的热腾腾的米饭说："食堂的米饭不好吃，让爷爷吃我的。"点点滴滴，事情虽小，但人性的善良却是令人肃然起敬的。就是这么一份世俗人眼中的卑微工作，小谭却干出了自己的尊严。

护工的工作时间的特殊，也使他们必须"用力地活着"。其他职业，工作时间再长，也有下班的时候；再是"996"，也有星期天休息的日子；再是特殊工种，也有节假日或轮休日。而护工没有下班，没有双休，没有节日。别人下班，作为儿女，可以为父母做一顿饭，尽儿女之孝；别人双休，作为父母，可以带孩子到公园玩耍，尽父母之责；别人过节，作为大家庭的一员，可以与亲人团聚，享受亲情之乐。而他们，一天 24 小时，甚至可能一年 365 天就只有"护工"这一种身份。护工的这种完全失去自我的生活，确实需要"用力地活着"，不但是体力上需要"用力"，才能应付得了长年累月的一天 24 小时的连轴转，而且心理上也需"用力"，才能忽略掉自己作为妻子、丈夫、父母、儿女的身份。

父亲住院的第三天，病房来了一位新病友，是一位近乎植物人的老人。和护士一起送病人进来的是一个戴着眼镜的斯斯文文的四十多岁的男子。看到这个男子的斯文模样，我起先以为是病人的家属，没想到他却是照顾老人的护工。他搬来了五六包大件行李，像是把家都搬到医院来了。大家都惊奇他的行李之多，他一边收拾一边解释，没办法，6 年了，时间一长，东西就多，但都是必须要用的东西。比如这个电动搅拌机，是给爷爷打流质食物的，这是绝对不能少的。后来我们得知，他照顾这位老人已经 6 年了。6 年时间，他一直陪老人辗转市内各大医院。他和病人一年四季的生活用品都得带着，而且老人用于鼻饲的一日六餐、他自己的一日三餐都是他在病房做。

转天我再到医院，父亲悄悄跟我说，真佩服这个男护工，可以日夜不怎么睡觉。昨晚他一晚上起来无数次，一会给病人捶背，一会给病人按摩，一会又给病人换洗。

6 年如一日地几乎 24 小时连轴转，是要怎样地“用力”，才能坚持下来不倒下呢？6 年的时光，几乎一步不离地蜷居于狭小的病房，照顾着一位不能说话、没有意识的老人，又是要怎样地“用力”，才能忍受住这份孤独呢？

看着他细心地给病人准备食物，听着他温和地哄着病人抽痰，我心想，能请到这样一位男护工，这个病人以及他的家庭真挺有福气的。

护工的生活条件的简陋是不言而喻的。医院有食堂，但我没看见有护工舍得花钱到食堂买饭吃。同病房的那位男护工不但给病人做六餐流质食物，自己的一日三餐也是在病房解决。小谭夫妇几乎每餐都只能自己用小电饭煲偷偷煮点米饭（医院管理不准许私用电器）。然后用医院的微波炉做一点鸡蛋之类的菜，蔬菜是很难吃到的。

在狭小的病房，护工是绝没有条件睡普通床铺的。现在医院管理还算人性化了，医院有折叠椅（床），白天是椅子，晚上打开就是护工睡的小床。十几年前，我因病住院的时候，那时的护工还比较少，医院没有将护工的睡觉条件纳入管理范围，于是护工只能将普通椅子拼起来当床，每晚睡在窄窄的硬邦邦的椅子上，那该是一种怎样的感受啊！现在即使有折叠床，如果是睡一晚两晚，还可以凑合，但这是长年累月的事，又要怎样“用力”才能坚持下来呢？

社会发展到今天，在大多数国民食不但讲究口味，还讲究养生；住不但讲究舒适，还讲究美观的时代，护工们却只能“用力”地使自己“食能果腹”；至于住，即使再“用力”，也是绝对做不到“寝能安眠”的。

对于护工来说，大部分雇主是通情达理的，甚至雇主与他们关系非常融洽。比如我们和前后所请的两位护工都相处得非常好。但是，也有个别患者可能因为疾病的困扰，会变得脾气暴躁古怪，因此故意刁难护工的情况也会时有发生；患者家属不理解护工的辛劳，甚至无端责难护工，这样的事情也不是不可能发生。这种情况下，护工们“用力地活着”，就不仅是体能上的了，还有精神上心理上的压力。

需要这么“用力地活着”的护工，报酬怎样呢？在长沙这样的新一线省会城市，护工的日工资是 200 到 250 元。但你不要认为他们的月工资就是 6000 到 7500 元，那是绝对达不到的。护工并不是以个人身份来工作的，他们都隶属于不同的中介公司，比如家政服务公司。因此，他们要按比例付给公司管理费。更重要的是，他们是按日拿报酬的，哪一天没有雇主请你，哪一天就没有工资。就像小谭的丈夫，小谭照顾我父亲的那 10 天，他起码有 4 天没有工作。至于五险一金，对于他们这种不是公司的固定员工来说，那肯定是没有的。

也许你会说，既然如此“用力”还活得不好，那就去干别的工作嘛！我只能说，你这话有点“百姓无粟米充饥，何不食肉糜？”的味道。是有许多更舒服又更能挣钱的工作，而且如果能从事更好的职业，谁不愿意呢？但是，芸芸众生，各有各的特殊情况：文化不高，干不了白领的工作；身体不好，干不了蓝领的工作……我想，每一个护工，都有他（她）之所以做护工的原因吧，就像小谭的丈夫，要不是患有尘肺病，高高大大的他，至少可以从事一份蓝领的工作吧。

《用力活着》里还有一句歌词：“在我的心里有另一个我，陪我共同面对孤单寂寞。”虽然“用力活着”的护工们未必听过这句歌词，或者未必能听懂这句歌词的深层含义，但我相信他们心里确实有“另一个我”，陪着他们共同面对孤单寂寞。小谭夫妇有三个儿子，三个儿子需要买房结婚，负担确实够重的。但小谭说：“现在吃点苦，将来孩子们都结婚了就好了。”就是这个“将来”的“另一个我”，陪着她面对现在的辛苦劳累、孤单寂寞。

这个“另一个我”不但能使护工们坦然面对“眼前生活的苟且”，还可能使他们有着“诗和远方”。

父亲住院期间，转了一次病房。那天一进新病房，我就被窗前的三盆郁郁葱葱的绿植给惊到了。放在窗台上的，一盆是君子兰，另一盆是红鹅掌，还有一盆名为“幸福树”的高大植物放在地上。大概是看到我惊讶疑惑的神情，原来就在这个病房的男护工走过去，抚摸着君子兰对我说：“这是我种的。”原来，他在这个病房照顾瘫痪的老人已经一年多了，这是他刚来时自己买的，一直养着。雅致的花盆，绿油油的植物，这绝对不是随随便便养的——花盆是精心挑选的，绿植是精心养护的。几盆绿植给冷清的病房增添的不仅仅是盎然的生机，更是优雅的情调。谁能说这雅致的绿植不是这位男护工的“诗和远方”呢？不但“用力地活着”，还活得有诗意，这样的人生，谁敢小看？

父亲第三次从 ICU 转普通病房时，小谭已经在照顾另外的病人，于是家政公司给我们介绍了李姐。那天，年近六十的李姐进病房自我介绍时，我以为弄错了，因为斯文的气质、优雅的衣着使她太不像一个护工了，而且我也有点担心她是否能做好这份工作。但后来我就完全释然了，优雅斯文的李姐不但不嫌脏不怕累，什么活都干，而且细心体贴，很会劝慰老父亲。李姐不但“用力地活着”，而且活得体面优雅，这样的人生，谁又敢轻视？

更不敢轻视的是，护工在中国的医疗事业中起到的重要作用。我想，中国的医疗体系，相较于西方发达国家来说，之所以可以维持较低成本的运转，与护工这个“用力地活着”、看似卑微的群体是有着密切关系的。

2021 年 12 月 16 日写于中山

点亮历史的英雄

昨天，2021 年 5 月 22 日，星城长沙阴雨绵绵，13 时 07 分，杂交水稻之父袁隆平院士在湖南湘雅医院去世。而 2021 年 5 月 22 日 2 时 4 分，青海果洛州玛多县发生 7.4 级地震。巨星陨落，山崩地裂。举国哀痛，万众追思！小满时分，水稻正在拔节吧？可是今年的稻谷丰收，袁老，您却再也看不见了！

今天，当我们鼓腹含和，在米香弥漫之中是否还记得就在五十年前，饥饿，还是许多中国人挥之不去的噩梦？不要说我们的祖辈，也不要说我们的父辈，就是我们自己这一代，大多数人在童年时代都曾经历过饥饿。这种饥饿，那可不是某一顿饭没有及时吃的那种暂时的空腹，更不是想吃糖的嘴馋，想吃肉的寡油，而是米缸无米、菜锅无菜的长时间的饥饿。这种饥饿是阻止青少年发育的恶魔，甚至是生命得不到维持的威胁，是死神对人类的召唤！就在五十年前，这恶魔，这威胁，这召唤，还在中国人头上盘旋环绕，阴魂不散。

为什么？时代已发展到了 20 世纪中叶，有着几千年文明历史的幅员辽阔的我大中国，居然还要遭受饥饿的折磨！原因可能很复杂，但是水稻品种不良致使粮食产量低下应该是很重要的原因之一。

根据已有考古和研究结果来看，水稻种植最早的历史可以追溯到距今一万多年前的新石器早期。种植历史不可谓不长，可是水稻产量一直没有质的飞跃，由春秋战国时期亩产几十公斤到20世纪50年代末最高400公斤左右，这个增长量，足足用了两千多年的时间才完成！直至袁隆平的杂交水稻横空出世，2016年，超级杂交水稻最高亩产量达1537.78公斤！只用了短短几十年的时间，就将亩产量由400公斤提高到1500多公斤，增长了将近三倍。

回望水稻种植的历史长河，前面几千年都只是细水长流，波澜不惊，直到最近几十年，才突然波涛滚滚，汹涌澎湃。追溯我们中华民族餐桌上的一粥一饭，前面几千年大多数家庭都是红薯杂粮，清汤寡水，直到最近几十年，全中国的家庭才再也不用做“无米之炊”。这些改变与袁隆平的贡献密不可分，饿了几千年的中国人就不再挨饿了，饥饿的阴魂被驱散了！

民以食为天，袁老替全中国乃至世界人民，解决了天大的问题。这该是对人类多大的贡献！有人说，这要是在古代，袁老当配建庙宇，封农神，享天下万民四时祭祀。

袁老给我们留下的不仅是物质的粮食，更有精神的粮食。他，胸怀大志；他，意志坚定。当年考大学时，因为他认为“吃饭是第一件大事”，于是立志学农。他说服父母，义无反顾地报考了西南农学院。20世纪60年代，他看到饿殍躺地，于是立志研究杂交水稻。这一研究，就是一辈子，其中吃了多少苦，受了多少委屈，遭受了多少打击挫折，恐怕只有他自己最清楚。但是，他隐忍坚持，失败了，重来！别人的不理解，忍受！就是在这艰苦卓绝中，杂交稻田开出了绚烂的花，结出了丰收的果！

袁隆平，不但“其功也隆”，而且“其人也平”。让人惊讶的是，这样一位科研牛人，却平易近人，爱好广泛，言谈风趣幽默。稻田中，他就是一个农民小老头；泳池里，他又是一名游泳健将；乐海中，他竟是一位小提琴手。

今天，当袁老的灵车缓缓驶出湘雅医院，长沙上万市民雨中自发夹道送别，一齐哭喊“袁爷爷，一路走好！”的时候，我们看到了袁老的去世在百姓心中的巨大哀痛；当微信朋友圈清一色发送的都是悼念袁老的信息的时候，我们看到了袁老在人民心目中的崇高地位；当各大官媒都在沉痛发布袁老去世的消息，缅怀伟大、传递哀思的时候，我们看到了袁老在祖国的威望；当联合国发文悼念袁老的时候，我们看到了袁老在国际上的声誉。

从中国第一个特等发明奖，到首届国家最高科学技术奖，直至中华人民共和国最高荣誉勋章——共和国勋章，袁隆平国内获奖实至名归；从联合国知识产权组织“发明和创造”金质奖章和荣誉证书，到获国际科学大奖，直至世界粮食奖，袁隆平国际获奖受之无愧。最后，袁老真正化为天上的一颗行星——袁隆平星，他老人家在天上还会注视着人间，他想看到他两个梦想的实现——禾下乘凉，杂交稻覆盖全球。

鲁迅先生在《中国人失掉自信力了吗》里写道：“我们从古以来，就有埋头苦干的人，有拼命硬干的人，有为民请命的人，有舍身求法的人……虽是等于为帝王将相作家谱的所谓‘正史’，也往往掩不住他们的光耀，这就是中国的脊梁。”先生还在《学界的三魂》中坚定地指出：“唯有民魂是值得宝贵的，唯有它发扬起来了，中国才有真进步。”袁隆平就是中国的脊梁，就是中华民族的民魂。共和国有很多这种民族脊梁和民魂，就在袁隆平逝世前5分钟逝世的“中国肝胆外科之父”吴孟超院士，也是中国的脊梁和民魂。还有钱学森、钱三强、邓稼先、竺可桢、李四光等，一串串名字就是一串串闪光的星星，共和国的天空，星光璀璨。他们，都是中国的脊梁，是中华民族的民魂！

展开中国数千年的文明史的卷轴，也从不缺这种民族的脊梁和民魂。远古有尝百草的神农氏、治水的大禹，汉代有出使西域的张骞、编著鸿篇巨制《史记》的司马迁，宋代有抗金英雄岳飞、撰写《梦溪笔谈》的科学家沈括，明代有七下西洋的航海家郑和、有收复台湾的军事家郑成功，近代有虎门销烟的民族英雄林则徐、中国民主革命的伟大先驱孙中山……几千年的历史长河，之所以可以绵绵不断地滚滚流淌，就是因为有他们，这些中华民族的脊梁，在长河中奋起，在浪潮中搏击。

创造历史的，是民众；点亮历史的，是英雄。

“一粥一饭，当思来之不易。”千言万语汇成一句话：袁老，感谢您，您一路走好！

2021年5月23日写于中山

从“茶颜悦色”说到精神消费

有一段视频从去年12月初至今一直在网络上传播。时间，2020年12月1日；地点，武汉天地商业街；事件，长沙著名的奶茶品牌“茶颜悦色”在武汉的第一家分店开业，引来了成千上万的拥趸排队购买，队伍之长简直匪夷所思。

我这里之所以用“拥趸”这个较生僻的词，而没有用“粉丝”这个流行的网络用语，原因是我认为“粉丝”一词不足以表达这些购买者的疯狂与忠实，而“拥趸”百度百科上有一条解释是：主要用于形容忠实的粉丝们。为了一杯奶茶，这些“粉丝”疯狂忠实到什么程度？最早的凌晨2点就来排队，一般都要在气温3~6摄氏度的寒风中瑟瑟发抖地排上七八个小时，才能买到一杯奶茶！于是，有人做起了黄牛，一杯二手奶茶最高价卖到了300元！

看到视频后，我又到网上搜索，《排队8小时！武汉首家茶颜悦色终于来了！》《排队8小时，一杯500元！茶颜悦色终于来广东了！》等消息扑面而来。

我曾久居长沙，我知道“茶颜悦色”是长沙网红奶茶品牌。

“茶颜悦色”创立于2015年，大概是在2018年左右，在长沙，“茶颜悦色”突然替代了之前的网红奶茶品牌“喜茶”和“奈雪的茶”，并迅速蹿红。虽然分店遍地开花，但几乎每一个店都需要排队。一时，在“茶颜悦色”店前手捧一杯“抹茶葡提”或“风栖绿桂”的照片成了微信朋友圈的“新贵”。“茶颜悦色”的迅速蹿红与网络炒作关系紧密，但确实也与它本身的特色分不开，名字的中式文艺范，价格的亲民，品质的保证，服务的热情，这些都使得“茶颜悦色”在长沙大火。但火归火，也不至于到疯狂的地步，排十来个人的队，花20来元就可以买到一杯。所以我也喝过两三次，当然，我没有喝出300甚至500元的价值，更没有喝出让我凌晨2点开始在寒风中排上七八个小时队的价值。看到上述视频，真觉得这些人的行为不可思议，不就是一杯奶茶吗？值得这样疯狂？可能有人会说，这可不是普普通通的奶茶，是网红奶茶。可奶茶终归只是奶茶，还能在这奶茶里喝出金子？

视频里，有记者采访一个凌晨3点就来排队买到奶茶的小伙子，问他“好喝吗？”小伙先是尴尬地呃呃两声，然后回答说：“精神消费嘛！”好个“精神消费”，这个回答太巧妙了，也似乎一下点醒了我——我还是个俗人，还停留在物质消费层次，喝奶茶没有喝出金子就认为不值，竟没有提升到“精神消费”的高度。是呀，成为网红也是一种文化现象，是生活多元化的体现，也算是时代的进步吧。这样一想，顿时，在我眼里，“茶颜悦色”的形象似乎高雅了不少，甚至要与名著、名画、名曲平起平坐了。

不过，且慢，我们再来谈谈精神消费吧。

何谓精神消费？“精神消费是相对于物质消费而言的一种消费行为”，“精神消费追求无形的人类劳动成果”。当物质消费达到一定水平之后，人类就会产生精神消费的需求。

精神消费自古，甚至远古就已经存在。三四万年之前，我们的先人将兽骨串起来，做成项链，装饰在脖子上的时候，这种对无实用价值的“美”的追求，就是精神消费的滥觞吧？我们的先人在劳动之余也追求精神享受，“嗟叹之不足故咏歌之；咏歌之不足，不知手之舞之足之蹈之也”。这样的原始诗歌舞蹈应该算是典型的精神消费品吧？遥看历史长河，诗经汉赋、唐诗宋词、元杂剧、明清小说等精神消费品伴随着人类发展的整个进程，成为高于物质消费品的一种文化精髓。

时代发展到今天，文化的多元化使得精神消费品丰富多样，单说一般的娱乐消费就已经是五花八门了，卡拉OK、电子游戏、桑拿、足浴……数不胜数。娱乐消费的途径也多种多样。大街上，歌厅、舞厅、游戏厅，一厅接一厅；网吧、酒吧、咖啡吧，吧吧相连。电视上，《快乐大本营》《天天向上》《极限挑战》一档接一档，叫好声、呼喊声、口哨声，声声入耳。网络上，揭秘、宝典、真相，条条迷离。大千世界，已经让我们眼花缭乱，真假不辨了。

娱乐消费的人群更是全民总动员，从八九十岁的老者，到三四岁的幼童，人人看电视，个个玩手机。很多人机不离手，眼不离机，坐着看，站着看，走着还看。手机俨然成了我们身体的一部分，一旦离开了自己的身体，我们就会惶惶不安，甚至丧魂落魄。而有些少男少女，追偶像，混“饭圈”，忙得不亦乐乎。至于真正高雅的精神消费，如读书，听音乐，看画展，在很多人的眼里，那是没有时间，也没有金钱，主要是没有兴趣去消受的奢侈消费。确实，当到处都充斥着可以不费脑子也不费多少金钱的低级娱乐消费的时候，还有多少人会花钱费脑地去追求高雅的精神消费呢？

但是，如果青少年沉溺于这种低级娱乐消费的话，那后果是非常严重的。

人的精力和时间都是有限的，当一个人沉溺于某件事情，把大部分的精力和时间放在它上面的话，那其他事情就可能无暇顾及了。本应该接受高雅文化熏陶的学生，如果那点可怜的课余时间不是用来打游戏，就是用来刷短视频，那么，就连课业都会耽误，更别谈阅读经典，欣赏名著，提高个人文化修养了。现在这种现象在青少年中确实存在，而且如果不加以控制的话，就可能会泛滥。

更严重的是，低级娱乐消费大多是一种感官刺激，让人一时觉得“很爽”，这种“爽”很容易让人上瘾，使人难以自拔。况且这种“爽”是有时效性的，刺激的时间久了，就会觉得不过瘾了，又要寻找新的刺激。随着时间的推移，低一级的“爽”一般都需要高一级的“爽”来替代。普通的打打杀杀的游戏不过瘾了，就有人可能会寻找类似“虚拟房间吸毒”等更刺激的游戏。在网上“虚拟”不过瘾了，就有人可能将其发展到现实生活中去。如果到了这一步，那么这个人这一辈子差不多就毁了。

再说回“茶颜悦色”吧。被采访的小伙认为喝“茶颜悦色”是精神消费，虽说小伙的本意可能是觉得奶茶并没有他想象的好喝，无奈的他只能用“精神消费”来安慰自己，但从“茶颜悦色”是一个有名的网红品牌的角度来看，它确实属于精神消费，毕竟品牌消费也属于精神消费。何况在文化多元、思想共融的今天，只要不是损害党和国家利益、不损害他人利益的文化，我们有什么不能包容的呢？我想，如果只是不费太大精力，也只花费物有所值的金钱，我们品尝一杯，不失为一种愉悦的享受。但是，如果为喝这杯奶茶，要付出凌晨早起，排队七八个小时的代价，或者花费 300 甚至 500 元的金钱，那就太疯狂了。最重要的是，正如前文所说，如果让这种低级快乐成瘾，就有可能影响你的前程，甚至毁了你的人生！如果年轻一代多数人对低级快乐成瘾，那这个社会就有病了！

喝一杯奶茶是小事，但为一杯奶茶而疯狂就是大事了！

2021 年 1 月 12 日写于中山

快乐，原来如此相通——也说“村 BA”

8 月 2 日，贵州省“美丽乡村”篮球联赛黔东南州半决赛在台江县台盘乡台盘村举行。黔东南的这场被网友戏称为“村 BA”的篮球赛真是嗨翻了无数人。首先嗨翻的是比赛现场。村 BA 在露天赛场举行，自然是不用买票的。比赛还没开始，蜂拥而至的十里八村超万名的村民，就将看台挤得水泄不通。来晚了占不到座位的就踩桌椅、站围墙、搭梯子，据说附近商铺的梯子都卖断货了。山谷里偌大的比赛现场，乌泱泱的人山人海，呼啦啦的喊声震天。观众之多，现场之热闹，已经不是里三层外三层所能形容的了。比赛从白天打到夜晚，又从夜晚打到凌晨，通宵达旦，夜以继日。

嗨翻的还有线上的网络。打开抖音，一个接一个的村 BA 短视频扑面而来；微信群里，关于村 BA 的讨论热火朝天；各种新闻平台，有关村 BA 的报道让人目不暇接；线上直播，观众挤爆网络，据说有上亿人在线围观村 BA。

篮球巨星姚明收到村 BA 的邀请函，表示非常希望去现场感受热烈气氛；新华网、央视、《人民日报》等官方媒体竞相报道；

外交部发言人赵立坚在推特上给村 BA 点赞。

从现场嗨到线上，从农村嗨到城市，从圈外嗨到圈内，从民间嗨到官方。没有豪华的场馆，没有球艺顶尖的篮球明星，没有高级别的裁判，本以为只是一场乡村草台班子的篮球赛，不料引起了全民狂欢。原来，快乐是如此相通！

什么是快乐？这个问题大家可能都能够不假思索地说出答案，因为快乐无非就是一种愉悦的心理体验，“高兴满意”“愉悦欢乐”，答案大同小异。但怎样才能快乐？快乐的源泉是什么？答案可能就不是那么统一了，因为虽然快乐的体验是相同的，但快乐的源泉不一定相同，因此快乐就不一定相通了，可能“你的快乐我不懂”“我的快乐你不屑”。一个厌学的少年，可能不懂一个被迫辍学者重新坐到课堂的快乐；一个锦衣玉食的人，他可能不屑于饥饿者得到一个馒头的那种欢喜。“春风得意马蹄疾，一日看尽长安花。”写尽了孟郊“登科后”抑制不住的快乐；“采菊东篱下，悠然见南山。”却是看透官场、退隐山林的陶渊明的最大愉悦。这种快乐的“不通”，虽不至于到“彼之砒霜，吾之蜜糖”的程度，但确实是“彼之珍宝，吾之芥草”。

快乐并不是那么容易相通的。要像村 BA 那样能引起全民狂欢还真不是一件容易的事！

那么，村 BA 为什么有那么大的魅力？它为什么会成为全民快乐的源泉，让全民的快乐相通呢？

我们先来看看村 BA 的一些具体细节。球员的要求：必须是本地农村户口。比赛的场地：简陋的没有顶棚的露天赛场，看比赛不要门票，更不要预约。奖品：一二三等奖的奖品居然是超接地气的牛、羊、猪；组织者还给现场观众准备了互动奖品，比如西瓜、鸭子、猪脚……赛场上，虽然可能没有职业球员的华丽运球，也没有球星花样百出的“过人”技艺，更没有激动人心的力劈华山的灌篮，但有的是活力，有的是热情，有的是血性。观众席上：加油喝彩的观众手里拿的不是荧光棒、塑料手，而是不锈钢盆、锅盖、洗菜盆。锅碗瓢盆的敲击声一浪高过一浪，直冲云霄。这样的“村味十足”的比赛没有门槛，没有阶层，没有权威，有的只是亲民，只是接地气。可这种亲民接地气的比赛谁不喜欢？观看这样与自己的生活息息相关的比赛谁不热爱？接地气就会热爱，热爱就会快乐；快乐就能聚人气，聚人气又能传播快乐。这种良性传导使得黔东南村 BA 的快乐迅速传播，最终让全民的快乐相通。这就是村 BA 的魅力之一。

很多体育运动项目本来就源于生活，发展于游戏。因此生活化、趣味性、观赏性就应该是体育运动最原始的底色，锻炼身体、愉悦身心应该是体育运动最本真的目的。而现在资本的垄断、商业的运作，甚至博彩业的参与，使得很多体育赛事离体育运动的本真越来越远，而且也使得某些球员心理扭曲、球队作风不正。而村 BA 呢？没有大资本的介入，资金来源一部分是本地的一些土特产企业赞助，一部分来源于自筹资金。有报道称，举行比赛的东道主台盘村家家户户出资，少则几十元，多则几千元。没有了资本的垄断，没有了商业的运作，村 BA 回到了体育运动的锻炼身体与趣味性娱乐性相结合的本真，参与这样的回归本真的纯粹体育赛事谁不喜欢，谁不热爱呢？而能做热爱的事，谁不快乐呢？因为纯粹，所以热爱；因为热爱，所以快乐；因为快乐，所以聚人气；人气聚拢了，快乐就传播开了。原来，只要去掉伪装，去掉附加值，真正做到返璞归真，快乐就能相通啊。

黔东南村 BA 的魅力还在于它所蕴含的民族文化内涵，使它不同于一般的篮球赛。村 BA 是在每年黔东南苗族侗族自治州台江县最重要的节日——吃新节期间举行的，它是这个节日所有活动的重头戏，因此，它就带有明显的苗族侗族民族特色。一般赛事的“篮球宝贝”性感火辣的表演换成了淳朴热情的民族歌舞表演；现场解说员不但要说普通话、贵州话，还要说苗语；就连奖品猪牛羊等都带有他们苗族侗族的本地色彩。因此村 BA 既是篮球赛事，也是民族文化传承、乡愁记忆的载体。参与或观看这样的篮球赛除愉悦身心外，还能解乡愁，品文化。民族文化与怀乡之情犹如两根红线串起了所有参赛人、观赛人的快乐。

组织一场这样的州级篮球赛不是一件容易的事，如果是官方组织，正常来说，不知要开多少次行政会议，发多少份行政通知，订多少项规则。而组织这场比赛的是台盘乡的二三十个年轻人。他们全来自民间，没有行政组织，更没有行政命令。这种自发的赛事，才是发自群众内心的需求。做自己想做的事，办事效率能不高吗？发自内心的需求得到了满足，谁不快乐呢？

种种原因激发了千千万万人的快乐，那么多快乐的心聚集在一起，让这场赛事大大超出了篮球比赛本身的范畴，它俨然成了炎炎夏日中的一场全民狂欢。

看着有关村 BA 的报道，脑海里总浮现 20 世纪 70 年代我们儿时课间打乒乓球的情景。那种下课铃一响，时刻准备冲出教室占球台的急切，那种占到球台后肆意开打的喜悦，那种经过艰苦鏖战赢球之后的得意，至今还记忆犹新。尽管球拍只是木板做的，球台也只是砖头和水泥板搭的，球网也是由砖头替代的，但这些丝毫不影响我们打球的快乐。那才是体育真正回归娱乐本真的发自内心的快乐，这种快乐是现在无奈地被家长强迫着在球馆训练的儿童所不能体会的。感谢黔东南的少数民族同胞，是你们让我又一次回味享受了童年的快乐，原来，村 BA 的快乐与我童年打乒乓球的快乐也是相通的呀！

村 BA 并不是昙花一现的作秀，它有着深厚的历史渊源和广泛的群众基础。台盘村村支书张寿双说：“听村里的老人们说，1936 年至今，台盘村一年一度的篮球赛从来没有间断过。”一个小小山村，整整 86 年，一年不落地举办篮球赛，不是因为个中的快乐，怎能坚持得下来？况且中间还经历了战争年代和漫长的缺衣少食的年代！从村民用布料捆扎成球，到现在标准的比赛篮球；从两根柱子加一块木板，再搭上一个铁圈做成的篮球架，到现在的标准篮球架；从最开始的十里八乡的群众参与，到近几年整个黔东南州各个县都来参赛，再到今年火遍全国，甚至有外省的球队也来参与，村 BA 的发展过程就是一部发展全民体育的励志教材，为在普通大众中普及体育运动做出了榜样。

村 BA 在网上火爆了十几天了，随着时间的推移，网上的火爆肯定会慢慢冷却，但这不要紧，只要村 BA 年年举行，国民就会年年快乐。据说黔东南的村 BA 并不是孤例，甘肃、广西、福建都有类似的以村为单位的体育赛事，而且也开展得如火如荼。但愿这种赛事越来越多，且永不变味，让这种千万人相通的快乐世世代代传递下去。

2022 年 8 月 15 日写于北京

站在地球边上

第一次踏进九寨，是 17 年前的 2003 年。今年深秋，我怀着忐忑的心情再一次来到了九寨。大家可能没有忘记，3 年前，2017 年 8 月，九寨沟发生了 7 级大地震。当时，地震给九寨沟带来了毁灭性的灾难。来旅游前虽然看到各种媒体上报道，经过 3 年的自然及人工修复，九寨沟的绝大部分景区已经恢复原貌，但我内心还是很忐忑，毁得那么厉害，真能恢复如初吗？

但是当我踏入景区，忐忑的心情立刻释然了——峡谷依然植被丰茂，瀑布依然欢腾倾泻，海子依然神秘璀璨……除了日则沟上游的几个海子暂时尚未开放外，其他景点都失而复得，并且相比 17 年前我第一次看到的九寨，诺日朗瀑布的水量似乎更充沛了，五彩池、五花海也似乎更美了。而最让人兴奋的是，这次地震形成了新的景观——双龙海瀑布，地震中，火花海溃坝，从火花海涌出的大量水流造就了这一新的景观。

真是“毁灭即造就”啊！

我们将时间拨到 2017 年 8 月 8 日 21 时 19 分，就在这个九寨沟这一天最后一批游客离开景区回到酒店准备休息的时刻，大自然又在九寨沟这个世界自然遗产、国家5A级旅游景区，掀翻了它的画板——7级大地震似乎要颠覆这个人间仙境！顷刻间，原本色彩斑斓的湖泊，有的由于坝体坍塌，湖水下泄，几乎干涸，有的原本清澈湛蓝的湖水变得浑浊不堪。水深9米、像蓝宝石一样火花闪烁的火花海，顷刻见底，镜海、五花海顿失明镜般的清澈！大大小小的瀑布，犹如瞬间关闭了水闸，不但失去了壮观的瀑流，就连瀑布下方原本清澈的水流也变成了浑浊的泥浆。宽近300米的诺日朗瀑布水势浩大，是九寨沟最壮观的瀑布，地震后，瀑布的珠帘瀑流顿失，淤泥乱石立显，昔日壮观的瀑布瞬间变成了一个荒败不堪的平常土坡。还有那原本生长着茂盛且色彩斑斓的植被的山体，被滑坡或泥石流摧毁得如同难看的癞痢头！

新闻传出，很多人惊慌失措，大自然这是要毁灭九寨沟这个人间仙境吗？

哦，不！这是大自然在再造九寨。只要你了解九寨景观形成的地质史，你就会理解对于一处绝美的自然风景来说，这样的毁灭就是造就，从产生到完成甚至到永远，她所要经历的磨难是超乎人们的想象的。

4亿年前，九寨沟是名副其实的海子，那时这里是一片浅海，阳光照射在这一片清浅的海水中，各种奇形怪状的远古生物自由地遨游在温暖的海底……许是大自然不满足于这种过于祥和的平淡，或是地球内部的力量膨胀到需要一个宣泄的口子，于是在距今大约6500万年前，印度洋板块与亚欧板块开始碰撞，历经几千万年，大自然以它的洪荒之力使得青藏高原剧烈隆起。于是，地处青藏高原最东缘的九寨沟浅海不复存在，取而代之的是一片高原山地。可以想见，那该是一场多么壮烈而又多么漫长的地球造山运动。

如果光是板块碰撞，可能只是形成平缓的高原山地。可是今天，我们在九寨沟，眺望远方，一座座雪山巍峨壮丽，山峰尖削峥嵘，直刺苍穹；近看山谷，一条条沟壑幽深狭窄，呈Y字形分布的树正沟、日则沟、则查洼沟的两岸山壁陡立，树木丛生；循声抬头，可见一挂挂瀑布或直泻而下，或欢腾跳跃，给这静谧的山谷平添了几许喧闹。当然，“九寨归来不看水”，九寨最美的还是水，那些洒落在沟中的大大小小的海子，蓝绿橙黄，五光十色，温润如翡翠，绚烂如宝石。九寨，不再是凡间的高原山地了，而是仙界的瑶池洞天。

经历了地球板块碰撞的造山运动后，九寨又怎样从几百万年前的一片高原山地，演变成今天这样的人间仙境？这期间九寨沟又经历了多少磨难，多少历练？为了造就九寨这个绝世仙境，大自然可谓煞费苦心，它用酷寒漫长的冰川期，山拆地裂的地震，气势凶猛的滑坡、崩塌、泥石流，破坏着，摧毁着，而且大自然的这些洪荒之力层层叠加，反复无穷。可谁又曾想到，这些破坏摧毁，却都是大自然造就九寨仙境的手段。是的，冰川、地震、崩塌、泥石流，种种灾难，既是毁灭，也是造就。冰川的剥蚀，使平缓的山地变成了陡峭的山峰；冰川的切割，在平坦的高原大地上，划出一道道高深的U形山谷；冰川的退却，形成了多个冰斗湖、冰碛湖。地震引起的山体崩塌、滑坡、泥石流，则形成了直立崖面，也形成了大大小小的堰塞湖。而亿万年沉积的钙华，附着于湖底，附着于跌落水中的树木表面。湖底的钙华不仅增加了湖水色彩的层次和变化，还累积成堤坝，将河流切割成大大小小的海子……在这漫长的毁灭与造就中，九寨沟再也不是平淡无奇的高原山地了，她有了陡峭的山峰，有了幽深的峡谷，有了雄伟的瀑布，更有了翡翠般的海子。最终她涅槃成仙！于是人类可以徜徉在这仙境之中，享受着大自然馈赠给我们的美景。九寨何其有幸，人类又何其有幸啊！

更令人感慨的是，时代发展到现代，智慧的人类已经参与到地球的塑造之中。九寨沟这次地震后，为了震后的修复，专家来了，学者来了，技术人员来了。修复工作本着“自然修复为主，人工干预为辅”的原则理性地进行。百余吨钙华被运上诺日朗瀑布，填充到被震裂的缝隙之中，诺日朗瀑布很快恢复了往日倾泻跳跃的雄姿。为杜绝外来物种入侵，人们特意从本地运来无数乔木、灌木、苔藓，种植到因滑坡而变得光秃的山上，“癞痢头”的“头发”很快又长起来了，九寨沟两岸陡峭的群山，又恢复了树木丛生植被丰茂的模样。有了人类理性的参与，“造就”的时间被大大缩短。

2017 年 8 月 8 日的那场地震，在九寨形成的地质史上，只不过是短短的一瞬，相对于在漫长的地质史上她所遭受的众多磨难，这只不过是在她的身上挠了一下痒痒，可就是这短短一瞬的挠痒，也是毁灭与造就并行。那么，可以想象，亿万年来，九寨沟在大自然这个操盘手的指挥下，经历了多少轮毁灭，造就，再毁灭，再造就……毁灭与造就就像一对孪生兄弟，改变着九寨，塑造着九寨。

地球是人类的摇篮，也是大自然创造奇观的舞台。像九寨这样的大自然的宠儿，地球上还有许许多多。与九寨沟齐名的，有“扩大的盆景、缩小的仙山”之美称的张家界，千峰攒聚，地貌奇险秀美。而张家界美景的形成同样是大自然“毁灭—造就”鬼斧神工的手笔，同样也用了地壳的新构造抬升，外力剥蚀、切割等手段。亿万年之后，大自然馈赠给人类天子山的险绝神秘，索溪峪的秀美幽静，黄石寨的雄奇陡峻……直到现在，张家界的山地仍在抬升，河流仍在切割，张家界地貌仍在形成中。

地处素有“美洲脊梁”之称的落基山脉的美国黄石公园，同样历经了“毁灭—造就”循环往复的过程。走进黄石公园的喷泉区，仿佛走进了一个四处炊烟袅袅的大村庄，那些冒着热气的喷泉似乎在诉说着过去的两百万年中，这里发生过的数次以巨大力量爆发的火山喷发。我们在黄石公园看到了大自然造就美景的另一种手段——火山喷发，这是一种毁灭性更强，更为极端的方式，但与九寨沟和张家界一样，火山喷发是毁灭，也是造就。

站在浩瀚宇宙间的地球边上，穿越于动辄万年、千万年，甚至几亿年的地质历史的漫漫长河之中，想到大自然塑造地球“毁灭，造就，再毁灭，再造就”的大手笔，顿觉大自然无比神奇和伟大。相对于大自然的伟力，人的力量是渺小的。但是，想到人类能顺应自然，用自己的智慧加快地球的塑造速度，又顿觉人也是伟大的。

2020 年 11 月 20 日写于中山

柳林江边的乔口古镇

北上的湘江，在距离长沙市中心约 40 公里的地方，向东拐了一个弯，并且向西分出一个支流，叫柳林江。乔口镇就静卧在湘江西岸、柳林江南岸的三角地带。

五月中旬的一天，我们来到了这个古镇。

走在乔口镇的街上，你会被她深厚的历史文化底蕴吸引。镇上的杜甫客栈、杜甫亭、杜甫码头，还有三贤祠、乔江书院，无一不提醒着我们，这是一座与古代文人紧密相关的古镇。

乔口镇在一定程度上是因杜甫而显名的。杜甫虽有志于“致君尧舜上，再使风俗淳”，但终生郁郁不得志。晚年贫病交加，思乡心切，于公元 768 年，乘舟离开夔州（奉节），769 年春到达长沙。到达长沙的第一站，就是乔口，并且在这里写下了著名的《入乔口》：“漠漠旧京远，迟迟归路赊。残年傍水国，落日对春华。树蜜早蜂乱，江泥轻燕斜。贾生骨已朽，凄恻近长沙。”早春时节，落日春华，蜜蜂轻燕，面对怡人美景，郁郁不得志、贫病交加的杜甫，想起的却是西汉时期做长沙王太傅的贾谊郁郁而终很久了，于是“凄恻”之情油然而生。

三贤祠中供奉的除杜甫外，还有屈原和贾谊。古代长沙属边远地区，是流放或被贬之地。楚国的三闾大夫屈原，因遭贵族排挤诽谤，曾被流放于沅湘流域。乔口镇也曾留下屈原的脚印，公元前295年，为《九歌》等著作搜取创作素材，屈原曾到乔口采风。我在想《九歌》中有哪些句子是来自于乔口的灵感呢？

曾被贬为长沙王太傅的贾谊虽“才调更无伦”，汉文帝“夜半虚前席”，但是却“不问苍生问鬼神”。遇到这样的皇帝，再加上朝廷风云诡谲，年轻的贾谊被众大臣排挤，被贬到长沙，也就不足为怪了。屈原被流放到沅湘流域，贾谊同样被贬到长沙。由此，贾谊一定会从自己联想到百年前的屈原。于是在某一天的早上，贾谊从长沙城出发，经乔口去汨罗悼念屈原，并写下了影响深远的《吊屈原赋》。贾谊在赋中悲愤地写出屈原所在的楚国的黑暗：“鸾凤伏窜兮，鸱枭翱翔。阘茸尊显兮，谗谀得志；贤圣逆曳兮，方正倒植。”以鸾鸟凤凰躲避流窜，猫头鹰却在高空翱翔，来比喻贤才能臣端方正派的人无法立足，而用谗言奉承阿谀的人却能得志。而贾谊自己的处境与屈原又何其相似？九百年后的杜甫的处境又能好到哪去？所以杜甫一到乔口即使是面对良辰美景，想到的还是“贾生骨已朽”，抒发的还是“凄恻”之情。

当年贾谊在经乔口到汨罗想的是百年前的屈原；而杜甫从停泊在柳林江边的小舟上岸，蹒跚而行，心中想起的是九百年前郁郁不得志的长沙王太傅贾谊；现在的我们坐在杜甫亭中，怀念的却又是一千二百多年前忧国忧民的杜甫。时光荏苒，倏忽几千年！而在这几千年的风雨中，乔口镇却不慌不忙，安安静静地记录着来往行人的踪迹，诉说着几千年的过客往事。

大概因历史上诸多文化名人的造访，使得乔口镇历来人心向学。乔江书院始建于南宋，始建时间仅次于岳麓书院。到了元代元统年间，有位叫黄澹的士人在乔江书院办义学，但这时书院已破败，难挡风雨。到此巡察的侍御史许有壬看此状况，写就《修乔江书院疏》上书元顺帝。元顺帝不但下拨了经费，使书院得以大修，而且还亲自为书院题写了匾额。后来乔江书院因战火遭到损毁，现在我们看到的，虽是近年重修后的乔江书院，但历史古迹不就是在这修修补补，甚至重建中得以延续的吗？

乔口是文化古镇，也是商业古镇。乔口镇扼望城西北门户，处长沙、益阳、湘阴、宁乡四县交界处，且三面环水，在陆路运输不发达的年代，特殊的地理位置以及水乡特色，使乔口成为那个时代发达的商埠，有“长沙十万户，乔口七千家”“朝有千人作揖，夜有万盏明灯”之说。可以想见当时乔口的杜甫码头桅杆如林、货物如山的景象，而古街上也应该是商铺林立，商贾云集。现在从当时遗留下来的杜甫码头、大码头等地方以及街上那些有着古老痕迹的店铺中，我们还能想象到当时这个商埠的繁荣。

后来，乔口镇也曾沉寂一时。但是现在利用水乡特色，大力发展渔业，乔口镇又成了有名的鱼都。那立于柳林江岸边的金色大鲤鱼就是乔口的标志性景点之一，还有专门的“呷鱼街”。商家们不但将新鲜活鱼做出美味佳肴，而且开发出各种各样可以作为零食吃的香辣鱼块。游客们看着那些色香味俱全的鱼块，馋得都迈不开腿了，赶紧买来，大快朵颐。至于家家户户都挂着咸鱼腊鱼，那是常态。

乔口镇不但大力发展渔业，而且倾力打造旅游业。但不同于现在新仿造的古镇，乔口古镇的商铺，大都是年代久远的古建筑。建筑多为黑瓦白墙，颇有徽式风格。走在古香古色的古正街上，看着那些经过风雨洗礼的古旧沧桑的木质门窗，就让人能感觉到它岁月的沉淀，也时时提醒着我们，这里曾经是怎样的繁华。

古镇口有一牌坊，上书“百寿街”。牌坊旁边一堵砖墙上，一个用青砖砌成的大大的“寿”字格外醒目。寿字上很多块砖上刻着乔口历来百岁老人的名字。走过牌坊，长长的麻石街上，雕刻着100个字体各异的“寿”字，颇有特色。一打听，原来乔口镇还是个长寿之乡，据《望城县乔口镇百岁老人名录》记载，仅从乾隆五十五年算起，至今有名有姓的百岁老人就有三十余人之多。“长寿之乡”真非浪得虚名。

我们坐在大码头休息的时候，与一位个子虽不高，但很精干的老人攀谈。他说他年轻的时候习过武。有一次进长沙城，城里人瞧不起他，骂他乡巴佬。他说：“我们乡下人还讲文明，你们城里人反而不讲文明?”对方看他个子瘦小，再一次骂他。他说：“我现在就叫你跪下，你信不信?”对方当然不信，于是他一飞腿一摔抱，对方就真跪下求饶了。说完老人哈哈大笑。看着精神矍铄的老人，我想，乔口人长寿的原因，是不是与尚武有关呢?

今天，身处鱼都、长寿之乡、旅游胜地的我们，赶上了一个好时代，没有了屈原的“忧”，没有了贾谊的“愁”，也没有了杜甫的“贫病交加”。我们漫步在柳林江边的栈道上，微风吹来，好不惬意；坐在柳林江边的商铺前，一边喝着当地特色的芝麻豆子茶，一边欣赏着柳林江岸的柳条随风摆动，那种悠闲和宁静，真是无以言说。

喝着芝麻豆子茶的时候，突然想到如果屈原、贾谊、杜甫生活在我们这个时代，他们会怎样呢？我想，“海阔凭鱼跃，天高任鸟飞”，他们的抱负一定能够实现。

2020年5月18日写于长沙

地震中，尼泊尔在哭泣

2015年4月25日，这是一个令尼泊尔哭泣的日子，这天的14时11分，这个原本祥和美丽的宗教国度发生了8.1级的大地震！

地震后的第二天早上，我一走进办公室，一位和我一起去尼泊尔旅游过的同事，就用沉重的语气对我说："尼泊尔地震了，8.1级！""啊?!"我脑子立马轰的一下，急忙打开电脑，果然满屏都是"尼泊尔地震"。于是一帧帧尼泊尔美丽的画面从脑海里闪过：费瓦湖、奇特旺森林公园的大象小鹿河流、释迦牟尼诞生地蓝毗尼花园、"亚洲瑞士"博卡拉的湖光山色……还有那些古建筑：三个杜巴广场内的16世纪至19世纪间的无数的纽瓦丽古典寺庙和宫殿……这些历史文化遗产，这些"过去的痕迹"，都是全人类的宝贵财富啊！尼泊尔古朴典雅的皇宫寺庙都是砖木结构建筑，不同于西方的石材建筑，它们能承受得起8.1级的地震吗？我急忙在网上搜索，但暂时没有搜到具体消息。

下午一上班又搜索，截止到当时，已有3000多人死亡。而那些精妙绝伦的砖木结构的古建筑，果然有很多承受不了这场

8.1级的地震，有14座古建筑被损毁！其中加德满都杜巴广场的独木庙、玛珠庙、纳拉扬毗湿奴庙完全坍塌，包括老皇宫在内的建筑部分坍塌或主体坍塌！另外两个杜巴广场——巴德岗杜巴广场和帕坦杜巴广场的王宫和寺庙同样受到损毁。整个尼泊尔都在哭泣啊！

虽然自己在2011年就已经游历了神秘的尼珀尔，但现在我心中并没有庆幸，而是痛！

尼泊尔静倚在喜马拉雅山脉的南面，与我国的青藏高原隔山不望，但喜马拉雅山脉南面平缓的山势，使得尼泊尔除北部山区外，整体海拔并不高，首都加德满都海拔1300米左右，南部平原地区海拔一般在200米以下。所以对于像我一样想一睹喜马拉雅山脉的风采，但又害怕高原反应的人来说，去尼泊尔就是一个不错的选择。于是在2011年夏天，我来到了这个神秘的国度。对尼泊尔不是很了解的我，没想到会有很大的惊喜在等着我，那就是尼泊尔悠久的历史，古老的建筑。这对于我这个喜爱那些“过去的痕迹”的人来说，无异于是一个大大的礼包！

远在公元前8世纪，加德满都河谷一带就有人定居。公元前6世纪起，基拉特、李查维、马拉等王朝先后建立。悠久的历史，辉煌的王朝，给后人留下了丰富的历史文化遗产。

我们要感谢尼泊尔王国的马拉王朝（约13世纪—18世纪），在马拉王朝的鼎盛时期，尼泊尔在文化、建筑、艺术等方面也达到了巅峰。马拉王朝第六代国王死后，其三个儿子分别在坎提普尔（现加德满都）、巴德岗和帕坦自立为王，都斥巨资开始修建王宫广场（杜巴广场）。从此以后，杜巴广场在加德满都谷地的三大城市——加德满都、巴德岗和帕坦日益完善，熠熠发光。三个杜巴广场集中了尼泊尔16世纪至19世纪的纽瓦丽风格的古典寺庙和宫殿建筑，其最早的建筑甚至可以追溯到12世纪。现在它们都是辉煌的世界文化遗产。

那天去参观加德满都杜巴广场，从大巴上一下来，我就被震撼了。置身于广场，如果不是身边偶尔驶过的摩托车的提醒，你会以为自己穿越了历史，来到了几百年前的马拉王朝。因为杜巴广场是一大片古建筑群，一眼望不到边，不同于其他地方很多古建筑是以“孤品”的形式立于世的，旁边的现代建筑会使你很难有穿越感。而杜巴广场那些古老的建筑却是我从来没有见过的风格——古朴典雅的纽瓦丽（亦译为尼瓦尔）风格。纽瓦丽式建筑风格最突出的特点就是红砖墙，木质门窗，廊柱、门窗都伴以大量精美的木雕石刻作为装饰。主体为多层屋顶的塔形建筑，通常为2至3层，最高可达5层。宽檐斜顶，四面对称。每层屋檐边大都装饰着红色的荷叶边，仿佛给房子穿上了层层超短裙。寺庙四周均筑有石阶，石阶两边有石狮、石象或神猴守护。

这些建筑所蕴含的博大精深的印度教元素，让我这个印度教门外汉实在是难以一一弄清楚，只能在观赏它们的外表时，在眼花缭乱中，根据导游的介绍尽量去理解，去体会。但这并不影响我对这些古建筑的欣赏、喜爱，因为它们实在是太美了！暗红色的砖墙，深棕色的门窗廊柱，土黄色的瓦片，橘红色的檐裙，系列色彩的搭配实在太完美了。特别是廊柱和门窗上精美的木雕和石柱上的石刻，是那么的繁复，又是那么精致。你很难想象，是怎样的能工巧匠，才能雕刻出这样精细繁复的作品；那层层叠叠的塔式造型，是那么方正而沉稳，几百年前的尼泊尔人，崇尚的就是这样的方正而沉稳的品格？我不禁沉溺于其中了！

我们的导游，一位名叫拉美寺的小伙子，从没到过中国，但中文还算流利。有着一张欧美面孔，但皮肤黝黑。他的名片上另一个身份是计算机软件工程师。小伙子不但知识渊博，待人也很有修养。看来我们运气不错，遇到了一个好导游。他带我们来到一座三重檐的塔式建筑前开始了他的介绍。这座名为“独木庙”的寺庙建于公元12世纪，“独木庙”尼泊尔语为“加德满都”。这就是加德满都这座城市名称的由来。导游专业的介绍仿佛把我带到了那个年代。那些穿着古装的工匠，从山上运来一棵巨大的树木，他们要用这棵独木造一座寺庙。然后他们砍呀，锯呀，雕呀，喊着号子抬着巨大的廊柱，合上卯榫。汗水湿透了他们的衣服，肩被擦破了皮，手被磨出了茧。他们一砖一砖地砌，一层一层地盖，终于加德满都的第一座寺庙——独木庙落成了！后来，在工匠们的劳作中，第二座，第三座……直至最后一座纽瓦丽建筑落成。

可是，2015年4月25日，在8.1级的地震中，这些在这片土地上屹立了几百年的古建筑，就有包括独木庙在内的14座建筑完全坍塌或部分损坏！那座承载着设计者独特的审美理念，蕴含着工匠们的血汗，寄托着信教者们美好愿望的独木庙，就这样完全坍塌，不复存在了；巴德岗杜巴广场的瓦斯塔拉杜迦神庙也完全坍塌，不复存在了；帕坦杜巴广场的哈里桑卡神庙亦完全坍塌，不复存在了……

我想，那轰然倒塌时的巨响，就是这些古建筑对上天不公的怒吼；坍塌时，那纷纷扬扬的灰尘，就是它们哭泣时洒下的泪水！那些设计建造它们的工程师工匠们的在天之灵也都在哭泣吧！

人类还有多少古迹经受得了这样的天灾？更别说还有人祸！所以，保护历史文化遗产，守护我们的精神家园，绝不是一句空头口号，它应该落实到我们每一个人，每一项有关的工作中去！

当然，所有的历史文化遗产，如古建筑等，都有可能像尼泊尔的王宫寺庙一样，经历如地震这样的磨难，会有损失，甚至会有摧毁，但总可以延续，重构。虽然重构的再也不是那个几百年甚至几千年前的设计师设计的，也不是几百年甚至几千年前的能工巧匠建造的，亦不再是那个经历了几百上千年的风雨洗礼、饱含沧桑的它。但是，文物修补重构却能弥补被损害的缺憾；文物的仿造在一定程度上也能还原历史的真相。所以，当历史文化遗产遭到不可避免的摧毁后，我们不能只是一味地痛惜遗憾，而无所作为。我们要做的就是，擦干泪水，接过古人的工具，再一点一点地修补，一项一项地重构，让世界文化遗产，一代一代地传下去。

2020 年 5 月 5 日写于长沙

高迪，巴萨，巴塞罗那

去年到西班牙旅游，被巴塞罗那迷住了。

街道上，典雅的欧式古建筑让你目不暇接；商店里，各种各样的艺术品琳琅满目；博物馆内，各种珍宝异品让人大开眼界。而这些并不算什么，因为欧洲其他城市都有。漂亮的西班牙广场，巍峨的哥伦布纪念塔，这些也不算什么，因为西班牙的其他一些城市也都有。但是，除了这些，巴塞罗那却有着其他城市都没有的骄傲，那就是高迪和巴萨！

我想，在艺术家的眼中，大概巴塞罗那就是高迪。

1877 年 12 月 22 日，安东尼奥·高迪出生在西班牙加泰罗尼亚小城雷乌斯的一个普通家庭。高迪自小有腿疾，当别的男孩子玩着跑跳蹦的游戏时，他只能坐在旁边默默地看着，自卑孤僻敏感自然而然地包围着他。于是，他远离小朋友，独自与大自然为伴，将自己融入森林大海与山川之中。他在森林中看鸟，他在大海边观浪，他在草地上玩蜗牛。大自然给了他无穷的乐趣，也赐予他奇妙的艺术灵感，绘画成了他唯一的特长。

在那个建筑师职业十分吃香的年代，他的理想就是要成为一名与众不同的建筑设计师。思维的奇特和怪异以及对大自然的爱和理解，使他的设计灵感是那样的天马行空而又回归自然。

青年时代，他就读于巴塞罗那建筑学校，他的毕业设计是那样的卓尔不群，因此还引起了很大的争议，以至于校长在发给他毕业证后感叹地说："真不知道我把毕业证书发给了一位天才还是一个疯子！"是的，谁又能肯定这位有着落落寡合性格和乖张古怪脾气的青年，将来一定会成为建筑界的怪才、巴塞罗那的名片、西班牙的骄傲呢？

从小就有腿疾是高迪的不幸，但这不幸却又助他成就了他的建筑伟业，套用一句很俗的话来说就是"上帝在为你关上一扇门的同时，又会为你打开一扇窗户"。

古埃尔公园是高迪的代表作之一。是高迪的挚友、商人富豪古埃尔委托高迪设计的一处供富人居住的小区，因此取名古埃尔公园。

公园的独特之处是它的色彩。古埃尔公园的整体色彩是绚丽华美的。无论是公园入口的马赛克蜥蜴，还是圆形广场的百米长椅，或是百柱大厅的天花，都是用色彩饱和度很高的明艳的马赛克装饰而成。

而公园所有景点的造型更是奇特。景点造型的灵感似乎都来自于大自然。走进原本作为市场的百柱大厅，仿佛进入了一片森林。那排列得密密麻麻的柱子，功能之一是起支撑作用，条条石柱像一棵棵大树，支撑着房顶；功能之二是起排水作用，这些中空的柱子在大雨滂沱的时候，却又是一条条下水道，起到泄洪的作用。

从百柱大厅外拾级而上，可到百柱大厅的屋顶。这里被设计成一个圆形广场，广场周围的那一圈号称世界第一长的百米长椅，其设计灵感也来自于大自然：起起伏伏、曲曲折折，以蓝白色调为主，仿佛翻滚的大海波涛。

站在广场上往海边方向俯瞰，两栋房屋特别醒目，土黄色的墙、白色的窗、白灰色的尖屋顶，色彩和造型犹如童话世界里的小屋。

公园内造型最奇特的是那些立体回廊。之所以称立体回廊，是因为廊道不仅有单跨的，也有双跨的，还有双层的。这些回廊层层叠叠、曲曲折折，和园内道路连成一体，贯穿全园。回廊的造型依山就势，尽量与大自然融为一体。建造的材料也是就地取材，而且尽量不做精细复杂的加工，尽量保持大自然的原汁原味。

将建筑、雕塑与大自然融为一体，高迪的艺术风格在古埃尔公园的规划设计中如鱼得水，可谓发挥得淋漓尽致。

比较遗憾的是，这个为富人设计的位于佩拉达山坡，可以俯瞰大海，与大自然融为一体的居住小区，最终只建成了上面写到的两栋房屋。原因很简单，选址离市区太远，地势太高。现在我们去参观，首先汽车把我们拉到山脚下，然后是两部大型升降梯免去了爬坡的辛苦。可想而知在没有汽车没有电梯的年代，巴塞罗那人谁又会愿意承受天天翻山越岭的辛苦呢？看来，艺术价值和经济价值很多时候是相冲突的。如果把古埃尔公园建在市区，经济价值肯定高了，但是，世外桃源、凌绝俯瞰的艺术价值却没了。对于我们后人来说，要感谢高迪，是他对艺术价值的崇尚，才给我们留下了如此美轮美奂的遗产。

如果说古埃尔公园是高迪世俗作品的代表之作，那么圣家族大教堂则是他宗教作品的绝世之作。

这座建了130多年，至今还未完工的罗马天主教大型教堂，被称为最伟大的“烂尾楼”。前些年，官方终于宣布了一条好消息：圣家族大教堂的建造将于伟大的建筑师高迪逝世100周年纪念之时，也就是2026年竣工。

怎样形容我见到圣家族大教堂的感受呢？大概可以概括成四个字：不可思议！

隐喻和象征，是圣家族大教堂的设计理念之一。作为天主教徒，高迪根据《圣经》，把大教堂设计为三个立面：诞生立面、受难立面和荣耀立面，分别象征耶稣一生的三个阶段：诞生、受难和升天。计划共建18座塔楼，分别隐喻基督教传说中的12使徒、4位传教士、圣母玛丽亚和耶稣基督。但到高迪去世时的1926年却只建好一座塔楼，诞生立面即将完工。到我参观的去年为止，三个立面已建好诞生立面和受难立面，18座高塔已建好8座。

于1930年建成的诞生立面基本是在高迪手上完成的，它面向太阳升起的东方，主要展现耶稣诞生的内容。

站在诞生立面的下面，面对高耸入云的钟塔和满眼的美妙绝伦的雕塑群，我忽然觉得一阵眩晕，它不可思议的美一下击倒了我！

立面布满了一组组雕塑群，每一组雕塑群都讲述着一个圣经故事。这些雕塑的线条的精细与繁复到了令人不可思议的程度。高迪曾说，“直线属于人类，而曲线才属于上帝”。所以高迪在这里采用的都是各种各样的曲线，螺旋线、双曲线、抛物线等各种线条变化组合，使雕塑在精细与繁复中充满着韵律动感。

而雕塑里的人物形象却又是那样栩栩如生。人物的表情神态，衣服的质感皱褶，甚至毛发的卷曲和分叉都是那么逼真。据说高迪为了雕塑这些人物，除了仔细研究人类的骨骼，做出模型外，他每雕一个人物都要到大街上拉一个人做模特，按照模特的样子一丝不差地雕塑出来。想想这里的每一个人物塑像都是100年前实实在在存在过的人，也是挺耐人寻味的。

除了人物，大自然的元素是少不了的。有驮着廊柱的海龟和陆龟，还有参天的大树，盛开的百花，各种各样的飞禽走兽。与人物塑造不同的是，这些围绕在人物周围的植物和动物都采用虚幻的手法，随意变形，任意夸张。这种虚与实的配合使整个雕塑逼真而不刻板，浪漫而不随意。

走进教堂里面，再一次被震撼。从没见过内饰是这种风格的教堂，仿佛走进了一片彩色的森林，又好像进入了一个童话世界。密密麻麻的高耸的廊柱顶端分出枝枝丫丫，森林一般撑起一个又一个色彩绚丽的穹顶。各面墙上布满了造型各异的装有各种彩色玻璃的大大小小的窗户。整个空间布局分为大小不等的厅，加上无数廊柱的隔断，使人有一种峰回路转的感觉。

高迪说，“色彩是生命的动人之处”。所以教堂特别讲究色彩与光影的配合。自然光透过教堂大量的彩画玻璃窗，形成了极为强烈的冷与暖、明与暗的色彩对比。而室内的灯光又辉映在石料等各种各样的建筑材料上。这种色彩与光影的配合，使得教堂内部充满着一种怪诞陆离、梦幻浪漫的气氛。

在宗教热情和艺术热情的驱使下，高迪倾注四十多年心血，通过离奇的想象，用砖瓦玻璃和钢筋水泥谱写了圣家族大教堂这首立体的建筑之诗。在我看来，与它相比，我见过的其他一些著名的大教堂都只能算是平庸之作。

高迪的其他作品，如面谱屋、米拉之家等，全都是艺术杰作、艺术怪作。这就无怪乎高迪一生的作品中，有 17 项被西班牙列为国家级文物，7 项被联合国教科文组织列为世界文化遗产了。

1926 年 6 月 10 日，一辆电车把一位老人撞倒了，起初大家以为这位衣着寒酸、形容枯槁的老头不过是一个街头流浪汉罢了。当有人认出他是高迪的时候，大家都惊呆了：天哪，这就是巴塞罗那最伟大的建筑师和最杰出的公民，整个西班牙的骄傲啊！但生命已不可挽回，在圣家族教堂工程仅完成四分之一的时候，74 岁的高迪意外去世！

高迪年轻时曾有过一段刻骨铭心的恋情，但有情人终未成眷属。因此高迪终身未娶，将一生的心血全部倾注于他所热爱的建筑事业。我想，成就一位天才，大概除天赋以外，热情和执着就是两个决定因素了。

说到热情和执着，让我想起了对巴塞罗那同样产生深刻影响的另一个人，巴塞罗那足球俱乐部（巴萨）的创始人汉斯·甘伯。

和艺术家的眼中巴塞罗那就是高迪一样，在许多球迷的眼中，巴塞罗那就是巴萨。这个由瑞士人汉斯·甘伯在 1899 年 11 月 29 日成立的足球俱乐部，与高迪一样是巴塞罗那人的骄傲，也让全世界的足球迷为之疯狂。它和西班牙另一个足球俱乐部皇马（皇家马德里足球俱乐部）一样，在球迷心目中就是神一样的存在。

我们的导游小沈是一个超级球迷，尽管我们这个团几乎没有年轻人，但对足球有巨大兴趣的他还是在前往巴塞罗那的大巴上十分敬业地给我们介绍巴萨，介绍甘伯，介绍梅西，介绍西甲联赛，让我这个以前对足球毫无兴趣更无相关知识的人也对足球对巴萨有了初步认识。

我们到巴塞罗那的时间不处于赛季，加上加泰罗尼亚地区的游行示威活动还在继续，所以我们看不到西甲联赛的盛况，更看不到他们精彩的球赛。我们只是在离开巴塞罗那的那天早晨，匆匆地参观了巴萨的主场诺坎普球场的外观。但是，我记住了汉斯·甘伯这个名字。

在高迪出生 25 年后的 1877 年 12 月 22 日，甘伯出生在距离巴塞罗那一千多公里的瑞士的一个普通家庭。谁也没想到这个出生于瑞士的婴儿将来会对西班牙的巴塞罗那产生那么巨大而深刻的影响。

甘伯极具体育天赋，但他最感兴趣的还是当时被普遍认为是一项怪异运动的足球。是的，现在几乎风靡全球的足球运动，在一百多年前的甘伯所生活的时代，在人们心目中却是一项怪异的运动。

偶然的机会，年轻的甘伯定居于巴塞罗那。对足球的狂热和执着，使得甘伯排除一切困难，于 1899 年 11 月成立了巴塞罗那足球俱乐部（巴萨）。此后，在俱乐部风风雨雨的发展过程中，甘伯义无反顾，勇往直前。每次遇到困难，俱乐部濒临解散的时候，甘伯总是勇敢地站出来，尽一切努力拯救俱乐部。因为他坚信，即便是在足球还被认为是项怪异的运动，还不被人们认可的时候，也会有像他一样义无反顾支持这项运动的人。巴萨果然没有辜负甘伯的执着，一百多年的战绩使它成了一个足球神话。

据说巴萨的足球堪称艺术足球，巴萨一直以华丽进攻和团队倒脚而著称。它的目标之一就是球员必须踢得有技巧性和艺术性，而不是依靠纯粹的力量和身体。甚至有人说，巴萨的足球比赛，不光是两支队伍在球场的争雄，也是聚光灯下剧院的表演。

原来，艺术和体育是相通的呀。

也许是压力太大，也许是太追求完美，在高迪去世 4 年后的 1930 年，53 岁的甘伯因抑郁症自杀而亡。

现在回头看看，在 19 世纪末 20 世纪初，高迪和甘伯几乎同时在不同的领域影响着巴塞罗那，使巴塞罗那成了艺术之都、足球之城。百年来，艺术和足球渐渐成了巴塞罗那的灵魂，高迪和巴萨也成了巴塞罗那的象征。而艺术和足球的魅力让百年后的我们对巴塞罗那心怀满满的仰慕和崇敬。

拥有高迪，巴塞罗那何其有幸；拥有甘伯，巴塞罗那何其有福！

2020 年 8 月 1 日写于中山

你好，突尼斯！

前年，朋友邀我去非洲的突尼斯旅游，我一下没反应过来，什么？突尼斯在非洲？我一下子有点懵了。是的，作为非洲国家，它并不典型。提到非洲国家，一般人脑子里面冒出来的可能就是肯尼亚、刚果、埃塞俄比亚等赤道旁的人种为黑人的典型的非洲国家，要不就是非洲南部的曾经的发达国家南非。

下飞机办完手续离开机场，走在大街上，这个“非典型非洲国家”一下就得到了验证，因为街头迎面走来的突尼斯人都不是黑人，他们的长相都偏向于欧罗巴人。原来突尼斯人口数量最多的是阿拉伯人，占全国人口 90% 以上。其余的为柏柏尔人。我们的地导小芳，就是“突尼斯阿拉伯人”——虽皮肤偏黑，但五官脸型偏向欧罗巴人，很立体。从族群上说，突尼斯属阿拉伯国家，是全世界 22 个阿拉伯国家之一。

突尼斯之所以是“非典型非洲国家”，决定因素是它的地理位置。它远离赤道，地处非洲大陆最北端。它的北面和东面就是地中海，隔突尼斯海峡与意大利的西西里岛相望，扼地中海东西航运的要冲；它的南部就是撒哈拉沙漠的北边缘。因为撒哈拉沙漠地缘阻隔，历史上南部的黑人很难去到处于非洲大陆最北端的突尼斯。

特殊的地理位置也决定了突尼斯是悠久文明和多元文化的融合之地。在出来之前没有做旅游攻略的我，被突尼斯悠久的文明和多元的文化惊到了。

这里地势险要，易守难攻，可控制地中海交通要道，因此先后有腓尼基人、罗马人、汪达尔人、拜占庭人、阿拉伯人在这个舞台上上演战争剧、宫廷剧、生活剧等各种悲喜剧。突尼斯的历史沿革就决定了它一定是一个多元文化的融合之地。

站在位于首都突尼斯市城北 17 公里的比萨山顶的腓尼基人建立的迦太基古国遗址上，抚摸着陈列于路边的那些颓圮的罗马柱，想着公元前 9 世纪腓尼基人就在此建立了殖民城邦，后来又发展成为强大的奴隶制国家，不禁由此联想到我们华夏民族。公元前 9 世纪，我国处于西周早期。腓尼基人和有着 5000 年历史的华夏民族一样，都是伟大的民族。

迦太基遗址上最让我震撼的是位于大海边的安东尼公共大浴场。公元前 147 年，迦太基城被罗马军队夷为废墟。后来罗马人在迦太基城原址附近建立新城。安东尼公共大浴场就建于此时。看着大浴场，真是被 2000 多年前的古罗马人折服。

大浴场选址非常巧妙。浴场面临宽阔的大海，又因为是建在山上，四周视野非常开阔。

而那残留的高耸入云的罗马柱又能让人想象出大浴场建筑的宏伟。导游小芳介绍整个浴场占地有 3 公顷（45 亩）之大，是呀，要怎样宏伟的建筑，才能配得上这么大的规模呢？

我们站在高地俯瞰整个浴场。虽然整个建筑的顶及上层都被毁坏了，但建筑底层可以清晰地分辨出排列整齐的一间一间小房子。当小芳指着那些房子基座告诉我们哪儿是更衣室，哪儿是游泳池，还有按摩室、蒸浴室、温水室、冷水室时，我都惊呆了：2000 多年前的古罗马贵族，就这么会享受了？还按摩！还蒸浴！而同一时期正处于西汉的中国，深受儒家思想的影响，儒家提倡“克己复礼”（克得人欲，乃能复礼）。估计如果西汉儒家大咖董仲舒见到古罗马贵族们在海边大浴场按摩、桑拿时，定会大惊失色，连呼“了不得矣！了不得矣！”不同地域，不同民族，文化的差异是如此之大！

小芳还介绍说浴场所用的淡水，全部由引水渡槽从 65 公里外的一个叫“扎古角”的地方引来。引水渡槽全部以岩石筑成，据说容量达三万立方米的储水池至今仍在使用！

大浴场巧妙的选址及齐全的功能让我浮想联翩：在海里游完泳，再登上这个海滨浴场，洗个热水澡，蒸个桑拿，最后再面朝大海，坐着喝一杯咖啡，这该是一件多么惬意的事儿啊！

不单是安东尼公共大浴场，突尼斯其他各种各样的古迹都让我们惊叹不已：哈马马特的腓尼基人建造的古堡、凯鲁万建于公元 700 年的大蓄水池、公元 3 世纪古罗马人修建的埃尔·杰姆斗兽场，还有各种各样的清真寺及伊斯兰教圣人的陵墓，以及巴尔多博物馆陈列的马赛克镶嵌画……

埃尔·杰姆斗兽场是古罗马帝国在非洲留下的一座著名的辉煌建筑，是世界三大斗兽场之一。在外围我们就惊叹于它的雄伟壮丽、恢宏大气；走到内部参观，又被它科学的布局、完美和谐的构造折服。站在这座经历了 1000 多年的风雨洗礼和炮轰火烧，却还保存尚好的古老竞技场中央，我的思绪也飘向了远古，耳边响起了角斗场上人兽厮杀的撕心裂肺的惨叫声，绝望的哭嚎声，还有看台上达官贵人以及衣着光鲜的贵妇人的喝彩声、呐喊声。在那个野蛮的时代，奴隶的性命就是供达官贵人娱乐的！又突然想起了也是角斗士出身的奴隶起义领袖斯巴达克斯。公元前69年，斯巴达克斯率领的几万奴隶起义军虽直逼罗马城，但最终还是被贵族统治者镇压以致惨败，奴隶的悲惨命运，又延续了几百年。斗转星移、雨侵风蚀可以将斗兽场化为残垣，却无法抹去历史的记忆！很庆幸，那样野蛮的时代，已经一去不复返了。如今的斗兽场每年的七八月份都会举办大型的歌剧或歌舞演出，音乐替代了惨叫，舞蹈替代了喋血，文明始终是要战胜野蛮的。

突尼斯有百分之十的人口是柏柏尔人。柏柏尔人是突尼斯最早居民之一。本来柏柏尔人居住在地中海沿岸，因为战乱等原因，被迫从地中海沿岸迁居到了自然条件差很多的马特马他。那天我们前往马特马他，了解柏柏尔人的生活状况。大巴渐渐地由沙漠进入了山峦起伏的山地。在一个竖有“MATMATA”（马特马他）白色大字的高地，大巴停下来了。下车站在高地放眼望去，寸草不生的山峦连绵起伏，无边无际，呈现出一种外太空般荒芜凄凉之美。难怪它会成为《星球大战》的拍摄地。这种地形，让我联想到中国的黄土高原，同样是山峦沟壑，同样是荒凉无垠。

没想到的是，柏柏尔人的穴居屋与我国西北窑洞也非常相似，只是建造方式不同：首先从小山丘顶部开凿一个非常大的坑，然后从这个坑的四周内壁再横向挖人工的洞穴作为房间，这些房间功能各异，有客厅、厨房、卧室等。而大坑的中间就自然形成了一个非常宽敞的院落。中国的西北地区与突尼斯的马特马他虽然相隔千万里，但原居民的思维居然惊人地相似！

接待我们的，是一个柏柏尔老妈妈，她身上穿着的依然是传统的服饰。看着她饱经沧桑刻满皱纹的脸和关节突出粗大的手，我不禁叹息，即使历史发展到了今天，柏柏尔人的生活却还是那么艰难。坐在宽敞的院子里，吃着老妈妈招待的烤饼，喝着浓香的奶茶，日子仿佛穿越到了远古时期。

游突尼斯，就不能不游典型的地中海风格小镇——蓝白小镇。清新脱俗的蓝白两色相间的建筑与蓝天白云和远处的碧海蓝天遥相呼应，“美”字还不能准确地形容它给我的感觉，我的感觉是清逸，是超脱。走在两旁都是蓝白两色相间的建筑的街道上，仿佛超脱了尘世，进入到了另一个清逸的境界。

突尼斯另一个让人超脱的地方就是撒哈拉沙漠。虽然撒哈拉沙漠在突尼斯境内只是它的北边缘，远没有进入沙漠腹地，但沙漠是巨大的，人的视野却是有限的，即使处于沙漠边缘，也觉得眼前的沙漠无边无际。那天我们赶到沙漠的时候，正好夕阳西下，展现在我们眼前的是“大漠落日圆”的景色，这种邈远壮丽的景色与蓝白小镇素雅清逸的风格完全不同，但同样都带给人超脱的感觉。

出来旅游，品尝当地的美食是少不了的。对于爱吃甜食的我来说，突尼斯盛产的仙人掌果和椰枣就是人间美味。大巴行驶在公路上，公路两旁大多种植着高大的仙人掌。看到这里的仙人掌，我才真正明白这种植物为什么叫作“仙人掌”。平时在国内看到的仙人掌的“掌”比手掌大不了多少，算不上“仙人”掌，而这里的仙人掌是手掌的几倍大，确实是“仙人”掌。更重要的是，这里的仙人掌才是名副其实的“掌”，因为它有指头，指头就是长在它顶部的色彩鲜艳的果实。仙人掌果果形椭圆，颜色鲜艳。玫红、紫红、粉红、明黄等颜色靓丽无比。把皮扒开，露出或红或黄的果肉，一口下去，那味道，清甜爽口，汁多肉嫩，太爽了！

突尼斯盛产椰枣。椰枣树随处可见，房屋大都掩映在椰枣树下。我们去的时候，正是椰枣成熟的季节，高大的椰枣树上，挂满了大串大串的深红色的椰枣，很是诱人。甜度极高的椰枣，有的人可能觉得甜得受不了，但却是我的最爱之一。

三毛在非洲居住的时候，写下了《橄榄树》，没有到过非洲，你可能不明白她为什么写“为了我梦中的橄榄树”。原来橄榄树是非洲的常见植物。突尼斯的公路两旁，仙人掌以外的大片原野，大都是种植的橄榄树。大片大片的，种植得整整齐齐。橄榄树树形漂亮，远看像一把把大伞，又像一个个大蘑菇，正符合儿童画里面“树”的样子。

突尼斯是世界上经济不发达的国家之一，但这里的老百姓却拥有较高的幸福指数。他们的生活像老牛拉车一样慢，似现磨咖啡一般纯。在商铺，商家见你就一挥手，微笑着道一句“Salam”（您好），你会觉得温暖无比。

Salam，突尼斯！谢谢你给了我这许多的美好感受。

2020年6月2日写于中山

灵魂在路上

题记：一场突如其来的疫情，不但放缓了全球的经济增长，也按下了国人海外旅游的暂停键。原定的境外游计划一一泡汤。蜷居室内，百无聊赖，不由得怀念起那些可以自由往来于或大洋彼岸，或大陆彼方国度的日子。打开相册，一一浏览，心自然而然地又飞向了那些风光旖旎的自然景观或底蕴深厚的人文名胜。“身体和灵魂总有一个在路上。”身体不能在旅行的路上，那就让灵魂在旅行的路上飞吧。

（一）色迷摩洛哥

翻开在摩洛哥旅游的电子相册，思绪飞到了在疫情前夕2019年10月去过的这个国度。摩洛哥，这颗镶嵌在非洲西北角的璀璨明珠，也已经镶嵌在了我的心里。摩洛哥是一个以“美色”著称的国度，那些或鲜艳绚丽，或素雅清新的色彩，不仅刷进了我的眼睛，也刷进了我的心海。

因为2018年已去过同处北非的突尼斯，所以去之前有朋友劝我，去过突尼斯了就没有必要去摩洛哥了。可我想，自己喜欢的地方去多少次都不会厌烦的，何况是不同的国家。果然，去了之后，觉得这一趟旅行非常值得。

不得不说位于非洲西北角的摩洛哥具有得天独厚的地理位置。她西濒浩瀚的大西洋；北临地中海，隔直布罗陀海峡与西班牙相望，扼地中海入大西洋的门户。从地图上看，那窄窄的直布罗陀海峡，似乎真有“一夫当关万夫莫开”之势。

与突尼斯一样，摩洛哥最早的原住民是柏柏尔人。但强悍的阿拉伯人不但在公元7世纪进入摩洛哥，打破了柏柏尔人平静的生活，而且公元8世纪还在柏柏尔人的土地上建立了第一个阿拉伯王国。而从15世纪起，摩洛哥遭受着西方列强的先后入侵。直至1956年，摩洛哥才宣布独立，1957年8月14日定国名为摩洛哥王国。

如果要评选世界上哪个国家的色彩最斑斓，我想，那就非摩洛哥莫属了。

在去摩洛哥之前，我脑子里对摩洛哥的印象就是她的色彩，地中海风格的梦幻蓝色、街上工艺品的五颜六色、皮革制品的缤纷艳丽，以及城市风貌的五光十色，这些从电视上网络上得来的信息，构成了我对摩洛哥的模糊印象——五彩斑斓得让人眼花缭乱。到摩洛哥之后，发现我的印象又对又不对：摩洛哥确实是一个色彩斑斓的国家，但并不会让人眼花缭乱。

摩洛哥很多城市虽然色彩明亮，但城市建筑及装饰都依据当地的自然或人文条件统一在一个底色之内，各自具有自己鲜明的色彩特征。

我们到达的第一站马拉喀什就是一座红色之城。无论王宫、民居，还是清真寺、大酒店，马拉喀什几乎所有的建筑外墙都是土红色。如果在微寒料峭的冬日来到这里，满眼的陶土红会给你一个温暖的拥抱。导游介绍说，马拉喀什地区土壤富含铁元素，使得土壤呈土红色，古代用这种土壤筑起来的房子当然就呈土红色了。而且这种色彩从久远的柏柏尔人时代一直沿用至今，现代虽然是用混凝土等材料建造房子，但外墙依旧刷成与土壤一样的红色。土壤的自然条件造就了城市温暖浪漫的色调。

那天，我们的大巴从城外驶进城内，坐在车上，放眼车窗外，觉得城外广阔的红色大地与城内大片的红色建筑融为一体，那种浑然壮丽真是叫人惊叹。

卡萨布兰卡，是不是很熟悉的一个城市名？你可能看过《北非谍影》，这部由英格丽·褒曼主演，讲述“二战”时期发生在战火纷飞的卡萨布兰卡的一个凄美爱情故事的黑白电影，曾吸引了多少少男少女；你也可能听过 20 世纪 70 年代贝特·希金斯在看完这部电影后，有感而作的经典英文歌曲《卡萨布兰卡》；你甚至可能知道卡萨布兰卡是摩洛哥的历史名城，是全国最大的港口城市、经济中心和交通枢纽。但是，你可能不知道卡萨布兰卡是一座“白色之城”。葡萄牙殖民时代，这座城名为“Casa Branca”（葡萄牙语），意为“白色的房子”；1770 年摩洛哥国王下令在旧址建一座新城，将其命名为“Dar el Beida”（达尔贝达，阿拉伯语），同样意为“白色的房子”；西班牙殖民时代，这座城名为“Casablanca”（卡萨布兰卡，西班牙语），意思还是“白色的房子”。从古至今这座城市就一直叫作“白色之城”。

“白色之城”真是名不虚传，从卡萨布兰卡的火车站到哈桑二世清真寺，从普通的百姓住宅到穆罕默德五世广场，城市几乎所有的大大小小建筑的外墙的主体颜色都是白色。满街的白色法式建筑，与蔚蓝的天空和海洋相互映衬，清新脱俗，真是将蓝白二色的纯洁浪漫演绎到了极致。这种淡雅，这种素净，与马拉喀什陶土红色的热情温暖形成了鲜明的对比。

在这一片白色之中，高高耸立于大西洋岸边的哈桑二世清真寺显得格外醒目。这座于 1993 年 8 月 30 日建成启用的清真寺，主体大殿和宣礼塔的外墙都是用乳白色的大理石精雕细琢而成。大殿屋顶和宣礼塔顶部配有的淡绿色，与墙面的乳白色相互映衬，加上墙面繁复精细的雕刻图案，使得这座清真寺美得无以言说。清真寺的三分之一面积建在海上，据说这个构思出自已故国王哈桑二世的一个梦境。那天，我坐在大巴上远远望着这座建在海上的白色清真寺，觉得它似乎真要如哈桑二世的梦境一般扬帆远航，那高高的白色宣礼塔正是那涨满劲风的白帆。

摩洛哥并不是只有卡萨布兰卡是白色之城，得士安、丹吉尔都是白色之城。很遗憾，得士安不在我们的行程之内。而丹吉尔位于直布罗陀海峡的丹吉尔湾口，我们要从这里登船渡过直布罗陀海峡前往西班牙。那天我们在丹吉尔并没有停留多长时间，但在我们入住的酒店前的沙滩上回望海边的建筑，还是稍稍领略了她作为白色之城的魅力。

这些城市为什么选用白色来作为城市的底色？我想，首先应该是因为颜色搭配的美学关系。这些城市都有一个统一的特点，那就是都是海滨城市。蔚蓝的大海，蔚蓝的天空，海天一色的蔚蓝，用什么颜色来搭配最美？看来，在这一点上，无论是最早的原住民柏柏尔人，还是后来入侵的阿拉伯人、葡萄牙人、西班牙人，或是法国人，他们取得了高度一致，那就是白色！蓝白搭配，那是三份清新，三份宁静，四份高雅，这样高级的搭配谁会不喜欢呢？其次，白色素净圣洁，象征着万事随心。所以不但是摩洛哥的海滨城市，地中海沿岸的其他城市很多都是这种风格，天上是蓝天白云，地上是蓝海白屋。而且这种地中海风格逐渐蔓延，由室外蔓延到室内；由地中海蔓延到美国加州，再蔓延到世界各地，今天的中国人，大概没几个人不知道地中海风格吧？

位于摩洛哥西北部地中海南岸的舍夫沙万是一座蓝色之城。舍夫沙万虽然是一座小城，但她是摩洛哥标志性的城市，几乎所有介绍摩洛哥的资料都会将舍夫沙万的图片放在最醒目的位置。所以即使是没去过摩洛哥的人，对摩洛哥那片如梦如幻的蓝色应该也是有印象的。她也是我曾经魂牵梦绕的地方。

那天早餐后，从菲斯古城驱车 200 多公里，到达舍夫沙万已近中午，傍晚前我们还要赶到摩洛哥最北部的丹吉尔，所以留给我们游览的时间只是可怜的不到 2 小时。到达目的地后，导游就让我们自由行。没有导游，时间短，任务重，这对我这个只能断断续续蹦英文单词的人来说，真是一个挑战。

怎样形容那天我游舍夫沙万的感觉呢？“似梦非梦，似幻非幻”这八个字应该最合适。

舍夫沙万不同于卡萨布兰卡的纯白，也不同于突尼斯蓝白小镇和希腊圣托尼岛的蓝白相间。整个城满眼都是蓝色，蓝色的墙，蓝色的门，蓝色的窗，蓝色的台阶，蓝色的装饰品；远方，是蓝色的海和蓝色的天。蓝色本来就是梦幻的色彩，试想，当你被这梦幻的蓝色包围着的时候，如果你闭上眼，清空自己的脑海，你是不是会觉得自己的身体会慢慢飘浮起来，达到飘飘欲仙的梦幻境界?

可是，我达不到这种境界。急匆匆赶路的疲惫让我觉得身体沉重，找不到网红打卡点的焦急让我无法清空脑海，问路时语言的卡顿让我心烦意乱。疲惫、焦急、烦躁会一次次把你从梦幻拉回到现实。所以，只能是“似梦非梦，似幻非幻”。

还好还好，那天该游的地方都游到了，该买的东西也买到了。

海滨城市舍夫沙万选择蓝色作为城市的底色，自然与蓝色的海洋有关。除了白色，还有哪一款颜色更能与蔚蓝的海洋相配呢？那就只有蓝色了！

什么时候能在舍夫沙万再来一次真正的“自由行”呢?

说到摩洛哥的色彩，当然绕不开菲斯古城，那是怎样的一座色彩的天堂哦!

经历了一千多年风风雨雨的菲斯古城，有着深厚的宗教、文化与艺术底蕴。那近六千条弯弯曲曲，使得古城犹如迷宫的狭窄街巷；那些保存完好、具有浓郁的中世纪风格的建筑；那780多座大大小小的清真寺；那些富丽堂皇、装饰精美的宫殿；还有那建于公元862年，被誉为世界第一所大学的卡拉维因大学，它们无一不在诉说着这座古城辉煌的历史。

但是，菲斯给我印象最深刻的还不是她历史的悠久，而是她的色彩对视觉的巨大冲击力。古城里建筑的外墙虽然大多都是土黄色，远观仿佛这就是一座黄色之城，似乎色彩比较单一。但是，当你走进古城，你才真正体会到这座城就是色彩的天堂。窄窄的街巷两边，密密麻麻布满了各种商铺和手工作坊：琳琅满目地挂着各种手工制品的工艺品店、极具阿拉伯风格的服饰店、门口摆着用麻袋装着各色香料的食品香料店，还有墙上挂着各色皮料的皮革作坊、货架上摆满瓷器的陶瓷作坊……这些店铺和作坊，有一个共同的特色，那就是五彩斑斓，鲜艳炫目。由于街巷窄，店铺密，空间小，所以这些五颜六色似乎都扑面而来，那色彩对视觉的冲击，绝不仅止于目不暇接，而是仿佛令人窒息！

其实，摩洛哥的其他城市也与菲斯一样，虽然有着“红色之城”“白色之城”“蓝色之城”的称号，但色彩绝不是单一的，店铺里五颜六色的商品，住宅外墙上挂着的五彩缤纷的花篮，绿化地里的花草树木，夜晚闪烁着炫目光彩的霓虹灯，点缀在一种统一的底色上，素净而不单调，绚丽而不俗艳。只是菲斯独特的古老城市格局，密集的店铺作坊，使得她色彩的冲击力特别强。

摩洛哥历史悠久，文化多元，但世界上历史悠久文化多元的国家很多，而将色彩运用得如此出神入化，在我所了解的国家中真还没有超过摩洛哥的。每座城市都有一个统一干净的底色，然后再在这个底色上点缀五颜六色，使得这些色彩多而不杂，艳而不俗。摩洛哥的“美色”不知迷倒了多少像我一样的到此旅游的人士和往来过客呢！

2021 年 8 月 25 日写于中山

（二）英国乡村，美丽的画卷

最近，有关英国物资短缺的消息从各种渠道扑面而来。汽油短缺，食物短缺，药品短缺，生活用品短缺……BBC（英国广播公司）无奈地称，“英国现在唯一不缺的就是短缺本身。”

看着新闻里英国个个加油站排队的长龙，超市中空空如也的货架，不由得想起了十一年前，带着老父亲在定居英国的弟弟家探亲时，见到的英伦岛上一片美丽的人与自然和谐相处的祥和景象……

英国是一个旅游大国，光是伦敦，泰晤士河畔就有大本钟、国会大厦、伦敦眼、伦敦塔桥等著名景点，还有威斯敏特教堂、白金汉宫、唐宁街，更有大名鼎鼎的大英博物馆，这些景点无疑都叙写着英格兰的历史，彰显着英国的辉煌成就，也展示着英国建筑的古典美，是旅游者了解英国的最重要的依据。因此，对于这些著名的景点，游客蜂拥而至，都唯恐自己少去了一个地方。而小城镇、乡村就不一定是每一个旅行者都会去的，更不一定能在其中小住逗留。可我以为，只有领略了英国乡村的美，了解英国乡村普通公民的日常生活，才算比较全面地了解了英国，才会明白，为什么虽然我们国家现在 GDP 总量位居世界第二，但却在很多方面还需不断努力，才能真正赶上西方发达资本主义国家的道理。

早在 19 世纪初，英国最伟大的风景画家约翰·康斯太勃尔就用他五彩的画笔，绘下了一幅幅表现他家乡农村美丽景色的风景画。《干草车》为其代表作。一辆运干草的马车，正涉过一条潺潺的浅溪，往葱郁的森林边的田野走去。溪中运干草的马车，溪边对着干草车狂吠的小狗、浣洗衣服的农妇、高大的树木、树木掩映下的古朴的农舍，这一切是如此自然和谐，如此真实美好。19 世纪英国女小说家简·奥斯汀创作的《傲慢与偏见》在给我们展现曲折浪漫的绅士淑女爱情的同时，也给我们展示了美丽如画的英伦田园风景。

康斯太勃尔和奥斯汀笔下美丽的英国乡村风景延绵近两百年，两百年的时光里，英国的工业革命如火如荼，但英国乡村的风景不但美丽依旧，而且还搭上了工业革命的快车，插上了现代化的翅膀。

中国经过近几十年的改革开放，现代化的发展也一日千里。即使是十一年前，我去英国的2010年，如果拿中国的大城市与英国的大城市相比，中国城市的现代化都毫不逊色。上海的摩天大厦比伦敦的更多更高，北京的马路比伦敦的更宽更直，深圳的公园比伦敦的更大更新。然而，十一年前，英国乡村的美丽、人和自然的和谐，中国乡村是难以望其项背的。即便是今天，我国乡村的情况已有很大改观，但差距还是很大的。

十一年前我去探亲时，弟弟家住在伦敦西南边的一个叫Fleet的小镇上。那是一个多么美丽安静的小镇哟!

从希思罗机场出来，驶出高速，就进入到通往Fleet的小道。小道只有窄窄的两车道，会车时得小心翼翼。但是道两旁的原始森林郁郁葱葱，森林的缝隙中，时不时隐隐约约地现出别墅的一角。弟弟说，那都是大富豪的房子。看来英国富豪回归自然的低调与中国富豪张扬的做派是大不相同的。

进入小镇，一排排整齐但式样各异的欧式别墅扑面而来。那是一栋栋朴素低调却审美高雅的别墅。

住了几天，我发现英国的小镇与中国的格局不太一样。中国的小镇是街道和住所混在一起，各家各户的房子都是亦商亦居的，一般一楼为商铺，二楼以上住人。但英国的小镇商业区与居住区是分开的。商业区店铺林立，各种设施设备齐全。小超市、小服装店、小工艺品店、小餐馆，还有银行、邮局、学校，可以说应有尽有，满足人们日常生活的需求没有问题。而离商业区不远的居住区没有了商业区的热闹，也没有了商业区的纷繁，更没有了商业区的嘈杂，有的只是一栋栋低调而漂亮的房屋，一个个鲜花盛开的院子，一条条整齐干净的道路。房屋、院落、小道营造出一份安静，一份闲适，身处其中，恍若世外桃源。这就难怪英国的很多中产甚至是富豪愿意住在小镇，而不愿住在大城市。不过，从历史渊源来看，罗马帝国时期，不列颠的盎格鲁－撒克逊人就不喜欢居住在古罗马的城市里，他们通常在自己的农耕中心旁建立小城镇，享受着小城镇的宁静与安逸。所以英国人的骨子里就刻着喜爱小城镇的基因。

散步的时候，我几乎把 Fleet 镇每家每户的院落房屋都仔细观察了一遍。又发现这里的别墅与国内的别墅或一般民居大相径庭。

首先是花园和房屋的比例不同。我们的国人有一块地，就恨不能把房子占满整个地基，似乎房子越大就越气派，就越彰显身份。至于花园嘛，意思意思就行。所以我们的很多别墅是房屋大，花园小。而英国人的别墅恰恰与中国的相反，是花园大，房子小。

房屋本身，与国内的差别也很大。除了上文说的房屋大小高矮的差别外，更重要的是房屋的外形的差别。斜坡屋顶，拱形门窗，似乎是他们的标配。而我们除了那些高档别墅区，一般的民居大多是没有斜屋顶的。特别是广东地区的民居，因为没有积雪的担心，更不会做斜屋顶——务实的广东人利用平屋顶，做成平平的大晒场。实用是实用了，但这种犹如火柴盒一样的房子却少了很多美感。房屋外墙，我们大多用瓷砖甚至花岗岩贴面装饰，他们却只是刷着各色涂料，或者就是保留着墙砖本身的颜色，而门窗基本都刷成与任何颜色都能完美搭配的白色。

至于花园，差别就更大。在中国，即使是可称其为别墅的，很多也因为房子建得太大，就几乎没有了花园。而乡村的农民自建屋，院子是够大，但是很少种花，更不会有修剪整齐的草坪，甚至烂东烂西到处堆放。没有花，没有草，东西随处堆放的院子是不能称其为花园的。而欧洲的乡村居民却愿意种花种草，加上英格兰湿润温和的气候正适合各种花草的生长，所以他们的院子里都有修剪整齐的草坪，姹紫嫣红的鲜花。而这样的院子，才可称为花园。还有一个区别也很重要，我们的院子，一般用砖或花岗岩砌一圈高高的严严实实的围墙，把院子里的风景全挡在院内。而他们的院子周围大多只是一圈矮矮的围墙，这样，相邻的花园视觉上就连成了片，走在路上的人视线所及就是大片大片的花园和一栋一栋漂亮的房屋，而不是一堵堵死板的围墙。

成片的绿草如茵、鲜花盛开的花园，烘托着造型美观、色调高雅的房屋，漂亮而不张扬，高雅而不高调，这就是典型的英式乡村民居的风格。

英国人工很贵，所以很少有人请工人打理花园。园艺设计、种花剪草、浇水施肥都是自己动手。一到休息日，一家人都在家里忙乎，有的种花，有的剪草，其乐融融。正因为如此，相对来说，他们的家庭是比较稳固的。

房屋、院子漂亮，环境也是真的好。Fleet 镇旁有一条窄窄的河流，沿河的小路是镇上居民散步的好去处。那天清晨，第一次来到河边，我被它的美丽惊到了。倒映着蓝天白云清澈见底的河水当然不在我的意料之外，水面上成群结队的野鸭和各种叫不出名字的水禽悠闲自在地徜徉的情形也在我的想象之中。但是，路边漂亮水禽的不怕人，或是草丛中卧着的一枚枚水禽蛋却惊得我不知所措。想想，以前那些水禽见都没见过，即使见过，也只是可望而不可即一闪而过的惊鸿一瞥。而在这里，这些羽毛美丽、体态优雅的水禽就在你的身边悠闲自在地觅食，甚至跳到你的掌心与你嬉戏，那该是一种怎样的欢喜！或者，路边草丛中一窝可爱的水禽蛋突然出现在你眼前，又是一种怎样的感动！

沿小河走不远，眼前豁然开朗，原来小河是流向一个大湖的。湖水照样是清澈的，湖面除了野鸭和其他水禽，更多的是天鹅。在国内，只领略过芭蕾舞《天鹅湖》中天鹅的美，到这里才领略到了真天鹅的美。比起小河里看到的小水禽，有着洁白羽毛、细长脖项的白天鹅真是优雅到了极致。白天鹅的优雅不单体现在它的毛色和体态上，也体现在它的行动上，它们似乎绝不会像野鸭子那样嘎嘎嘎地咋咋呼呼，也不会像其他水禽一样追逐嬉戏。它们安静的神态，舒缓的动作，让人明白什么叫作从容自如，什么叫作悠闲自在。

湖岸并没有我们国内水边常修的“沿湖风光带”，而是自然的堤岸，自然的泥土路，只是在个别的地方修有伸向水里的短短的栈桥，方便人们亲水嬉戏。

人、水、禽类、草木，一切都是那么自然，那么和谐。不得不佩服英国人的环保意识，我想，人类得要多自律，这些水禽才能这样悠闲自得地与人类和平共处呀！

中国老庄哲学主张的顺应自然、天人合一，是中华文化的精髓之一，不想在这万里之外的英伦小镇得以体现。

在河边散步的人，不管认识不认识，都会互相打招呼，一声声“Hello！”传递的是满满的善意。刚开始我还不习惯，到后来也慢慢习惯了。

于是，和老父亲到河边或湖边逗水禽、看天鹅，就成了那段时间我最大的乐趣。

在英期间，我还在一位闺密家小住了3天。闺密和她的先生在一所大学工作，这所大学位于伦敦北面的一个名为“Cranfield”的村子旁。（英国的很多大学并不在城市，而在乡村，著名的牛津大学、剑桥大学都不依附于任何城市。）“Cranfield”的意思是“仙鹤之地”，想必取名的远古时代，这里应该是仙鹤的常驻之地吧，那该是一个多么美的地方啊！之所以称“Cranfield”为“村子”，是因为它没有商业区，只有居住区。它确实不需要商业区，因为从这里开车10来分钟就可以到达伦敦的一座卫星城——米顿坚市。

与Fleet镇一样，村里也有整齐的道路，漂亮的房子，鲜花盛开的院子。虽然没有看见仙鹤，但闺密家门前大片大片的灌木和青草真是蔚为壮观。灌木丛中生长得最多的是覆盆子，对，就是鲁迅先生在《从百草园到三味书屋》里写到的覆盆子。覆盆子又叫树莓，它的果实是一种浆果，鲁迅先生是这样形容它的：“像小珊瑚珠攒成的小球，又酸又甜，色味都比桑葚要好得远。”英国所有超市都有它的身影——被装在一个个小盒子里，整整齐齐码在货架上。我去的时候，正逢果实成熟的季节，那“像小珊瑚珠攒成的小球”密密麻麻地挂在长满倒刺的藤蔓上，大片大片的，一眼望去，真是爱煞人也！

一天晚上，闺密和我正坐在布置得优雅漂亮的屋内低声密语地聊着天，突然响起了轻轻的敲门声。闺密起身笑着说："肯定是卖树莓的小朋友。"打开门，果然两三个金发碧眼的十来岁的孩子站在门口，挎着的篮子里面是一杯杯的树莓，一镑钱一杯。闺密开心地买了几杯，说："这些孩子靠这个赚点零花钱呢。"

吃着这来自于大自然的酸酸甜甜的果子，想着孩子们忍着被倒刺刺伤的疼痛，心里不禁感慨起中英两国教育方式的不同，在中国，家长会让孩子自己采野果出卖吗？又想，树莓正是大自然馈赠给孩子们的最好礼物，有了孩子们的采摘、分享，才不辜负大自然的一片心意，这才是真正的人与自然的和谐相处呀！

还去了一个有名的小镇，那就是莎士比亚故居所在的位于伦敦以西 180 公里的斯特拉特福镇。虽然是旅游胜地，斯特拉特福镇的自然环境却一点也没被破坏。河面上，天鹅游弋，草地上，野鸭嬉戏。让人惊喜的是，那天我们一家人在草地上吃午餐，一只游上岸的野鸭也许是闻到了香味，嘎嘎嘎地摇到我们身边，向我们求食。

弟弟家周边还有许多像 Fleet 镇一样的小镇，闺密家周边、莎士比亚故居周边也应该还有很多小村镇。一个小村镇就是一幅美丽的图画；一个个小村镇连接起来，就构成了英国美丽的乡村画卷。

美丽的当然不只是小村镇，乡村的居民的生活范围当然也不囿于相对偏僻的乡村。Fleet 镇周边还有许多小城市，车程大概都在一小时之内：雷丁、温彻斯特、南安普顿、索尔兹伯里……这些小城都有着中世纪的古典建筑，有着干净整洁的街道，有着满城盛开的鲜花，还有着穿着打扮考究的温文尔雅的绅士淑女。夏日行走在这些城市的大街小巷，凉爽的气温，满眼的美景，温文尔雅的行人，会让你心旷神怡。再走进店铺，欣赏欣赏有着古老图案的精致瓷器，把玩把玩各种精美的工艺品，挑一件优雅合身的连衣裙，最后在一家装饰古朴的咖啡店点一杯咖啡慢慢地品尝，一天逛街的疲劳就会随着浓浓的咖啡香味烟消云散。

我想，如果有卫星摄像摄下上文所写之景，那画面就应该是这样的：小城就像一颗颗明亮的星星，点缀在广阔而美丽的乡村画卷之上。而这美丽的画卷相较于康斯太勃尔和奥斯汀所处的时代，应该是更加绚丽，更加灿烂。

现在虽然据各路消息报道，似乎英国物资短缺的现象不容小觑，但我相信，这肯定只是暂时的，英国老百姓的生活很快会回到正轨。公路上，大货车依然繁忙地飞速奔驰；水面上，天鹅依然舒缓优雅地起舞，野鸭依然毫无顾忌嘎嘎嘎地追逐嬉戏；原野上，草木依然茂盛，覆盆子依然把它的“小珊瑚珠”攒成小球，等待它的小主人采摘；花园里，主人们依然忙着种花剪草，浇水施肥，鲜花依然灿烂，绿草依然青翠……

“有花须共赏”，地球上的“美好”应该是全人类的财富，不管这些“美好”是中国的还是外国的，我们都可以对她抱以欣赏之心，也都应该对她怀有爱护之心。国外的“美好”也可以成为我们学习的榜样。当然，学习不是照搬，中华民族有自己的传统文化，但人与自然和谐相处，应该成为我们今天社会主义新农村建设的一个核心目标，更何况天人合一本来就是我们传统文化的精髓之一。

2021 年 10 月 6 日写于长沙

（三）从“两颗牙”的兴衰说到以史为鉴

2019年11月，随着旅游团，从北非摩洛哥穿过窄窄的直布罗陀海峡，终于踏上了伊比利亚半岛。

伊比利亚半岛位于地中海与大西洋之间，包括西班牙、葡萄牙、安道尔和英属直布罗陀。安道尔只不过是一个地处比利牛斯山脉，夹在西班牙和法国之间，面积仅468平方公里人口8万多的内陆袖珍国家；直布罗陀只是一个地处半岛南端，面积仅5.9平方公里，人口约3万的英属港口小城。因此，伊比利亚半岛的真正主人就是我们国人口中戏称的“两颗牙”——西班牙和葡萄牙。

相对于占据半岛大部分面积的西班牙这个“大块头”来说，葡萄牙这个偏居于半岛西南角的“小个子”似乎没有多少存在感。但是，半岛上这两个历史同源，文化同根，而又从未停歇过不同层面较量的国家，却有着剪不断理还乱的关系。其中最重要的是，15世纪，葡萄牙和西班牙共同开启了延续两百多年的大航海时代，甚至葡萄牙的航海史更早于西班牙。

我们的导游小沈是专带欧洲团的，对欧洲历史了然于心。专业而又敬业的他一边带我们参观，一边给我们详细地解说着大航海时代西班牙葡萄牙的崛起沉浮。

在全世界已成为一个地球村的今天，我们很难想象，就在几百年前，各个大陆板块之间居然不知道对方的存在，对于欧洲而言，从不知道大西洋的彼岸还有一个纵贯南北半球的巨大的美洲，即使是哥伦布已经到达了新大陆，他也不知道这是一块从未被欧洲人发现过的新大陆，误以为自己到了印度，甚至将当地的土著人命名为“印第安人”。

从我国汉代开始，西方与东方之间就有两条贸易线路。陆上，西方人从地中海东岸与黑海沿岸出发，经过现在的伊朗阿富汗等中亚国家，到达长安；海上，从埃及和伊拉克出发，分别经红海和波斯湾到达阿拉伯海，最后抵达印度洋和中国海。但是，通往东方的这两条贸易线路，15 世纪中叶以后都被奥斯曼帝国控制着，运送宝贵香料的商队商船，不得不遭受沿途关卡的层层盘剥；多变的政治局势和盗匪的骚扰更是让东西方的贸易往来雪上加霜。于是，探求新的航海线路就成了欧洲人的梦想。

15 世纪，当西欧各国资本主义生产关系已经萌芽并初步发展的时候，当向全世界弘扬和传播基督福音成为西欧国家的一种宗教使命的时候，欧洲的造船技术恰巧有了突飞猛进的发展，多桅多帆、轻便快速的大船为海上航行提供了最重要的保障；而中国发明的罗盘针在欧洲的普遍使用，地图绘制技术的长足进步，又保证了航行不致迷失方向；地圆学说在欧洲的流行，使欧洲人开始相信从海上绕地球一周，又能回到起点，这更激发了他们绕地球航海一周的好奇与兴趣；马可·波罗早在 1299 年创作的《马可·波罗游记》给西方带来的东方遍地财富的幻想，更使贪婪的西方殖民者对东方财富垂涎欲滴。方方面面的因素犹如催化剂一般，催生着大航海时代的到来。

而开启大航海时代的不是后来的日不落帝国英国，不是后来资产阶级革命最彻底的法国，很遗憾，也不是有着郑和下西洋的先进航海经验的中国，而是伊比利亚半岛上的“两颗牙”——葡萄牙和西班牙。

葡萄牙西班牙之所以成为大航海时代的开启者，是因为他们占尽了航海的天时地利人和。

伊比利亚虽说是一个半岛，但只是在它的东北部有一座比利牛斯山与法国接壤，因此它几乎四面环水。特别是葡萄牙的西边和南边全是大西洋的海岸线，这为从大西洋出发的航行提供了得天独厚的条件。

而葡萄牙国土狭小、土地贫瘠、资源匮乏，这也促使它急于对外殖民扩张。于是葡萄牙成了大航海时代的急先锋。

“两颗牙”王室对航海的支持更是在财力与物力上为开启大航海时代提供了保障。

从 15 世纪初开始，葡萄牙王子恩里克、葡萄牙国王若昂二世前赴后继，先后多次派人探索西非海岸。

西班牙的伊莎贝拉女王不愧为女中豪杰。15 世纪末，意大利航海家哥伦布的勃勃野心在包括英国法国在内的一干大国面前处处碰壁的时候，伊莎贝拉女王却在国力并未太强、哥伦布的航海方案前途未卜的情况下，毅然支持哥伦布的航海计划。为凑齐航海费用，她甚至变卖了自己的首饰。1492 年 8 月 3 日哥伦布率领三艘航船和 120 人的队伍正式出海，开始了第一次横渡大西洋的航海壮举。后来的结果大家都知道了，哥伦布发现了新大陆！

1518 年 3 月 22 日西班牙国王卡洛斯一世与葡萄牙航海家麦哲伦签订协议，揭开了大航海时代中最耀眼夺目的一页——麦哲伦环球旅行。

哥伦布也好，麦哲伦也好，他们影响深远、意义非凡的航海壮举都是在王室的大力支持下，才得以完成的。

15世纪末到16世纪末的一百来年间，“两颗牙”的装满贵金属、香料等货物的巨大帆船穿梭于浩瀚的海洋的时候，那是何等的威风；1494年西班牙葡萄牙在签订《托尔德西里亚斯条约》瓜分欧洲之外的已知世界的时候，又是何等的霸道。可是，他们何曾想到，在他们的殖民屠刀下，惨遭杀戮的土著人流下了多少血和泪；他们又何曾想到，百年之后，西班牙的“无敌舰队”会在英国军队的痛击下灰飞烟灭。

是的，“两颗牙”在血腥掠夺了全世界的大量财富和土地后，王公贵族们却躺在这些财富上尽情享乐，王室生活的骄奢淫逸简直到了登峰造极的程度。至于怎样利用财富发展本国经济的问题，他们是不会考虑的，因为有了新的航线，全世界的财富就可以源源不断地运进来，为什么要费劲巴拉地发展经济？可他们没想到的是，此时，英国、荷兰、法国等新兴国家正急起直追，大力发展工业，经济突飞猛进。等到西班牙的所谓“无敌舰队”遭到强悍的英国军队的痛击的时候，西班牙王室就是想后悔，也来不及了！这样，王公贵族们生活的骄奢、政治的短视导致了西班牙葡萄牙经济的无能，最后，“两颗牙”的王室也只能眼睁睁地看着海上霸权的地位被英荷法夺去。

“两颗牙”王室对于海上霸权来说，正所谓“成也萧何，败也萧何”。

但无论怎样，“大航海时代的开启者”、“15、16世纪的海上霸主”无疑是西班牙葡萄牙这两个国家最耀眼的标签，那个时代就是它们的高光时刻。直至今天，大航海时代的辉煌仍然是这两国人民的骄傲。

为了纪念那个伟大的时代，西班牙和葡萄牙都建有与之相关的纪念碑。

西班牙的马德里和巴塞罗那的市中心都建有哥伦布广场，哥伦布纪念碑则屹立于广场中央。作为第一个听到哥伦布正式宣布发现新大陆消息的城市，巴塞罗那的哥伦布纪念碑自然修建得更为华丽高大。这座建于 1886 年的纪念碑，碑身高达 60 米。底座外边，四周雕有八只巨大的黑狮。圆形底座四周雕塑的内容都是航海的各种场景。纪念碑主体一根冲天石柱拔地而起，环绕柱体中部雕有五个凌空飞舞的女神。石柱顶端是 7 米高的哥伦布雕像，他脚踩地球仪，右臂指向新大陆的方向，眼睛凝神远望，仿佛正在航船上镇定自若地指挥着航行。

而建于 1960 年，矗立于葡萄牙里斯本特茹河入海口的葡萄牙航海纪念碑更是巍峨雄伟。它是为纪念航海家恩里克王子逝世 500 周年而建的。纪念碑的外形如同一艘展开巨帆的轮船，恩里克王子手捧帆船模型，昂首立于船头，其后两旁是随同出发的航海家，以及葡国历史上有名的将军、传教士和科学家。纪念碑气势磅礴，人物神态坚定刚毅，整座雕塑将这些航海家们不畏艰难险阻的冒险精神表现得淋漓尽致。

今天，站在哥伦布的雕像下，望向他手指的新大陆美洲方向的时候，或者仰望巍峨的葡萄牙航海纪念碑的时候，几百年前风帆张满的巨型船队可能就会像放电影一样在你的脑海里缓缓驶过，那是一种怎样的排场和气势哟！只是，相较英荷法等新兴国家，“两颗牙”后来经济的相对落后，导致它们再也回不到那个辉煌的时代了。

“历史不会重演，但总是惊人地相似。”时代虽然不同，但兴衰的原因却很相似。纵观人类历史，像“两颗牙”这样称霸世界，但因没有大力发展经济导致盛极而衰，甚至走向灭亡的例子委实不少。

以地中海为中心，横跨欧亚非的欧洲第一个帝国——罗马帝国从公元前 27 年建立开始，算上东罗马帝国时代，罗马帝国称霸世界有一千多年，但也逃不脱灭亡的命运。西罗马帝国更是在公元 476 年就已经灭亡。西罗马帝国灭亡的原因表面上看是日耳曼“蛮族”的入侵，但是，其根本原因却是经济的崩溃。罗马帝国分为西、东两个帝国之后，西罗马帝国内部四分五裂，中央集权逐渐丧失，大部分地区就不可能再定期收税。日益减少的税收使得西罗马帝国的经济难以为继。此外，劳动力（奴隶）的短缺，也致使罗马帝国的经济走向崩溃。罗马帝国是一个典型的奴隶制社会，其经济完全建立在奴隶劳作之上，随着罗马帝国疆域的不断扩大，到后期，通过对外征战获得的奴隶数量无法填补其对奴隶的需求。再加上奴隶的起义，更使劳动力的短缺雪上加霜。劳动力（奴隶）不够，建立在奴隶劳作之上的经济走向崩溃就是必然；经济崩溃，帝国走向灭亡也是必然。

蒙古人在 13 世纪凭借自己的铁蹄，踏遍欧亚，威震四海。鼎盛时期的蒙古帝国的版图几乎占了半个地球，似乎离成吉思汗“让青天之下皆成蒙古人之牧场”的梦想不是太远了。可惜呀，这么强大的帝国，只存在了短短的 60 来年。从铁木真 1206 年称成吉思汗建大蒙古国，到蒙古帝国分裂为元朝和四大汗国，60 来年的时间，狭义的大蒙古帝国就不复存在了。为什么？原因可能是多方面的，比如内讧，比如制度的不合理。但是，蒙古帝国后期经济处在随时崩溃的边缘却是其中一个重要的原因。“只识弯弓射大雕”的蒙古人崇尚的是武力，他们的开疆拓土，他们的崛起和强盛，靠的就是蒙古铁蹄的血腥践踏。殊不知连年的征战却导致蒙古国内经济的濒临崩溃，而经济的不景气，又会导致军队战斗力的下降，毕竟，供养军队是需要雄厚的财力支持的。这个经济发展与军队战斗力的死循环，再加上其他种种原因，蒙古帝国的灭亡就在所难免了。

罗马和蒙古两个帝国的灭亡与“两颗牙”的衰落，其重要原因都落到了经济衰退甚至崩溃这一点上，这应该不是一个巧合。

历史可能“惊人地相似”，但历史也是前车之鉴。以史为鉴，则可以避免重蹈覆辙。

2021 年 11 月 26 日写于长沙

（四）文化，打开民族之门的钥匙

2019 年 3 月，和姐妹们参团游历日本。时间紧，走马观花，但该游的城市都游了，该看的景点都看了。日本料理吃了，优雅和服也穿了，日本的干净整洁也领略了，3 月的樱花虽远没到盛开，但偏于南部的大阪和奈良的樱花也还是稀稀疏疏地开放了。似乎一切都非常圆满，但是，我心里总觉得缺了点东西，又说不出具体缺了什么。直至 2021 年东京奥运会举行，和朋友讨论那场莫名其妙的奥运开幕式之后，我才恍然大悟，明白我的这次旅行缺的是什么。

在新冠阴霾笼罩全球一年多之后，北京时间 2021 年 7 月 23 日晚，东京奥运会开幕式终于在主场馆“新国立竞技场”举办。

当全球翘首以待，期望借这样的世界盛事将新冠阴霾的黑幕撩开一角，呼吸一下体育健康的新鲜空气的时候，东京奥运会开幕式却以它的诡异、阴森、惊悚的风格与氛围让全世界人民再一次受到恐吓。如果说日本著名舞蹈家森山未来的那段舞蹈表现的是对因新冠肺炎去世的人的祭奠，那种“丧”的味道还可以理解的话，其他很多表演就真令人匪夷所思了。那个一群舞者身穿白衣、全身缠着红布条、痛苦地扭动翻滚的舞蹈，据说是表达运动血液的纠缠。但是，恕我直言，我看到的却好像是一群吮着鲜血的吸血鬼。至于那个据媒体介绍代表诞生反映生物多样性的名叫“Wassai（哇塞）”的表演，在我看来就是各种恐怖的妖魔鬼怪的群舞，如果孙行者到场，肯定大喝一声：“妖怪，哪里逃!”

开幕式刚一结束，不出所料，网上的吐槽声就排山倒海般地扑来。后来我想，开幕式设计成这种风格大概是为了配合当下的疫情形势吧，也可以理解。

但是，有一天和朋友谈论到这场开幕式，她说：“不仅仅是疫情，日本的文化本来就是这样‘丧’的”……那天，她从日本的历史说到日本文化中的物哀、幽玄、侘寂三大美学概念，还给我介绍了日本著名美学家大西克礼的著作《幽玄·物哀·寂》。

于是从图书馆借来了《幽玄·物哀·寂》。对于我这种日本文化和美学知识的门外汉来说，学院派的日本美学著作实属晦涩，读来磕磕绊绊，但总算对日本文化有了一点皮毛的了解，最重要的是终于明白了我的日本之旅缺的是什么，其实缺的就是对日本文化的了解。也似乎大致明白了东京奥运会开幕式设计者的用心。

一直以来，认为日本是我们的近邻，日本文化又脱胎于汉文化，甚至日本在汉文化的传承方面，某些地方比中国做得更好，所以日本的传统文化应该与汉文化大致相去不远。他们不就是多了点武士道精神，多了点繁缛礼节，多了点樱花情结，还有就是审美上更偏向于素雅洁净吗？但这一次，几乎颠覆了我以往的认知，明白了其实从某种意义上说，日本传统文化与汉文化是相去甚远的，而且日本文化中有很多值得我们品味的元素。

自古以来，日本就有物哀、幽玄、侘寂三种独特的美学范畴。在中国传统文化中是没有这三种美学概念的，或者说，即使这三种概念在中国的文学或艺术作品中得到了运用，但没有形成理论，没有将其上升到美学范畴的高度。

早在千年前的日本平安时代，日本女作家紫式部就在《源氏物语》写出了日本人最早的物哀美学。“物”是观赏客体，“哀”是主体审美情感。哀，不光是哀伤、怜悯，也是感叹、赞扬。花开花落，四季更迭，大自然的一期一会，有种子破土，鲜花盛开；也有小草枯败，鲜花凋零。人们面对万物的荣枯，往往会触景生情，或喜悦欢乐，或哀伤忧愁。虽然人们对哀伤忧愁之事的感触深度远远超过对喜悦欢乐之事的感触深度，但是，如果能从大自然万物的荣枯认识到生命的局限，就反而能净化超脱，可以坦然面对哀伤、忧愁甚至死亡。

花期短暂的樱花之所以成为日本文化中的一个重要元素，这固然与日本武士道的精神观与价值观有关，但也与物哀文化密切相关。樱花，在人们不经意间骤然盛开，几天之后，又在它最美的时候骤然凋谢。日本各地，遍植樱花，几阵风过，到处都是花瓣如雪般静静飘落，整个岛国都模糊在这纷纷扬扬漫天飞舞的洁净素雅的樱花雨中，壮观而又凄美！在物哀文化中，面对樱花的这种瞬间的生与死之美，“知物哀”的赏花人“物哀之心”油然而生，认为人一生短暂，只要活着的时候有一瞬间能像樱花盛开一样灿烂，即使死去，那也没有遗憾了，况且樱花的这种“死”是那样的美！

你看，在日本文化中，死亡并不是那么可怕的，甚至它也是一种美。这就难怪东京奥运开幕式会表演那些我们认为像僵尸一样的诡异惊悚的节目了。

形成于中世时期的幽玄指的是另一种境界的美。幽即隐微，玄，本义为黑色，引申义有幽远、深奥、玄妙等。幽玄是糅合佛法、老庄、日本的神道的一种独特的美学思维。这种美学思维在日本和歌中得以充分体现。日本近代唯美派文学代表人物谷崎润一郎说：“美存在于物与物产生的阴翳波纹和明暗之中，夜明珠置于暗处方能放出光彩，宝石暴露于阳光之下则失去魅力，离开阴翳的作用，也就没有美。”在阴翳之中显现的美就是幽玄之美。隐藏不露，深奥神秘，甚至超自然性，这些都是幽玄的审美追求。

森山未来表演的“惊悚”舞蹈叫作“舞踏”，这种诞生于20世纪60年代的舞蹈形式一反西方芭蕾的舒展优雅之美，演员面容和肢体如僵尸般扭曲，服装稀奇古怪，动作僵硬丑陋。我想，这些特点，跟幽玄的神秘、超自然、非合理性等审美追求应该是一脉相承的。

作为一个审美范畴，与物哀、幽玄一样，侘寂的含义也是复杂多义、模糊朦胧、难以捉摸的。据大西克礼所述，“侘”与“寂”的含义几乎一致，只是“侘”主要是茶道美学，“寂”主要是俳谐（日本特有的一种诗体）美学，二者合璧为“侘寂”。

诧寂的主要含义一是“寂寥”，二是古老、破旧，用大西克礼的描述就是“宿”“老”“古”。“寂寥”是从空间的角度来描述的。将寂寥转化为审美意义上的概念就是朴素、清净、淡泊等。古老、破旧是从时间的角度来描述的，与时间上的积淀密切相关。将古老、破旧转化为审美意义上的概念就是古雅、高古、苍古等。侘寂的审美追求用于茶道，其体现之一就是茶室的装饰、茶具的色彩材质都追求自然、朴素、古雅。创造了“草庵茶道”的日本近世茶道大师千利休说，茶室的墙用稻草与泥土搅拌抹上，叫作给墙壁加“寂”。日本茶具也以暗褐色粗瓷居多。总之茶室要呈现出一种古拙质朴的气息和韵味。东京奥运会开幕式的许多节目，我们看来似乎服饰粗糙，动作拙笨，但其实它们正符合侘寂的审美——摒弃所有浮夸繁复的装饰，于不完美以及拙朴中展现事物本质美。

说回我的日本之旅。经过对日本文化这么一了解，本以为也还算圆满的旅行，似乎变得遗憾多多。

首先是去的时令不对，要真正感受日本文化，一定要选在樱花盛开和凋谢的那几天去。我们去的 3 月中旬是感受不到樱花雨飘落的凄美意境的。原以为，现在国内很多地方种植了樱花，在国内照样可以赏樱，现在看来，这种想法有点可笑。

因为不够了解日本文化，连购物也会留遗憾。那天，在东京街上，走进一间茶叶店，被货架上各色各样的茶叶盒吸引，挑来选去，不知选哪个，最后看中了一个金属质地，有着樱花和金阁寺复杂图案的漂亮茶盒。现在才知道，漂亮是漂亮，但它体现不了日本的茶文化，其实，材质质朴、色彩暗哑、图案简洁才符合日本茶道中侘寂文化的审美。漂亮是一回事，文化又是另一回事。

当然，更遗憾的是，对许多日本文化的元素只看到其表面，而未深入其骨髓。当时我对日本樱花的一个疑惑就是典型的例子，现在回想起来对自己的无知都觉得可笑。我们在日本看到的樱花大多是白色单瓣、花朵瘦小的品种，比起近几年国内所种植的粉色重瓣、花朵饱满的品种来，在外形及色彩上似乎都逊一筹。日本为什么不选择花形更大、颜色更鲜艳的品种呢？当时对此疑惑不解，问同伴，同伴也不解，只曰："日本的樱花都这样。"殊不知，日本的物哀文化代代相传，他们喜欢的就是樱花凋谢时素净的白色花瓣如雪片般漫天飞舞静静飘落的凄美意境，而这个意境，只有白色细小的单瓣樱花才能营造出来，如果是粉色重瓣樱花，一阵风来，硕大的花朵啪嗒一下就掉地上了，哪还有花瓣漫天飞舞？粉红色的艳丽更是与幽玄文化的隐微、侘寂文化的朴素背道而驰。

不了解日本文化，眼中的樱花就只有它色形的美丽，身上的和服就只有它款型的漂亮，京都的古建筑就只有它经年的陈旧，东京的浅草寺就只有它外观的庄严。文化，是景观的灵魂，没有了文化，景观就只剩下躯壳。文化，更是了解一个民族的钥匙，离开了文化，你就打不开那扇民族之门。没有掌握日本文化这把钥匙，就看不懂东京奥运的开幕式；也因为没有这把钥匙，我的日本之旅就留下了种种遗憾。

日本军国主义对我们中华民族犯下的滔天罪行，我们当于心铭记；日本的优美文化，我们也可用心品味。疫情结束后，一定再来一次日本之旅，在樱花飘落的时节，到奈良吉野山的樱花雨中感受物哀之美；在京都的古街，寻访江户时代留下的木板老屋，在那明暗交替幽静深远的小巷中一探幽玄之美；在花见小路，穿过有“郊野之趣”和“山麓之趣”的甬道，弯身从“躏口”进入装饰古雅的窄小茶室，在品味绿色抹茶的风味中体会日本茶道的侘寂之美……

2022年1月16日写于中山

（五）吴哥，美是一种心痛

现在的柬埔寨，似乎是一个没多少存在感的国家。但你可能没想到的是，在一千多年之前，它开启了一个强盛王朝——吴哥王朝。12—13世纪，吴哥王朝发展到鼎盛时期，此时的它拥有54个省份，势力范围远远超过当代柬埔寨领土，是统治整个中南半岛的大帝国，在东南亚威震四方，光彩照人。

早在公元1世纪，柬埔寨高棉人就建立了统一的王国，历经扶南、真腊等王朝。公元802年，有雄才大略的阇耶跋摩二世统一了分裂的柬埔寨，建立了吴哥王朝。从802年王朝建立，一直到1431年暹罗（泰国）入侵，吴哥人弃城而逃为止，这个柬埔寨的强盛王朝，经历600多年，先后对应我国的唐宋元明各朝。

先后信奉印度教和大乘佛教的强盛的吴哥王朝自然要大兴土木，建寺庙以供祭拜，造王城以示强盛。否则，谁来护佑王朝？又怎样向邻国昭示自己的实力？于是，600多年的时间，34代君王，前赴后继，先后在45平方公里的土地上建造王城及大小寺庙600余座。通王城、吴哥窟、女王宫……一幢幢宫殿，一座座寺庙，一个个宝塔，全都是设计巧妙、做工精细的艺术极品。这不得不让人思考，宗教和权力是怎样舞动它们的长袖，让吴哥王朝花费如此巨大的人力物力和财力，建造出数量如此庞大的建筑群？艺术又有一种怎样的魔力，让这些建筑群那样的卓尔不凡、精美绝伦？吴哥，就是权力、宗教、财富和艺术相互作用开出的文明之花。

在热带雨林的掩映下，在洞里萨湖的滋养下，吴哥城熠熠发光，美轮美奂。吴哥王朝强盛了几百年，吴哥城就美了几百年！

或许吴哥城美得太耀眼，遭人觊觎，也或许世界上的“美”大多都要遭遇劫难。1431 年，暹罗人以 7 个月的时间，攻陷吴哥城，搜刮大批战利品而去。我们现在无法知道，几百年前，精美绝伦的吴哥古城在这场持续了 7 个月的战争中遭受的毁灭性破坏的具体细节，但可以想象的是：烈火里，木质梁柱化为灰烬；水淹时，土质墙壁轰然倒塌；洗劫中，宫中珍宝被一扫而光。只有那些石质结构保留着最后的倔强，但也不可避免地遭受着侵略者的刀削斧凿，重物撞击……吴哥城遭受着剧烈的痛苦！

第二年暹罗人再度“光临”吴哥城，但展现在他们面前的却是一座死寂的无人之城——吴哥人已经弃城而去。

如果说那场战争对于吴哥城来说是一场短痛，那么，往后就是一场持续又漫长的长痛。疯长的树木、四处爬行的藤蔓渐渐掩埋了空空的古城，从此这座曾经光芒万丈的古城被掩埋在热带雨林的深处，无人知，无人晓。风雨的侵蚀，岁月的风化，模糊着古城的面目；洪水淹没，野火焚烧，摧毁着古城的美丽。古城，遭受着漫长的痛苦。

直至 100 多年以后的 1586 年，葡萄牙旅行家安东尼奥游历到吴哥，在密林深处发现了这座古城。“城为方形，有四门，有护城河环绕，建筑超绝非凡无与伦比，笔墨难以形容。”这是他回国后向葡萄牙的历史学家报告吴哥之行的文字。可惜呀，葡萄牙的历史学家们只认为这是天外奇谈，对此一笑置之。于是吴哥古城被弃掩埋于热带丛林中100多年之后，这个可以让它重见天日的机会就这样与人类失之交臂。而这次机会的失去又让吴哥城遭受了近300年的岁月风雨的摧残。

距安东尼奥发现吴哥城300年后的1857年，终于又有一个叫夏尔·艾米尔·布意孚的法国传教士来到吴哥，他同样被掩藏在丛林之中的吴哥震撼，在他的《1848—1856印度支那旅行记，安南与柬埔寨》一书中，对吴哥的状况进行了描述，但遗憾的是，他的文字并未引起世人的关注，人类再一次与丛林中的吴哥古城擦肩而过。

值得庆幸的是，距离夏尔到吴哥仅4年的1861年，法国的生物学家亨利·穆奥为了追寻珍稀动植物的踪迹，走进了柬埔寨的丛林。随着脚步的深入，森林越来越茂密。一个阳光灿烂的冬日，他在密林深处突然惊讶地发现了这座废弃的古城。可以想见，面对宏伟壮丽的古城，亨利是何等的震撼，又是何等的兴奋，这从他的著作《暹罗柬埔寨老挝安南游记》中有关吴哥古城的描写可见一斑：“此地庙宇之宏伟，远胜古希腊罗马遗留给我们的一切，走出森森吴哥庙宇，重返人间，刹那间犹如从灿烂的文明堕入荒蛮。”终于，他的描述引起了各方专家的注意，这座被热带雨林掩埋了400多年的壮丽古城终于得以重见天日。历史学家来了，考古学家来了，建筑学家来了，宗教人士来了。后来，游客来了。吴哥火了，人们惊叹，现在毫不起眼的柬埔寨居然有着如此辉煌的历史！

2017 年春节前，友人跟我说，抓紧去柬埔寨吧，不然吴哥窟说不定什么时候就不复存在了。他的话让我联想到 2015 年尼泊尔地震让那么多座饱含历史沧桑的寺庙轰然倒塌的憾事。于是觉得不能留下遗憾，春节一过，就飞往柬埔寨，确切地说是飞往柬埔寨的暹粒，因为，我只去了有着吴哥古迹的暹粒。

台湾学者蒋勋先生说："过去世界上许多古老的文明所在，埃及、希腊、印度、中国，但没有一个地方像吴哥窟，使我陷在一种茫然中，好像触碰到内在最本质的生命底层，美的震撼竟然变成一种心痛，美竟成了不忍。"在蒋先生眼中，吴哥的美，是一种心痛，是一种不忍。

我们首先参观的是吴哥窟（小吴哥）。吴哥窟是为供奉印度教主神毗湿奴而建的一座寺庙，建于吴哥王朝苏利耶跋摩二世（1113—1150 年在位）时期。那天，下了大巴，远远地望见吴哥窟，就想起了蒋先生的话。尽管吴哥窟是吴哥古迹中保存最完好的建筑，但她还是沧桑得让人心痛。那黝黑的颜色似乎在诉说着她几百年来所遭受的苦难。是战火熏燎的印记，还是千百年潮湿空气的风化，或是经年的苔藓霉菌的侵蚀？也许都有。

但是，这些却抹杀不了吴哥窟那惊世骇俗的美，相反，战火和岁月的摧残，使她更平添了一种让人心痛的磨灭之美、倔强之美。

这个世界上最大的庙宇建筑，首先美在它的布局结构。它结构匀称，比例和谐。

外围，一道宽约 190 米明亮如镜的长方形护城河环绕寺庙。护城河的内侧又是一圈长方形的围墙。当年，护城河和完整的围墙这两道彩色的屏障忠实地护卫着庄严的寺院。现在的围墙断断续续，倒塌在地的大小石块似在诉说岁月的磨难，未倒的围墙却倔强地挺立着。特别是那些孤零零突兀挺立着的立柱，似受尽酷刑却高昂着头颅永不屈服的卫士，依然护卫着围墙内沧桑的寺院。

从正门进入，再穿过两旁建有藏经楼和荷花池的长长的石板路，一座依照佛教须弥山概念而建的金字坛就赫然在眼前了。眼前的寺庙完全不同于国内红墙绿瓦，有着一座座大型殿堂的寺庙。吴哥窟没有红墙绿瓦，也没有大型的殿堂，她只是一座饱经沧桑颜色黝黑的金字坛式建筑。金字坛分三层，层层缩进，这样，第一、二层就都有宽阔的回廊。最显眼的是矗立在第三层平台上的象征诸神之家和宇宙中心的五座尖顶宝塔，高达 42 米的大宝塔巍然屹立于正中，四座稍小的分立于平台四角。每座塔都酷似含苞欲放的莲花，又形似成熟饱满的玉米棒。第二层回廊四角也各有一座截顶宝塔。另外，回廊内还有藏经楼、壁龛、神座等。连接各层的是陡峭的阶梯，每层在阶梯处都有雕工精细的石雕门楼。

规模宏大的建筑群全是由大小不等的砂石砌成。在那没有水泥、没有灰浆、没有其他任何黏合剂的千百年之前，只能依靠表面形状的规整和铆合以及本身的重量使石块彼此结合在一起，这样的工程，该需要怎样细心而胆大的工匠才能完成呢？

精美的浮雕是吴哥古迹的高光亮点，是整个吴哥艺术的精华。吴哥窟的浮雕遍布回廊的内壁，其他如廊柱、窗楣、栏杆等都布满浮雕。据说浮雕的宗教内容取材于印度史诗《摩诃婆罗多》和《罗摩衍那》及印度教神话《乳海》；世俗内容则有战争、皇家出行、农业活动，甚至烹饪等。虽然这些内容我们普通人难以一一弄懂，但是浮雕手法之精细、结构之复杂、形象之逼真、人物之生动却是肉眼可见的。很难想象1000多年前，高棉的能工巧匠就有如此卓越的艺术才能。但令人痛心的是，精美绝伦的浮雕，在战争的毁灭和岁月的摧残之下，很多已经变得残缺不全甚至面目全非了！

虽然战争和岁月给寺庙留下了无数磨灭的痕迹，倒塌、破损、残缺、烟熏、苔藓、霉斑处处可见，但这些痕迹却让寺庙更具岁月之美，一处痕迹就有一个让人心痛的故事吧？难怪蒋先生看到吴哥窟时心头涌起的是心痛和不忍。

夕阳西下的时候，我们告别吴哥窟。隔着护城河回望夕阳下的吴哥窟，金色的光晕中，原本黝黑暗哑的五座宝塔镀上了金边，闪耀着金光；而水中整个寺庙的倒影犹如海市蜃楼，恍恍惚惚，如梦如幻。据说每年的春分日或者秋分日的清晨，太阳都会从中间那座最高塔的塔尖升起，这是当时的建造者根据太阳的运行规律特意设计的。我想，这种坐东朝西的设计，除了宗教意义上的考量，吴哥窟的设计者还具有一份浪漫情怀啊。

距离吴哥窟（小吴哥）10分钟车程的通王城（大吴哥）是吴哥王朝的都城。与保存相对完好的吴哥窟相比，这个面积更大的古城毁坏程度更高。这个建于12世纪末13世纪初，由皇宫、寺庙、牧师住宅、文武官员官邸等建筑构成的吴哥王朝最后的首都，不但城内原来那些木质建筑荡然无存，就是石质结构的寺庙等也是满目疮痍，随处都是断壁残垣。坐落在城内的皇宫，地基及围墙已被确认，但围墙内空空如也，几乎没有什么建筑痕迹了。面对空无一物的皇宫遗址，想象着这里原来金碧辉煌的宫殿中尊贵的国王召见大臣，雕梁画栋的回廊里美丽的宫女穿梭其中的情景，心痛之感油然而生。

幸好幸好，位于城中心的巴戎寺还在，那蜚声世界的“高棉的微笑”还清晰可见。巴戎寺密密麻麻排列着49座佛塔，每一座佛塔的四面都各雕有一张巨大的佛面。那196尊面向四面八方的微笑着的佛面，让人在寺庙的任何位置都觉得无处遁形，也让人自觉卑微、渺小和茫然。这些似笑非笑的像“蒙娜丽莎的微笑”一样神秘的“高棉的微笑”是那样的慈眉善目，又是那样的让人琢磨不透。是笑看天下的睿智，还是悲悯众生的不忍？是历尽沧桑后的安详，还是包容爱恨的超脱？也许都有。据说佛面是以其修建者阇耶跋摩七世的面容为原形的。柬埔寨三神王之一的阇耶跋摩七世有着满腹韬略，又有着看破红尘的佛系。他是应该微笑的，因为他的在任期间，就是吴哥王朝的鼎盛时期，这微笑，是笑傲江湖的豪气，是心满意足的畅意；他也一定会悲天悯人，因为暹罗入侵，王朝毁灭，高棉人从此苦难深重。

如果说吴哥窟是一位粗犷的汉子，那么，距离吴哥城25公里的女王宫就是一位美丽的女郎（这大概就是她名字的由来吧）。有着“吴哥古迹明珠”和“吴哥艺术之钻”美誉的女王宫小巧玲珑，结构精致。与黝黑的吴哥窟不同，用红砂岩建成的女王宫呈鲜艳的赭红色。但她的美不只在她的色彩和构造，更在她的浮雕。精美的浮雕布满墙壁、廊柱、门楣，密密麻麻，几乎不留一丝空隙。我不知道老天为什么忍心摧残如此精妙绝伦的臻品，暴殄天物、煮鹤焚琴都不足以表达对她实施摧毁的残暴与亵渎，这怎不叫人扼腕，怎不叫人痛心！

到了距吴哥窟约40公里的崩密列，我才真正理解了蒋先生所说的“不忍”。这座与吴哥窟类似的寺庙，遍地断壁残垣，让人不忍面对；满目树木与建筑的交错融合，让人不忍直视；随处可见的千疮百孔的佛塔，让人不忍靠近。面对它们，我仿佛看到当年高大的墙体轰然倒塌时扬起的滚滚沙尘，又仿佛听到大树长进坚硬岩石建筑中那撕心裂肺痛苦的哀叫。感谢译名者的睿智，“崩密列”就是“密集的崩塌与撕裂”呀！

600多处吴哥遗迹，无法一一看到，但可以想象其他精美的古迹一定也如吴哥窟等一样备受摧残，数百年的风风雨雨对于它们来说，是一场多么浩大又漫长的灾难！但是值得庆幸的是，吴哥窟在1992年就已经入选世界文化遗产。吴哥古迹这块东方瑰宝在全世界的共同保护下，一定不会发生朋友所说的“不复存在”的事情，她将一直屹立在中南半岛这块热土之上，她的神秘和瑰丽将一直吸引着世界各地的旅游爱好者。

2022年2月28日写于北京

（六）从突尼斯到卡塔尔

最近，豪掷2200亿美元举办第22届世界杯足球赛的卡塔尔成了全球的聚焦中心。2200亿美元办一届世界杯“豪”到什么程度？相信大家在各种报道里已经看到过相关信息，那就是差不多够上届主办国俄罗斯再办19届世界杯，几乎相当于此前7届世界杯费用之和的5倍！我2018年去过卡塔尔，知道当年卡塔尔人均GDP世界第一，也看到了首都多哈豪车遍地、摩天高楼鳞次栉比的景象，但一个总面积只有一万多平方公里，人口只有两百多万的袖珍小国“豪”到这种程度，我还是吃惊了。看来，贫穷确实限制想象。

足球我不懂，关于世界杯赛事我没有资格评说；现在，关于卡塔尔世界杯的新闻资讯到处飞，大家打开手机这方面的信息就扑面而来，所以也无需我评说。但我想说说那次我自己从突尼斯到卡塔尔的见闻和感受。

那次旅行我们先在卡塔尔多哈机场中转飞突尼斯，在突尼斯游完后再从突尼斯飞到卡塔尔。其实，去旅游之前，对卡塔尔的印象也只有一个，那就是与迪拜一样，是东亚地区与欧洲、非洲国家之间航线的一个中转站。虽需在多哈中转一下，但卡塔尔航空公司的机票比其他直飞的便宜不少，且中途下来在称得上购物天堂的多哈机场逛一逛，购购物，使超长途的航程变得没那么漫长枯燥，一举几得。对突尼斯呢？根本没什么概念，甚至不知道它是一个非洲国家。

从突尼斯到卡塔尔，这样的行程安排不知是旅行社有意而为，还是无心之举，反正这两个国家正好形成鲜明对比，它们虽都属于阿拉伯国家，但从突尼斯到卡塔尔犹如从历史到现代，从贫穷到豪富。

那是2018年11月的某一天，飞机平稳地降落在突尼斯机场。那时还没有疫情，像去突尼斯、卡塔尔这样的免签国家，真是简单方便。一出关，就见突尼斯导游笑容满面地举着旗子迎上来。突尼斯导游是个地道的阿拉伯姑娘，起了个最接地气的中文名——小芳。一听这名字，就倍感亲切。

虽然现在的突尼斯共和国是1956年才独立的国家，但这块位于非洲大陆最北端的土地，北部和东部都面临地中海，隔突尼斯海峡与意大利的西西里岛相望，扼地中海东西航运的要冲。因其地理位置险要，沿海土地又肥沃，几千年来一直是不同人种的争夺之地，因此它有着悠久辉煌的历史，相对于历史短暂现代感十足的卡塔尔，突尼斯厚重的历史文化是耐人寻味的。

远古时期，最早居住在突尼斯的原住民就是现在还占突尼斯人口10%左右的柏柏尔人。早在公元前9世纪初，腓尼基人就在今突尼斯湾沿岸地区建立了迦太基城，后来迦太基发展成强盛的奴隶制国家。那天我站在位于首都突尼斯城东北17公里处的迦太基古城遗址上，抚摸着无头的迦太基各个时期的国王雕像（据说为了图省事，迦太基每换一个国王，只给他雕刻一个身子，头永远是那一个，所以就留下了很多无头之身雕塑。)，想象着将近3000年前一座崭新的城市崛地而起，后又被罗马人付之一炬的情景，不由得慨叹世事之无常。历史长河中，没有永远的胜利者，也没有永远的失败者——当时腓尼基人怎会料到几百年后这么一座繁荣而坚固的城市会在自己与罗马人的布匿战争中灰飞烟灭呢？所幸迦太基时代的一些埋在地下的石棺、随葬物等被保存了下来了。其中最有名的是琳琅满目的镶嵌画。据说，迦太基是世界上镶嵌画出土最多的地方。当然，我们现在所看到的遗迹多是罗马人重建的城池遗迹。曾经不可一世的罗马帝国同样也没想到公元5—6世纪前后，突尼斯这块土地又会被汪达尔人和拜占庭人占领；更没想到的是，老实淳朴的原住民柏柏尔人会在公元13—16世纪突然崛起，建立了强盛的哈夫斯王朝。是呀，腓尼基人、罗马人等不是永远的胜利者，柏柏尔人也不是永远的失败者。当然，最终的胜利者却是阿拉伯人。现在突尼斯人口的90%

是阿拉伯人，突尼斯完全成了一个阿拉伯国家。只是迦太基时代、罗马时代、哈夫斯王朝时代的辉煌再没有在这块土地上出现。

几千年来，不同人种、不同文化在突尼斯这块土地上孕育出千姿百态的文明之花。除了迦太基古城，还有公元3世纪罗马人修建的埃尔·杰姆斗兽场，建于公元700年、位于凯鲁万市的阿格拉比特大蓄水池，各种各样的清真寺和伊斯兰教圣人的陵墓，以及巴尔多博物馆陈列的马赛克镶嵌画……历史长河留下的这些众多的历史遗迹，到现在犹如朵朵风干的玫瑰，虽色彩不够绚丽，但雅致而耐人寻味，它们将突尼斯这块大地装扮得特别古朴而典雅。

历史没有永远的胜利者，有着辉煌历史的突尼斯到了现代却成了一个自然资源贫乏、经济欠发达的国家。对于这一点，我们一下飞机就感受到了。机场低矮的空间、相对简陋的设施，比起卡塔尔豪横的多哈机场真是显得有些寒酸。

比起国内发达的互联网的便捷，突尼斯的网络实在太落后了，绝大多数酒店是没有 Wi-Fi 的。那天住进一个靠近首都突尼斯城的酒店，兴奋地发现有 Wi-Fi，于是急忙拿出手机想发个朋友圈，可图片发出后就永远在那里转啊转——网速太慢了！这对于用惯了高速网络的我们来说，还真是不习惯。

突尼斯的城市建设也相对落后。只有首都突尼斯城有纵横交错的大马路，还有不多的高楼大厦，这使得突尼斯城看上去确确实实是一座城市。其他城市如凯鲁万、杜兹等，还有就算是突尼斯的第三大城市苏斯，都不是我印象中车水马龙高楼林立的城市模样。而旅游的几天在大巴行进途中，每当小芳指着一片房屋对我们说这是某某市时，我心中很是吃惊和疑惑，这明明就是一个村庄嘛！

不过，老百姓的幸福指数不一定跟经济发展成正比。据小芳介绍，突尼斯老百姓可能不富裕，但他们没有太大的压力，生活过得不紧不慢，吃饱穿暖，日子就过得有滋有味。在苏斯老城摊贩老板的笑容里，在街边手工作坊工人对我们的热情招呼里，在小芳的自信与骄傲里，我看到了他们的平和、热情和满足。我想，他们确实是幸福的。

历史悠久、文化底蕴深厚的突尼斯是从容淡定的；而现代摩登、富裕豪气的卡塔尔是积极奋进的。

卡塔尔是阿拉伯半岛上的一个半岛，有人说卡塔尔半岛像阿拉伯半岛伸出的一个手掌。我觉得这个说法把卡塔尔的面积夸大了，依我看，如果把阿拉伯半岛比作人的脖子，那卡塔尔顶多是这个脖子上长出的一颗较大的痦子。

在卡塔尔半岛上，人类的生产活动虽然持续了数千年，但前面绝大部分时期仅仅有一些游牧部落在这里采采珍珠、捕捕鱼，都是短期居住。在石油和天然气被发现之前，黄沙漫漫偏僻荒芜的卡塔尔半岛确实无大利可图。迦南人、腓尼基人、阿拉伯人和波斯人走马灯似的来来去去，但在前期就是没人在那里定居。公元19世纪之前，这里从没有建立过独立的主权国。一直到1846年，这个小半岛上才建立了第一个卡塔尔酋长国。但很快又被英国统治。直至1971年卡塔尔才正式成为一个主权独立的国家。与早在公元前9世纪就初步建立起了迦太基奴隶制国家的突尼斯相比，卡塔尔作为独立的国家的历史真是短暂得可怜。

历史短暂，历史遗迹也就少。查看资料，发现值得一提的是祖巴拉遗址。祖巴拉是在18世纪晚期到19世纪早期作为珠宝交易中心兴盛起来的，但很快在1811年就被侵略军付之一炬，20世纪初完全被废弃。我们的行程并没有安排参观卡塔尔的这个历史遗址。也许这是旅行社的有意安排：看历史，就在突尼斯；看现代，就在卡塔尔。从历史到现代，互为补充，还节省费用。

如果说突尼斯的历史遗迹犹如一朵朵风干的玫瑰，典雅而耐人寻味，那么卡塔尔的现代建筑就像一颗颗璀璨的珍珠，炫目而豪气十足。波斯湾沿岸鳞次栉比的摩天高楼、伊斯兰艺术博物馆、埃米尔王宫、卡塔尔国家清真寺、卡塔尔文化村、珍珠岛……一幢楼、一个景点就是一颗闪亮的珍珠，这些炫目的珍珠将卡塔尔装扮得华丽而时尚，并且彰显出它积极向上的精神风貌。

那晚乘船夜游波斯湾，实实在在感受到了多哈建筑的摩登时尚与伊斯兰风格的碰撞。最时尚的是波斯湾沿岸的造型奇特、风格别致的幢幢摩天大楼，大楼鳞次栉比堪比香港的维多利亚港，甚至比维多利亚港更现代，更摩登。其中最引人注目的是多哈塔，圆柱体的多哈塔白天看像一颗巨型炮弹，夜晚在黄色灯光映照下又像一颗成熟的玉米。而距离这些摩天大楼的不远处就是极具伊斯兰风格的埃米尔王宫，色彩和造型都是典型的伊斯兰风格。米白的墙面配上一排排拱形窗户里透出的浅绿灯光，以及浅绿的廊柱，清新素雅。整座王宫在灯光的映照下，显得那样的柔美，坐在船上远远地望去，恍若天上的宫阙。埃米尔王宫的传统典雅与那些摩天高楼的时尚摩登形成了强烈的碰撞，而又相映成趣。

一座建筑就是一颗珍珠。在这些闪亮的珍珠中，伊斯兰艺术博物馆可以说是最耀眼的一颗。这座艺术博物馆是著名的美籍华人建筑设计师贝聿铭的封山之作。不愧是建筑大师的作品，首先它的外观极具特色。它坐落在按贝聿铭的要求特意为它填造的一个人工半岛上，沙漠黄色彩的建筑配上单纯的蔚蓝大海的背景，彰显出卡塔尔这个波斯湾上的沙漠半岛之国的地理特色。几何图形堆砌而成的建筑俊朗而英气，而那极具伊斯兰特色的拱形门窗又给硬朗的建筑增添了几分柔和。最具伊斯兰特色的是建筑的顶部，那是一个蒙着面纱只留一双眼睛在外面的伊斯兰妇女的头像。博物馆的内部的装饰既具伊斯兰风格，又体现了建筑大师独特的个人风格。中庭顶上悬着的环形吊灯，其灵感来自于阿拉伯男子的环形头饰。站在中庭150英尺（约45米）高的落地玻璃窗前，波斯湾荡漾的碧波就尽收眼底。

看着卡塔尔这些奢华炫目的建筑，想想刚离开的突尼斯绝大部分城市建筑的简陋，不由得心生感慨。

卡塔尔的豪富最直接的体现就是豪车遍地跑，这是理所当然的，哪个富豪不买豪车呢？卡塔尔人家里没有几辆劳斯莱斯、宾利、迈巴赫那不是反而奇怪吗？但卡塔尔男子身上白长袍的考究却真是让我吃了一惊。以前对在影视里见到的阿拉伯长袍没有什么好感，总认为男人穿长袍拖拖拉拉的不利索。可是眼前每个卡塔尔男子不管老少，他们身上的白长袍都是洁白崭新的，而且熨烫得笔挺笔挺。中东男子穿上这种长袍更显身材颀长，再配上那如雕塑般棱角分明英俊的脸庞和飘逸的白头巾，那就一个字，帅！导游叫我们猜一般一个卡塔尔男子会同时拥有多少件这样的长袍，我们谁也没猜中，导游说，两三百件！啊，难怪他们身上的长袍都是崭新洁白的，原来几乎是一次性的，随换随扔哦！和其他大多数阿拉伯国家一样，卡塔尔女性社会地位低，禁止女性穿着暴露，女性出门一般穿黑袍蒙面纱。

但是，穿着考究的卡塔尔人未必比穿着随意的突尼斯人幸福指数高。世界上没有绝对的好事，也没有绝对的坏事，所谓“福兮祸所伏，祸兮福所倚”，上天眷顾卡塔尔，在它地底下埋下丰富的天然气和石油，可富得流油的卡塔尔，还有中东的其他石油大国，它们安宁了吗？一些别有用心的国家对中东的石油天然气早已垂涎三尺，中东战争、海湾战争、伊拉克战争，一直不消停。丰富的石油、天然气资源给阿拉伯人民带来了财富，而伴随而来的就是战争。

因此，作为一个袖珍小国，卡塔尔不能在天然气和石油上躺平，它不得不积极奋进，否则分分钟会被别人灭了。于是卡塔尔奉行积极务实的外交政策，既重视发展同美国等西方国家的关系，又注重加强同中国等亚洲国家的关系；它还是阿拉伯国家各种组织的成员国，真可谓活得小心翼翼、战战兢兢。他们更意识到，自然资源总有一天会要用完，于是他们积极寻求其他的致富之路，包括成立卡塔尔先进制造业中心，发展旅游业、购买国外优质资产等，还创办了有名的半岛电视台，让卡塔尔的声音传播到世界各地，以此提升自己在全球的地位。投资体育，也是他们提升自己软实力的有力手段。这不，2022 年的世界杯就在卡塔尔举行！2010 年申办 2022 年世界杯时，申办国还有澳大利亚、日本、韩国、美国，竞争相当激烈，但卡塔尔积极努力，最终卡塔尔胜出。但是 12 年来卡塔尔一直遭到多方质疑，认为卡塔尔不配办世界杯。国家太小，不配；从没晋级过世界杯决赛圈比赛，不配；甚至将体育政治化，认为卡塔尔这种“君主专制”的国家不配……各种各样的质疑声此起彼伏。因此，这次卡塔尔豪掷2200亿美元举办世界杯是有原因的，一方面当然是钱多不心疼；但更重要的这是一种积极有效的外交手段，是提升卡塔尔国际地位的绝佳机会；他们还要让全世界看看，卡塔尔有多强！

卡塔尔世界杯足球赛正如火如荼地进行着，相信通过举办这次豪华盛大的赛事，卡塔尔的国际地位定会大大提升，事实上现在卡塔尔已然吸引了全世界的目光，成了全球的聚焦中心。

卡塔尔世界杯的举行勾起了我的旅行回忆，忍不住提笔写下以上文字，并且觉得在旅行中，除了长见识外，若还能悟出一点点道理，那么这大概就是旅行的最大意义吧。

2022年12月1日写于北京